ちくま文庫

ひるは映画館、よるは酒

田中小実昌

筑摩書房

目次

Ⅰ　昭和三十年代末頃…

この章は『コミマサ・シネノート』(晶文社、一九七八年)に収録されたものです。

契ろうてや、ちぎろうてや！

東京・渋谷百軒店《ひゃっけんだな》のテアトル・ハイツで黒沢明演出の「椿三十郎」と「用心棒」をやっていた。二本とも黒沢の作品をそろえた黒沢週間が、昨年からかぞえて七回、一本だけのが、やはり七回。封切館ではないし、ほとんどリバイバル上映だから、爆発的な大入りではなくても、黒沢のものをやると、新作のへたなメロドラマよりがっちり客が来るらしい。黒沢明は、やはりゼニのとれる監督だ。

渋谷の道玄坂を上がった百軒店は、ストリップ劇場でも学生ばかりだが、黒沢の作品をやる週は、とくに学生が多いという。学生さんは黒沢明がお好き、というデータも出てきそうだ。

東映の「散歩する霊柩車」が三流館、四流館をあちこち散歩し、けっこうウケている。おなじ西村晃、春川ますみが共演した「赤い殺意」のように、夫婦関係をえぐり、するどい人間性を追求するのもけっこうだけど、ストーリーのおもしろさだけをねらった、こんな作品もわるくない。

かなり前に封切った映画のなかに、やはりいまでも三本立て映画館の客を笑わせているのが、東宝の「狸の花道」。この映画は二度みた。それには、くやしい理由があった。

封切りでみて、ある女のコにこの映画のはなしをすると「新珠三千代が出たでしょう」というので「いや」とこたえたら、

「出ているはずよ」とがんばる。ことわっておくが、その女の子自身はみてないのに、まるでぼくを座頭市あつかいにするので、頭にきて「よし賭けよう」ってことになった。

さっそく東宝本社に電話したところが「出演しています」という返事。テキも新宿のセカンド館できいたら、映画館のコが「あたしもみたけど、出てたわ」とハッキリこたえたそうで、賭けた金をふんだくられた。

居眠りをした記憶もないし、途中でオシッコにもいかなかったし、もう一度、はじめからのシーンを思いかえしても、新珠三千代の姿は浮かんでこない。ぼくは、自分の目と頭をうたがいだした。このままでは、ほんとに気がへんになってしまう。だから、近所の映画館に回ってきたので、いってみたわけだ。

こんども新珠三千代はあらわれなかったが、例の女のコは、ぼくの目よりも、東宝本社や新宿の映画館のコの証言のほうを信用し、金はもどしてくれない。べつに〝怪談〟というタイトルがついていたわけでもないのに、東宝さん、いったいどうなってんの？

この映画の演出は、山本嘉次郎。戦争中、すでに巨匠といわれた人だけど、名匠・山

本嘉次郎とはおそれいった。左甚五郎か関孫六なみだ。昔はせいぜい名監督とか大監督ぐらいの言葉しかなかったが、いまでは新進、新鋭、俊才、鬼才、巨匠、ついに名匠とおいでなすった。

「眠狂四郎女妖剣」。しょっぱなが、毛利郁子の菊姫の入浴シーン。湯殿から出た菊姫に、奥女中がお腰巻をお着せする。

「ぼんち」という映画では、風呂から上がった市川雷蔵に、まだ若い女中がおフンドシをあててやる場面があった。せめて、お姫さまにはお小姓が、なんて心配する必要はない。

脱いで、着せて、またはいて、おさえて、ひらいて、しめて、えぐって、きって、ラストシーンは、力正宗、いや無想正宗がキラッとひらめくごとに、久保菜穂子が着ているおべべがとんでいき、もうストリップするものがなくなると、背中から血が吹き出す。

ゆらめくローソクの炎、からみあった邪教の男女の像。祭壇のうしろでは、結婚前夜の「夜這い祭」とかで、花婿《むこ》とはちがう男と前夜祭をしている花嫁さん。巫女《みこ》（根岸明美）のあやしげな祈禱の声がたかまり、ふっと途切れて、床にあおむけになり、からだをくねらせ、あえぎながらいう。

「花嫁の霊が乗り移ったわたしに、セイコンのかぎりつくしてもらおうぞ。契ろうてや、ちぎろうてや！」

巫女と狂四郎のからだがぴったりかさなった瞬間、天井からふってきた黒装束の曲者。とたんに、狂四郎の手が、そばにおいた大刀と小刀にかかり、バラリンズン、曲者と巫女のからだは、合計四つにふえてしまった。「契ろうてや」という言葉は流行《はや》るカモよ。「ねえ、今夜、♨でちぎらない?」。だいじなところをひっちぎられないようにご用心!

(「アサヒ芸能」一九六四年十二月六日号)

下着のつけ方にこまかな心づかい

ベッドに押し倒された路加奈子。その上に若い男がのしかかって、唇と手と足を忙しく動かしている。だんだんはだけてくる胸もと。めくれあがる着物のすそ。

タビというものは、着物のすそからのぞいているからこそカッコがつくが、ふくらはぎから太腿までむきだしになっていて、タビだけが足のさきにくっついているのは、妙な感じだ。やめて、はなして、と路加奈子は叫ぶが、若い男は、姉さん、たのむ、みたいなことをいって、ちっともやめそうにない。それを、窓ガラスの向こうから見ていたうすぎたない男が、けしからんオトウトをとめに、部屋にとびこんできたのはいいけど、電話の受話器で頭をドヤされ……。

そこで場面がかわり、ホテルの一室。女によばれて男がやってくる。ブラウスをぬぎ、スカートのファスナーをひらき、あとは気合いのはいったベッド・シーンで、ややこしいうめき声がとぎれとぎれにつづく。だけど、女は決して男を愛してないそうで、コトがすむとホテルを出て、タクシーを呼び止め「銀座へ」という。

そして、終り、の文字。そのとたん、頭の上の映写室で、ゲラゲラ笑いだした。この女は路加奈子ではなく、へんだと思ってたが、二つの映画がまぜこぜになってたのだ。路加奈子がでてるほうは「赤い犯行」で、ラヴはきらいだが、メイク・ラヴをするのがお好きな女性のはなしは「狂ったうめき」。

　ぼくが行くような場末の映画館では、フィルムが逆にうつったり、巻の順序が狂ったりするのはめずらしくないけど、ほかの映画がまぎれこみ、しかも「終り」の字がでるまでうつしたなんてことは、あまりない。

　こんなハンディキャップがありながら「赤い犯行」は、けっこうおもしろかった。これは「狂ったうめき」もそうだが、コトが終わったあと、女性がおべべを着るとき、かならず、腰巻やパンティをはくところをみせるといった、こまかな心づかいによるところが多い。「お座敷小唄」にも路加奈子はでていたが、こっちのほうが、うんと熱がはいっている。

　エロダクション映画三本立ての、残りのひとつは「めす犬の賭」。監督は「赤い犯行」とおなじ若松孝二。「妾」ものの牧和子が主演。「めす犬の賭」と「狂ったうめき」の両方にでている香取環は、かわいくて、ボリュームがあって、けっこうじょうずだ。こういった作品でいつも刑事や検事になる寺島幹夫は、なによりもそのお巡り面《づら》がいい。

　三本見おわって映画館を出るとき、ひょいとモギリのほうに目をやると、キップを受けとって半分にちぎる台の上に教科書をひらき、中学一、二年の女の子が学校の宿題をしていた。

東和「頭上の脅威」。S・F映画ということだったが、空飛ぶ円盤がでてくるところはつまらなくて、航空母艦の場面がいい。ジェット戦闘機の離着陸、特殊撮影ではむりな大洋の波のうねり。この映画の主役は、巨大な航空母艦だ。ちっぽけな人間のドラマはいらなかった。フランス海軍のPR映画かな。

コロムビア映画「アカプルコの出来事」。テレビの「ワイヤット・アープ」でおなじみのヒュー・オブライエンが女を食いものにしている男になるが、アープさんとおなじ手つきで鼻をこする。なにしろ、メキシコの観光地アカプールコに集まったひまな連中ばかりなので、男と女のことしか頭にないらしい。それはともかく、恋愛映画おきまりのキザなセリフがつづく。「プライドでは、寒い晩、足はあったまらない」「あんな平凡な女のどこがいいの？　われわれが、かつて持っていたものがあるからさ。いったい、なに？　良心だ。大時代がかったことをおっしゃるけど、ひとの良心は、自分の代用にはならないわよ」「あのひとがわたしと結婚したのは、わたしが金持《リッチ》だったから。そして、わたしが結婚する気になったのは、あのひとのほうが、もっと豊か《リッチ》（心が）だったから」

メトロ「泥棒を消せ」。羊皮のハーフコートをきたアラン・ドロンが、なまりのある英語でグッと泣かせる映画。かなしいストーリーが好きな日本人の観客には、きっとうけるだろう。「アメリカのギャング映画には、女と警官がバカなばっかりに、主人公が苦労するのが多くてこまる」とは、一緒にこの映画を見た都筑《つづき》道夫さんのことば。

（「アサヒ芸能」一九六五年五月二日号）

流行すると困る〝異色ドキュメント〟

浅草木馬映画。一二〇円。なかにはいったら、冷房機がガラガラ大げさな音をたて、ぼくが腰をおろした席の前では、シートの背中に週刊誌をおき、その上にたたんだタオルをかさねて新聞紙をかぶせ、そこにしらが頭をのせ、ばあさんが口をあけて眠っていた。ステテコを膝の上までまくり上げたおじさんもいる。

画面は、スリップ一枚の女がベッドから起き上がり、ネクタイをしめている男にキスしてるところだった。男を送り出し、女はベッドにもどる。そして、それを見てたらしいおさげ髪の女の子の顔がうつるんだが、どこで見てたのかはわからない。トイレからかえってくると（ぼくが）、また、女がベッドのなかでゴソゴソやっている。あれ、さっき、男とバイバイしたばかりなのに、もうもどってきたのかな、と思ったが、よく見ると男の顔が若く、髪の毛も多い。ちがう男だったのだ。それを、また、おさげ髪の女の子が見ている。

じつはおなじスリップ姿で、おなじような部屋の（たぶん、おなじ部屋で撮影したんだろう）おなじようなベッドでおなじような声をだしていても、男も女もべつなカップルだったのだ。ただそれを、どこかからのぞいていたらしい、おさげ髪の女子高校生は同一人物で、ラストで刑事さんに追いかけられ、まるでおんなじみたいだが、じつはちがっていた女二人を殺した犯人だとわかる。映画の題名は「恐るべき女子学生」。

新東宝配給「甘い陶酔」。通りのまんなかで、あおむけにひっくりかえってる男。車がきて、とまり、スリットが太腿まできれ上がった中国服の女がおりて、その男を自分のアパートに連れていく。ソファに寝かされた男のおでこにスリッパがのっかってるところをみると、テンカンをおこしたらしい。ところが、女が中国服を脱ぎだすと、とたんにテンカンがなおり、見も知らない人間にこんなに親切にしてくれた女をおそう。そこで、おもしろいことが起こる。いままで、あれほどニホン語がへただった中国人の女性が、急にじょうずになって「やだってば、やめてよ。いや、かんべんして！」とさけぶのだ。

宝石密輸にからまるおはなしで、宝石のはこび屋の目印は、手に持ったアメリカの雑誌エスカイヤ。いくらかPR料をもらったかな。

国映「やめてくれ」。原爆のキノコ雲。焼野が原にひびく終戦の詔勅。トウちゃんはまだ復員せず、焼け跡のバラックで、脂汗をながしながらカアちゃんが生んだ女の子が、この映画の主人公だ。やがて、カアちゃんはアメリカ兵相手のパンパンになり、トウちゃんは天井からぶらさがり、ハナをたらして死ぬ。このときだけ天井が高くなる。トウちゃんの死体を、クズ屋のじいさんがリヤカーにのせてはこんでいく。そのリヤカーの車輪がギイギイきしむ音。

工場で働きながら夜間高校にかよっていた主人公は、ザンコクだが平凡な転落の道をたどり、殺されてしまう。硬直した足を四本そろえて上につきだし、ドブのなかにころがっているネズミの死骸。

街頭の人ごみのなかでのシーンが多く、ふりかえったり、顔をかくしたりする通行人の姿が、しょっちゅうでてくる。新宿の通りの角での女のコ二人の乱闘シーンには、とめにはいったおじさんも何人かいた。もし、こんなことが流行しだすと、街頭で事件が起きたら殺されかけてる者のところにいき、映画のロケでないことをたしかめてから、一一〇番に電話しなくちゃならなくなる。ピンク映画の異色ドキュメンタリー調というところか——。よくわかりました。しかし、おなじことは、もう、やめてくれ。

日活「青春のお通り」。吉永小百合のボーイフレンドは浜田光夫。テレビにでるチンパンジーの声を吹き込んでいて、月収二万円。チンパンジーの声でチンパンジーではありません、とムキになっていいわけする顔は、実にチンパンジーに似ていた。

吉永小百合が、新宿駅前で、午前五時に、ほかの男の子とおデイト。二人が立ったあとにはおしりの下にしいた新聞紙が、そのままおっぽらかしてあった。スターが、こんな公衆道徳のないことではこまりますな。みんながまねをする。

監督は森永健次郎。これ以上のものでなくてもいいから、このていどの映画を、いつもたのみます。

（「アサヒ芸能」一九六五年八月二十九日号）

Ⅱ　昼間は映画夜は酒…

この章は『コミマサ・ロードショー』(晶文社、一九八〇年)に収録されたものです。

昼間は映画夜は酒ほかになにかすることがあるの

浅草六区に映画を見にいく。浅草で封切映画を見ることはない。新劇場は小林旭の「日本最大の顔役」、松山容子の「めくらのお市地獄肌」、植木等の「無責任遊俠伝」。ぼくは松山容子さんがテレビの琴姫様のころからのファンだが、一度抱いたことがある。いや、日劇の地下楽屋の廊下で、唐十郎劇団の若い男がなんの稽古をしてたのか不意にだーっとはしってきたので、「あぶない！」と松山容子さんを抱いてまもったのだ。ほっそりしたからだだった。

世界館は「ポルノタクシー繁盛記」「好色悪徳医」「牝獣の体臭」のポルノ三本立て。浅草パラスは外国ポルノで、「看護婦㊙レポート」「世界悶絶トルコ風呂」日本編・泡吹き失神、欧州編・昇天マッサージ「性獣女徒刑囚」これは集団性暴動だそうだ。

東京クラブはユル・ブリンナー「ガンファイトへの招待」、ミッキー・ルーニイ「復讐戦線」、「弾頭危機一発」原爆が空軍基地から強奪されたはなしだという。浅草花月劇場は「安藤組外伝　人斬り舎弟」鶴田浩二「博奕打ち　いのち札」「三婆」

どちらを見ようかと迷ったが、花月劇場にはいった。入場料五五〇円。館内で、ゴム長をはいてポケット・ウイスキーを飲んでる男がいる。白いボアのコートを着た水商売らしい女と男は、映画は見ないで、肩をくっつけ、おたがいよっかかって眠っていた。

浅草花月劇場をでて、六区の映画館街のつきあたりの食堂にはいる。本日のサービス、カレーライス大盛スープつき二四〇円、普通カレー二二〇円、という看板がでて、ここでもだいぶ迷ったあとで、普通カレーをたのんだら、やはりスープはついてなかった。どうして、大盛カレーがスープつきで二四〇円で、普通カレーはスープもつかないのに、たった二〇円しか安くないのか？　だったら、どうして、ぼくは普通カレーを注文したのかって？

浅草パラス映画館の向いの浅草座のところにカジノ座の看板が立っている。六区でもいちばん古いストリップ劇場だった浅草座もなくなったらしい。

ＦＯＸ映画「ルシアンの青春」。

まちがえて試写にいき、もうけものをした。ルイ・マルの演出で、第二次大戦末期のフランスで、ユダヤ人の女のコとナチに協力している男のコのはなしだが、どうにもやりきれない状態を、ルイ・マルはみずみずしく描く。そして、やっと、二人は人のいない山のなかで静かな日をむかえ、うとうとと眠いほどのしあわせで草むらに寝ころがってるのがラストシーンだ。それに、何月何日、その男のコがナチ協力者として銃殺になったという字幕がでる。ぼくは忘れっぽいほうだが、このラストシーンは、たぶん、ずっとおぼえているだろう。

新宿ロマン座。前にここで、フランク・シナトラが女好きな私立探偵になる「トニー・ローム　殺しの追跡」というのを見た。シナトラがマイアミ・ビーチを見下す女の部屋で、カクテルのスクリュー・ドライバーをつくってもらうシーンがあったが、女がオレンジ・ジュースをいれたシナトラと自分のグラスに二つの罎《びん》から、それぞれのグラスに透明なやつを注いでいた。スクリュー・ドライバーはオレンジ・ジュースにウォッカをミックスしてつくるが、ジンがベースのやつもあったっけ。両方とも透明だ。

この映画で、JAI・ALAIと車体に書いたクルマがいた。ニホンでも知られているギャンブルのハイアライのことだろう。スペイン語ではJがHの発音になる。ついでだが、GもHの発音らしく、だから、ニホンの芸者はヘイシャ、ドイツ語ではガイシャ。芸者が兵舎や被害者《ガイシャ》になっちまう。

飲物《ドリンク》といえば、メキシコの観光地アカプルコ（これも、アカプールコと書いたほうが、発音にちかいだろう）で大金持の女房に養われてる亭主になったチャールズ・ブロンソンが、船の上で、今まで機械の修理かなんかにつかっていたドライバーで、退屈そうに飲物《ドリンク》をミックスして飲むシーンがあった。ぼくは、このシーンで、はじめてチャールズ・ブロンソンに気がついたのだが、映画はつまらない映画で、題名もおぼえていない。

新宿ロマン座では「八十日間世界一周」。この映画は、ほんとに何度見ただろう。見たくて見たのではなく、つい見るようなハメになるのだが、そのたびにダマされたみたいに面白い。映画ってのは、もともと、こういう見世物映画がいちばん面白いんだ、とおもったりする。

二本のもうひとつは「おかしな・おかしな・おかしな世界」。この映画を見るのも三度目ぐらいだ。さいしょのほうのシーンで、ドロボーした大金をどこかに埋めた老人がクルマが崖からおちて死ぬが、息をひきとるとき、がくんと足をのばしてバケツをけとばし、みんなわらう。バケツをけとばす（kick a bucket）というのは、おっ死《ち》ぬ、というスラングだが、それがわかってわらってるやつはひとりもいないんじゃないか、とぼくは口惜しい。

ＦＯＸ映画「新おしゃれ泥棒」。

大金持の若い未亡人のキャンディス・バーゲンに主人公のダイヤモンド仲買人のチャールズ・グローディンがたずねる。

「さて、木曜日まで、なにをする?」

若い未亡人のバーゲンは、だまっていてこたえず、グローディンは、いささか恐れをなしてきかえす。

「木曜日まで（ずっと）？」

若い未亡人のキャンディス・バーゲンは、すましてこたえる。

「ほかになにかすることがあるの」

悪者《フード》が若い未亡人のバーゲンのからだを道具に、グローディンにダイヤのありかを吐かせようとする。すると、グローディンが、「フード」と言う。

「この野郎、おれのことを悪者《フード》だとヌカしゃがった」

と、悪者はムクれるが、ハッと気がつく。

「ダイヤは、フード……車のボンネットのなかにある、と白状したんだ」

グローディンは、アメリカ人のダイヤ仲買人で、アメリカでは、車のボンネットのことをフードと言う。

ロンドンのダイヤ公団の地下金庫からダイヤを吸いあげるとき（ニホンの汲取車を見て、こんなドロボーの方法をおもいついたのかな）キャンディス・バーゲンが作業服を着るが、お尻がまるくつきでてまるっきりカッコよくない。女には、どうも作業服は似合わないようだ。これでは、「おしゃれ泥棒」とは言えない。

キャンディス・バーゲンのお父さんは、あの有名な腹話術師のエドガー・バーゲン。エドガー・バーゲンの名前は忘れても、あの「チャーリイ・マッカーシイ」という人形のことは、みなさんおぼえているだろう。

渋谷ミラノ座で「ダイヤモンド・コネクション」。フレンチ・コネクションが当ると、イタリアン・コネクションとか、こんなふうに、いろいろコネクションができてくる。ただし、原題名はたいてい関係がない。「新おしゃれ泥棒」ももとの題名は「ハロウハウス街11号館」で、ここに英国のダイヤ公団の建物があるのだ。「ルシアンの青春」も、「……の青春」という題名にぼくは怖じけづいて、はじめは見る気がなかったのだが、原題名はちがっている。

さて、「ダイヤモンド・コネクション」だが、保険会社の探偵になるドナルド・サザーランドが、低い、いくらかのろのろしたしゃべり方で、動作もなんだかのろのろし、おまけにノッポで、なかなかいい。

レイモンド・チャンドラー原作の「ロング・グッドバイ」のフィリップ・マーロウ探偵は、たしかサザーランドとは「マッシュ」仲間のエリオット・グールドだった。フィリップ・マーロウ探偵役は、死んだハンフリー・ボガードが極め付みたいに言われてたが、グールドのようにノッポでのろーっとして、いつも、低い声でぶつくさうなってるみたいなフィリップ・マーロウもいい。

（「小説サンデー毎日」一九七五年四月号）

二条朱実よ、ふつうのをやろう

鶴見の京浜映画。中島貞夫監督「暴動島根刑務所」森崎東監督「特出しヒモ天国」。この映画の原作は林征二さんの本だが、林さんはぼくの友人で、奥さんはストリッパー、現在、青森にいる（林さんはなくなった）。芹明香は、もとストリッパーをやってたことがあるというが、だらしないストリッパーの役をぴったしでやっている。そのヒモになる、元刑事の川谷拓三もおかしい。このひとは、何年か前から、いい役者だとおもっていた。ムキになればなるほどおかしいというのは天分だろう。

そして、佐藤純弥監督「新幹線大爆破」。新幹線の列車のスピードがおちてくると爆破するという爆発物を仕掛けたというんだから、列車をとめるわけにはいかず、新幹線ははしりつづけなければいけない。なかなかの力作で、日本映画としては、ひさしぶりの快作のように、ぼくは見た。ところが、この映画は、あまり客がはいってないという。前に、前田陽一監督の「三億円を追いかけろ」のときにもおねがいしたが、この映画も、封切はおわったけど、どうか、二流館、三流館で見てください。

蒲田《かまた》宝塚、六百円。「日本列島震度0」前田陽一監督。「下町の太陽」「故郷」と山田洋次監督の作品が二つ。どちらも評判になった映画だ。山田洋次監督は、ハナ肇主演の「馬鹿まるだし」というおもしろい作品もある。山田洋次監督とはおかしな縁で、ある結婚披露宴でいっしょになったが、そのとき、司会者が、誠実な秀才タイプの山田洋次監督を、馬鹿まるだしの山田サンと紹介したのはおかしかった。

「故郷」は、ぼくが育った広島県呉市のすぐ近く、音戸《おんど》の瀬戸をはさんだ倉橋島の石をはこぶ石船のはなしで、子供のころ、この島で部屋を借りて、一と夏すごしたこともあり、あのあたりの村か、などと思いだしたりした。音戸の町は、海べりまで家がたっていて、家の窓からドブンと海にとびこめた。そんなわけで、主人公の女房の倍賞千恵子が広島にでたとき、義弟の家にいくのに、たしか己斐《こい》行のチンチン電車にのったのに、かえりは宇品・広島行の電車で、と、つまらないことが気になった。

早稲田松竹、三百円。「少年」「新宿泥棒日記」の大島渚監督の二作品。「少年」はれいの当り屋の親子のはなしで、当り屋渡世をしながら、あちこちにいく旅ものにもなっている。さいしょに、四国の高知の玉水町《たまみずちょう》がでてきたのは、うれしかった。ここは、昔の遊廓で、あいだにちいさな川をはさんで、上の道と下の道に、遊廓の建物がならび、今は安宿なんかになっている。ぼくは、高知にいくと、いつもこのあたりで飲み、泊る。

南千住文化、五百五十円。「男はつらいよ　寅次郎相合い傘」山田洋次監督。主役のご存知寅さんの渥美清さんとは、よく試写室であう。たとえば、フイルム・ビルの四階の20世紀フォックスの一時からの試写であい、それがおわって階段をおり、二階のワーナーの三時からの試写でまた顔をあわせ、「試写のハシゴだな」なんてわらっている。渥美清さんが、こんなに映画が好きだとはしらなかった。

「ザ・ドリフターズのカモだ御用だ!!御用だ!!」瀬川昌治監督「素浪人罷り通る」伊藤大輔監督。阪東妻三郎が天一坊事件のれいの伊賀亮になる。この映画で、めずらしいものを見た。井戸の底だ。井戸のツルべも、ちゃんと二ケあった。近頃の映画やテレビでは、ツルべをいれると、すぐ水がはいってでてくる。とくにテレビなどは、一目見てインチキ井戸だとわかるのばかり。口惜しかったら、この映画のように、井戸の底まで見せろってんだ。さすが、伊藤大輔監督。

この映画館の売店ではカップ・ヌードルを売っている。百八十円。しかし、自分が食べてるときは平気だったが、映画を見ながらカップ・ヌードルというのは、ポリポリ、おセンべをかじるより、もっといけないねえ。いや、ずるずるって、大きな音がするのよ。なかには、最後のおつけまで、じゅるじゅるっと飲みこんだあと、ごていねいに、割箸を、音高くパチンと割るやつまでいた。

自由ケ丘推理劇場、四百円。「個人生活」。アラン・ドロンが政治家で有名なモデルと恋をする。フランス人は、よほど恋が好きらしい。ほかの国の映画だと、恋に欲とかなんとかがからんでくるのだが、ただ恋だけの映画があり、いくらか感心したものだ。だから、この映画は、フランス映画としてはめずらしいほうかもしれない。もっとも、政治家と有名モデルの恋では、どうまちがっても、しょうがない恋だ。

「アメリカの夜」トリュフォー監督。ぜんぜんアメリカはでてこない。映画をつくるはなしで、監督さんの役は、トリュフォー自身。昼間撮影して、フィルムの現像のやり方で、夜のシーンにすることを、つまりは、アメリカ式の夜、というのだそうだ。前から見たいとおもっていた映画で、やっと、自由ケ丘でとっつかまえたというわけ。もちろん、映画のあとは、自由ケ丘で一杯。そのほか、新宿、渋谷、新橋、浅草でも、あれこれ映画を見たし、ほんと、仕事をしてるヒマなんかありゃしない。

「本陣殺人事件」。横溝正史の有名な原作。今や、横溝正史ブームだという。トリックも、目に見えるトリックで、映画にむいてると言える。もっとも、凶器が現場から、するすると脱けだしていくところなど、あんまりよくできすぎて、むこうのかげで、小道具のオジさんが凶器がひっかからないよう、おしだしてるんじゃないか、とよけいなことを考えたりした。

小説とちがって、映画やテレビのかなしいところは、有名な俳優などがタイトルに名前がでてくると、やはり大きな役をやることがわかってしまう。そして、それが捜査・推理するほうの役でなければ、大きな役だとすると犯人……、そんなことで犯人が割れちまうというのは、なんともなさけない。

　東宝東和配給「マンディンゴ」。アフリカからのドレイの輸入が禁止になったあと、アメリカ南部には、ドレイを生ませ、育てて売る、つまりドレイ牧場があったという。アメリカの黒人は、皮膚は黒くても、顔の骨相などは、白人に近い者がおおい。白人の血がはいってない黒人は、アメリカにはいないのではないかとおもうぐらいだ。だから、黒人たちは、白人は自分たちを嫌うが、嫌う割には、せっせと、黒人のなかに白人の血をいれてくれた、と言ってるという。ドレイ牧場の白人たちは、女ドレイの種ツケの役もやったらしい。そして、生れた、つまりは自分の子も、やがてドレイとして売っていたそうだ。そんなことが平気でおこなわれていたとは信じがたいが、ニホンだって、ほんのわずか前まで、自分の娘を売ってたんだもんな。

　この映画のなかで、主人公の青年と遠縁の男とが、旅の途中、よその農園に泊ると、夜伽《よとぎ》のため、黒人の娘が二人くる。そして、遠縁の男が、かたっぽうの黒人娘に、バージンか、とたずね、黒人娘がうなずくと、"I don't want a hard work" と言う。ま、処女なんてめんどくさいのはいやだ、という意味だろう。

　ワーナー映画「ブルージーンズ・ジャーニー」。主人公のアラン・アーキンが、フーテンの女のコ二人にカー・ジャックされ、三人で奇妙な旅がはじまるといったストーリー。「ハリーとトント」も旅ものだったし、旅ものが流行《はや》ってるようだ。「フリービーとビーン大乱戦」のアラン・アーキンの刑事もよかった。このひとは、もう何代も前からアメリカ国籍でも、まだアメリカ人のうちにはいれてもらえない、アメリカのなかの外国人の役をやるといい。

日活ロマンポルノ「新・レスビアンの世界　陶酔」。主役の新人五十嵐ひろみは、たっぷりした乳房《パイオツ》だ。二条朱実がレズのタチ役（男役）をやっている。二条朱実とは、新宿歌舞伎町の「小茶」あたりでならんでくっついて（なにしろ、せまいんだもの）酒を飲んだりしてるが、なるほど、あれは、レズの男役《タチ》の顔つきだったのか。いや、レズの男役《タチ》といえば、きりりとして、パチッときれいな美人じゃないときまらない。しかし、二条朱実よ、レズなんてもったいない。こんど、ぼくとふつうのをやろうよ。だったら、ふつうのサイズになってこいって……バカ。

（「小説サンデー毎日」一九七五年十二月号）

川崎映画街

川崎の映画街はにぎやかだ。前は、映画街といえば、浅草六区の名前がでたが、今では、映画の客の入りなどは、この川崎の映画街でしらべるという。つまり、ニホン一の映画街らしい。

川崎銀星座で、百円玉を四コ、自動販売機にいれ、テケツ（＊チケット）を買う。二階のせまい映画館のなかは客でいっぱいで、ぼくは、まんなかの通路にすわりこんだ。「伊豆の踊子」。山口百恵ではなく、内藤洋子主演の映画だ。山口百恵の「伊豆の踊子」と、あれこれちがうのが、おもしろい。たとえば、この映画では、当時の下田の港らしく見せようとしている。だから、ロケも、実際の伊豆の下田港ではなく、ほかの場所をつかったのではないか。そして、主人公の旧制一高生が下田港を発《た》つのも、原作とはちがって、夜にして、つまりはゴマかして、雰囲気をだそうとしている。また、主人公の一高生がのった船も、木造船らしく見せ、ただし、船の全景は画面にはでてこない。

ところが、山口百恵のほうの「伊豆の踊子」は、もうバッチリ、下田港だ。もちろん、モモエちゃんが、川端康成原作の大正末期の伊豆下田港にいけるわけがないので、現在の下田港。

だから、プラスチック製のモーター・ボートもずらずらならんでるし、主人公の一高生が下田港からのる船も、うす汚れてはいたけど、昔風ですらない型だ。

ことわっておくが、ぼくは、そういうことが良くない、などと言ってるのではない。山口百恵のほうの「伊豆の踊子」では、モモエちゃんと一高生が別れる下田港は、現在の下田港ロケでいこう、ということで、この映画をつくったのだろう。

映画には、こんなふうに、ある方針というものがあるのがおもしろい。そして、その方針みたいなものが、みんなで相談してきまるのもおもしろい。だが、このぼくのおもしろがり方が、ほかの人たちにわかってもらえるかどうか……。それは、ぼくには、方針とか計画なんてものはまるっきりなく、また、ひとりでかってにモノを書いていて、書きおわらなければ、どんなモノになるか（モノにならないか）わからないので、映画の方針みたいなものもおもしろいのだろう。

撮《と》りおわらなくては、どんな映画になるのかわからないような映画に製作費をだす者はいない。そして、映画の製作費は大金なのだ。

もっとも、これは、映画ばかりではなく、世の中のことは、みんなそうなのだろう。建てておわってみなくちゃ、どんな物になるかわからない大工さんに、仕事をたのむ者はない。会社の仕事でもなんでも、はじめに、企画があり、それにしたがってことをはこぶので、ぼくのやってるようなことのほうが、例外なのにちがいない。

この映画でも、踊子たちが天城峠をこえたむこうの湯ヶ野温泉にいったとき、物置みたいなところで寝ている若い酌婦（娼婦）がでてくる。この若い酌婦は結核がひどくて死にかけていながら、まだ客をとっているのだが、子供たちと鬼ゴッコをしていた内藤洋子の踊子が、偶然、そこにいき、すると、小屋の前に立っていた子供たちのひとりが、「このおねえちゃん死ぬの」と、ごくふつうのことみたいに言う。

もう体がぼろぼろになっている若い酌婦は、死んで、子供たちに野辺送りをしてもらうのを、たのしみにしてるふうなのだ。

山口百恵の「伊豆の踊子」にも、この若い酌婦はでてくる。だが、これが、伊豆の大島で、踊子が知り合いだった若い女になっている。そして、モモエちゃんの踊子が、この若い酌婦にとりすがり、「死なないで、しっかりして……」なんて言う。

ぼくは、内藤洋子の「伊豆の踊子」の、この死んでいく若い酌婦のだしかたのほうが好きなのだが、それも、つまりはぼくの好みだろう。

山口百恵の「伊豆の踊子」では、やはりみんなが相談して、この若い酌婦は、百恵の大島での知り合いということで、ばっちりストレイトにいこうよ、なんてことになったのではないか。

ことわっておくが、川端康成の「伊豆の踊子」には、こんな女はでてこない。おなじ作者のすこしあとの作品「温泉宿」に、お清という、それらしい酌婦がいる。ちょっと引用してみよう。

十六七の頃から、こんな山深くへ流れて来て、直ぐに体をこわしたお清は、この村を死に場所と思いこむようになった。死のことを考えている小娘を、男達は青白い影を抱くように取り扱った。にもかかわらず、彼女は度々毀《こわ》れた。そして暇さえあれば村の幼児と遊んでいた。(新潮文庫より)

それにその寝床は——漬物小屋の横の二畳なのだが、客のために、そこさえ使わねばならなかった。……という文章もある。

映画の最中に、観客から声がかかった。この映画館は、たった一つの入口がスクリーンのそばにあり、入口近くに立っていたサンダルばきの男が、「内藤さーん!」と言ったのだ。

こりゃおかしいけど、おかしくないのかな。たとえば、山口百恵の「伊豆の踊子」の最中に、だれかが、「山口さーん!」と声をかけたら、おかしいよ。山口淑子《よしこ》じゃないんだもの、やはり、「モモエちゃーん!」というところだろう。

だけど、おデコでおメメぱっちりの内藤洋子も、もう、だれかの奥さんだし、声をかけたひとは、もとは内藤洋子の熱いファンで、「ヨウコちゃーん」とスクリーンにむかって声をかけてたのが、やはりちょっと考えて、「内藤さーん」にしたのかもしれない。

だが、映画の内藤洋子は、まだはんぶんコドモみたいな踊子で、それに、「内藤さーん」はおかしいが、声をかけたひと自身が、若者といった歳でなくなり、だから、「内藤さーん」という大人《おとな》のよび方になったのか……ヒマだと、いろいろつまらないことを考える。

それはともかく、おなじ作者とはいいながら、べつの作品の人物が、映画の「伊豆の踊子」にでてくるのがきまりみたいになっちまったというのはおもしろい。

そういえば、泉鏡花の「婦系図」にも、あの有名な『湯島天神』のお蔦《つた》・主税《ちから》の場は、原作にはなかったはずだ。たしか、主税《ちから》と真砂《まさご》町の先生のお嬢さんとが湯島天神であうところはあったが……。

こんなふうに、原作にはなかったものが、映画や芝居ではでてきて、「婦系図」みたいに、いちばんの見せ場になったりすることは、じつは、めずらしくないのかな。

おもいだしたが、戦争中に、ふしぎな「婦系図」の映画があった。マキノ正博監督で、主税は長谷川一夫、お蔦は山田五十鈴、真砂町の先生が古川緑波、お嬢さんが高峰秀子という大作だが（前・後編あったはずだ）ふしぎなのは、原作では主税は新進のドイツ語学者だけど、この映画では、バクダン研究家になっていた。戦争中で、強力バクダンみたいなものをもちだしたのか。これも、みんなで相談してやったことだろう。

しかし、泉鏡花の原作のほうもいくらかふしぎで、主人公の主税は元スリで、それがドイツ語学者になる。スリとドイツ語の先生もふしぎじゃないの、と、ある女に言ったら、「コミさんだって、元はテキヤの子分で、あとでホンヤクをやったんでしょ」とあらわれた。川崎銀星座でのもうひとつの映画は「赤頭巾ちゃん気をつけて」。

浜松で、まだ飲みだすのには早い時間だったので、東映の映画を見た。「好色元禄㊙物語」。ころは元禄に、お夏とお七という姉妹がいたんだって。お七は妹だが、この亭主（川谷拓三）がわるい男で、女房のお七をだまし、前金をとって、女房を男に売る。むりやり、男にやられた女房のお七が、ふらふら、うちにかえってくると（こういうときは、しっかり、足をふみしめてあるかないもののようです）亭主野郎が、むりやり、姉のお夏とやっちゃってる。それで、鑿《ノミ》かなんかで、ブスッと亭主を殺してしまう。

そして、亭主の死体をすてるため、泥道を、姉のお夏といっしょに、二人で死体の足をもちひきずっていくんだが、泥が、死体の重みで、死体のかたちにえぐられていくんだなあ。（ほんとは、役者は生きてるんだけど、この際、生きてても死んでてもからだの重みはかわらない）

その途中で、お七が、わるい亭主だったが、アレだけはりっぱだったけど、殺してしまっちゃ、もうできない、とかなんとか言いながら、泥のなかにすわりこんで、死んだ亭主のものを口にほおばる。

　さて、お七は、亭主を殺した罪亡しに、悲願千人斬をたて、あれこれかまわず男たちとやりだすのだが、悲願成就の千人目の男と、ハアハア・イイイやってる最中に、ひょいと相手の男の顔を見ると、なんと、それが殺して死体を池にすてたはずの亭主。

　ところが、亭主は、恨みをこめて、あんまりハアハアやりすぎて、前に、女房のお七に鑿《ノミ》で突かれた傷口がやぶれて、アアッと一声死んじまう。

　せっかく、悲願千人斬をはたしたとおもったのに、また千人……とおもったら、一桁《けた》ふえて、悲願万人斬。

　お七のお供についてまわってた若坊主がいて、これが、なぜか、姉のお夏のほうに男にしてもらい、西のほうの空にはばたいていくような気持ちと、自ら西鶴と名のる。あ、井原西鶴誕生物語でもあったのよ。

　もう一本の映画は「神戸国際ギャング」。このあと、浜松市内のキャバレー「クラウン」にいき、元女子プロレスのホステスさんと飲む。これが、たいへんなキモノ美人。そして、チンボツ。

　日活配給セミドキュメント「名器の研究」。この映画は見てない。だけど、ぼくが出てるのだ。ただし、名器の女性にインタビューするという役で、からみ（ベッドシーン）

はない。

だったらおもしろくないだろうとおっしゃるが、ベッドシーンは、やってる本人はつまんない。ただ、ハアハア、息をきらしたり、それこそ、相手の女優さんにからまったり、あちこちなめたり、もんだりしてるだけで、だいいち、自分がどんなことをやってるのかという自分自身の反応みたいなものがない。

だから、一度でいいから、借金をことわるような役をやりたいとおもってるが、そんな役は、ぜんぜんまわってこない。

この映画の主役の桜マミは、ほんとに名器（珍器？）の持主で、名器場面も、ぜんぜんトリック撮影ではなく、オレンジ・ジュースなんかも管でキューッとあそこに吸いこんで、ピューッとだす。口にふくんだりするよりも、もっともっとたくさんの量だ、と監督の代々木忠さんもおどろいていた。

撮影は伊豆の下田だったのだが、この名器場面を、実際に見るため、わざわざ、東京や大阪からきてたひともいた。

ところが、そのあいだ、ぼくは、下田の町で飲みまわってた。ぼくはスケベな男だけど、あんまり興味ないんだなあ。やっぱり、ノンベーはダメよ。

桜マミは、脱ぎっぷりのいいのでは、最高のほうだろう。桜マミとは、いっしょに、東映で、主演みたいな映画を撮っている。

そのとき、桜マミは、女はお風呂にはいると、だれでも、あそこにお湯を吸いこむものだと信じていて、わらってしまった。ぼくたちがわらったので、桜マミは自分が名器（珍器？）なのに気がついたのかもしれない。

（「問題小説」一九七六年一月号）

映画館の水飲所

ユニヴァーサル映画「ミスター・ノーボディ」。川のなかに、髭面《ひげづら》の若い男が立っていて、ひょいと手をうごかし、ハエをつかまえる。そのハエを川の水面にうかかし、棒っきれをふりあげて、ハエをねらってたべにきた魚を、棒っきれでぶんなぐって採る。

それほどの早業で、拳銃《ガン》さばきも滅法うまいのだが、まだ世には知られていない、つまりはノーボディてことなのだ。

しかし、水面にエサをとりにきた魚を、棒っきれでぶんなぐったり、ハエを手でつかまえたりするのが、それほどの早業だろうか。

昔、片岡千恵蔵の宮本武蔵は、江戸の木賃宿で、荒くれ男たちにかこまれ、おどかされながらソバをくってるとき、なにしろ、木賃宿のムサイところなので、ソバにたかってくるハエを、箸のさきでチョイとつかまえては、すてた。それに気がついて、荒くれ男たちもマッサオになるというシーンがあったが、ハエを手でつかまえるより、こっちのほうがよっぽどむつかしく、となると、テレンス・ヒルの若きノーボディより、片岡千恵蔵の宮本武蔵のほうが強いのではないか。

ガキのころ、授業中に、映画スターのなかで、だれがいちばん強いか、というアンケートの紙がまわされてきたことがある。

活動写真バカのガキどもが、それぞれ、署名入りでアンケートにこたえていて、たとえば、大岡政談「魔像」の阪東妻三郎がいちばん強い、などと書いてある。

いや、「右門捕物帖」の嵐寛寿郎のむっつり右門も、ラストシーンでは、フンドシをちらつかせて、たいてい、まとめて三十人ぐらいは斬るから、嵐寛寿郎がいちばん強い、なんて書いてるやつもいる。（むっつり右門は着流しのため、フンドシがちらつくのだ。袴《はかま》をはいていては、フンドシは見えない。しかし、近頃は、テレビの時代物など、ほとんど着流しなのに、どうして、フンドシがちらつかないのか）

いやいや、旗本退屈男の市川右太衛門のほうが強い。それに、市川右太衛門が荒木又右衛門になり、れいの伊賀上野三十六人斬りをやったときは、両手に刀をもってバッタバッタやりながら、そのあいだに、鉢巻《はちまき》にさした手裏剣《しゆりけん》も投げるという奇術みたいなことまでやっている。

なんといっても、大河内伝次郎さ。大河内伝次郎の丹下左膳《シヤゼン》にかなう者はあるまい。

ところがどっこい、大河内伝次郎よりも、全勝キネマの大河内竜のほうが強いんだな。だいいち大河内竜は前をむいたまま、うしろの敵を、三人も斬り殺したりする。

極東キネマの綾小路絃三郎は、ちょいとにらんだだけで、遠くの敵がバタバタ倒れる。ま、綾小路絃三郎がいちばん強いだろう、なんてさ。

全勝キネマ、極東キネマなんてのは、ふしぎな映画がおおくて、チャンバラの最中に、とつじょ、ロボットがあらわれて、ロボットがチャンバラをはじめたりする。

リヤカーにでもカメラをのせてひっぱってるのか、お姫様があるいていく足もとにタイヤの跡があったり、雲助がカゴをかついでアスファルトの上をいったりするのはしょっちゅうで、しかし、チャンバラ映画に電柱が立ってるのは、やはりマズイとおもったのか、画面にうつった電柱を、今の輸入ポルノ映画のあの部分のように、ガリガリかき消してるのが、これまたはっきりわかったりした。

「ミスター・ノーボディ」のなかに、牛《カウ》パイという言葉がでてきた。牛のクソのことで、カウ・パイとはおもしろい。ついでだが、雄牛のクソ（ボーシェときこえる）といえば、悪口でウソをつくな、ってこと。

よけいついでに、ヘアー・パイというスラングもある。ぼくが、はじめて、進駐軍の料理場《キッチン》ではたらいたとき、股座《またぐら》火鉢ではないが、股座《またぐら》ヒーターをやってたウエイトレスがいて、なにをやってるんだ、とあるGIがたずねたので、ぼくが、「今、彼女はヘアー・パイを焼いてるんだ」とこたえると、GIたちがころげまわって、わらった。ヘアー・パイとは、女性のあそこのびらびらにはさまれたあたりのことのようで、これまた、みょうに感じがでている。やはり、パイと名がついてるからか、とくに、女性のその部分をおたべになるときにつかう言葉、ともスラング辞典にはでていた。

ＦＯＸ映画「マシンガン・パニック」。ペール・ヴァールーと奥さんのマイ・シューヴァルの共著の原作で、「笑う警官」という日本題名で角川文庫に、はいっている。この「笑う警官」が好きだというミステリ・ファンはおおい。

この映画には、グリース・ガンがでてくる。グリース・ガンとはグリス差し、または、噴霧器のようなものも言うが、ここでは、スラングで米軍のＭ３軽機関銃のこと。ストーリーにも関係がある。

すこし前だが、新宿三越裏の昭和館で古い東映映画の三本立てを見た（料金五百円）。深作欣二監督「仁義の墓場」。評判どおりおもしろい。これは、「実録阿部定」などのりっぱなポルノ映画とおなじように、筋書めいたものをとっぱらったところが、おもしろいのではないか。いいポルノ映画は、ポルノ描写ということで、ストーリーをとっぱらい、この「仁義の墓場」なども、戦後に実際にいためちゃくちゃな男を描くことで、ストーリーをとっぱらっている。つまりは、なかなか映像的なのだ。

佐伯清監督「博徒仁義　盃」に、若山富三郎のキリスト教のへんな坊さんがでてきた。牧師さんとよばれているのだが、首に数珠などをぶらさげ、十字をきったりする。牧師は新教で、新教では十字などはきらない。また、カトリックでは神父で、牧師とは言わない。

だいたい、日本映画では、新教とカトリックがごちゃまぜで、結婚式などは、たいていカトリック風だが、歌ってる讃美歌は新教のだったり……。

また、外国映画の字幕でも、よく、神父と牧師がいいかげんになっている。カトリックの神父さんみたいに首に白いカラーをしてるからと言って、神父さんとはかぎらない。ルーテル教会でも、たしか聖公会の牧師さんでもカラーはつけてることがある。もっとも、カラーのつけかたがちがうそうだが、どうちがうかは、ぼくも知らない。

この新宿昭和館では、ぼくの前に、頭にタオルで鉢巻をして、地下足袋をはいたオジさんがいて、映画がおわって、あかるくなる、と、なぜかよこをむいて、弁当をたべだした。そこいらで売っている弁当だ。

ところが、このタオルの鉢巻のオジさんはつぎの映画がおわると、また弁当をたべはじめた。映画の休憩時間のたびに、このオジさんは弁当をたべるのかな。こういうひとを、飯食う（無職）渡世っていうんだろうか。

ぼくも、映画を見ながらメシを食うのには、苦労している。サンドイッチなどは好きでないので、新宿駅で駅弁を買い、新宿の映画館にいったことも、なん度もある。

しかし、映画館のなかで駅弁というのは、ダメなんだなあ。暗くて、オカズが見えないんだもの。それに、画面のほうも見てなきゃいけない。それで、しかたなく、闇《やみ》くもに口のなかにほうりこむのだが、こんなふうでは、味もへったくれもない。ちいさなプラスチックの容器にはいった醬油をガリッとたべちゃったりしてさ。

このあいだ、池上線の荏原中延《えばらなかのぶ》の荏原オデオン座で映画を見たときは、寿司を買っていった。前は、荏原オデオン座にいくときは、近くの踏切のそばの店で、よくいなり寿司を買った。しかし、いなり寿司というやつは、とりだして、たべはじめると、かなり強烈なにおいがするもので、暗いなかでたべていても、前のひとがふりかえったりする。ついでだが、寿司も、あまりおいしくはなかった。

この荏原オデオン座のいいところは、水道の蛇口にコップがぶらさがっていることだ。だから、好きなだけ水が飲める。水なしの弁当というのはつらい。

それに、ぼくは、たいてい昼ごろ目をさまして、映画を見にいくので（夜は、映画を見ない。日が暮れたら、酒を飲まなくちゃいけないもの）二日酔のはげしいときで、脱水状態にあり、やたら水がほしい。

ところが、東京周辺の映画館は、水飲所はあっても、ほんのわずか、くちびるを湿すぐらいしか水がでないとか、まるっきり水がでないとかいったのばかりなのだ。

これは、あきらかに、わざと水飲所の水をでないようにして、映画館の売店のコーラやジュースの売上げをふやそうという、きわめて悪質なコンタンだ。

保健所か消防署かはしらないが、映画館に水飲所をつくることを義務づけてるはずで、しかし、ほとんどの映画館の水飲所の水が、こんな状態では、監督不行届と言うべきだろう。どしどし抜打ち検査をして、水飲所の水の出のわるい映画館は一時閉館にすべきだ。その点、荏原オデオン座は、水道の蛇口にマジメにコップがぶらさがっていて、表彰されていい。

この日も、目がさめて、トイレにいったりしたあと、自転車で雪ヶ谷大塚駅にいき、池上線の電車にのって、荏原オデオン座にいったのだが、三本とも長い映画で、映画を見おわったのは、夜の七時に近く、もちろんまっ暗で、こうなると、かえりの電車にのる前に、とりあえず一杯やりたい。

その一杯が十一時すぎまでのハシゴになり、雪ヶ谷大塚でも飲んで、自転車にのったら、ひょろひょろ、ひどいものだった。と、あとになってゾッとしたのだが……。

上の娘が生まれたのは、早朝五時ごろだったが、その前日も、荏原オデオン座にカカアと映画を見にいった。このときも、チャップリンの「ライムライト」など、長い映画の三本立てで、三本見おわったときは、すっかり夜で、それから焼酎をガブ飲みし、まだ酔っ払ってる状態で、カカアを産院までつれていきしんどいおもいをした。もちろん、そのとき生れた娘も、今、せっせと映画を見ている。

「祭りの準備」。私小説ってものがあるならば、これは中島丈博の私脚本というところか、それを、黒木和雄が監督している。この映画で、杉本美樹が汚れ役ででてくる。杉本美樹は東映でデビューしたときから、何度か、おなじ映画にでたことがあるが、杉本美樹の汚れ役というのは、はじめてではないだろうか。

主人公の若者の父親のハナ肇が、女のところで、豚肉のスキ焼をたべているが、それにニンニクがたくさんはいっていたのが、おもしろかった。

渋谷全線座、「カサブランカ」と「凱旋門」三百円均一。学割はない。学生町の映画館も、料金が安いところは、学割がない場合がおおい。

十一時の開場時間にいくと、全線座の前に長い列ができていた。やはり学生風の若い男のコや若い女のコがおおく、ぼくみたいなオジイがいない。

ぼくがさいしょにイングリッド・バーグマンを見たのは、「カサブランカ」だった。また、戦後、映画館で見た、はじめてのアメリカ映画だったかもしれない。

この映画の主題歌は「As time goes by」という歌で、ぼくはこの歌が得意だった。だから、毎年、歳末にやる、日本劇場での徳間書店の大歌謡大会では、こんどは、この歌をうたおうとおもってたが、ひさしぶりに、この「カサブランカ」を見たら、ぼくのメロディとちいっとちがうんだな。こんなふうに、自分でお得意にして、いつもうたってた歌は節がかたまっちゃって、今さら、ちょこちょこかえるのはむつかしく、ヨワっている。

（「問題小説」一九七六年二月号）

映画を見るについての悩み

浅草に映画を見にいこうとうちをでた。浅草新劇場（料金四百円）では、長谷部安春監督「盛り場仁義」、森繁久彌、司葉子主演の「社長繁盛記」、長谷川一夫、淡島千景主演の「忠臣蔵」をやっている。ほかにも、見たい映画があるかもしれない。

映画を見たあとは、浅草千束《せんぞく》、猿之助横丁のクマさんの店「かいば屋」で酎ハイ（焼酎ハイボール）を飲むことになる。そして、ぼくは歌うだろう。〽神の御子《みこ》の（イ）エス様は眠りたまう安らかに　飼葉《かいば》桶のなかにても　打たぬ藁《わら》の上にても。飲んでいて、日曜学校の讃美歌など歌えば、店の主人のクマさんはじめ、みんなシラける。あは、おもしろい！

浅草新劇場の「忠臣蔵」の監督は渡辺邦男だ。このひとは、よく売れた監督だった。早撮《はやと》りの名人などとも言われた。長谷川一夫のマドロス姿で大当りをし、朝日新聞の映画評で、「愚劣、見るに耐えず」などとくさされた「支那の夜」も、たしか渡辺邦男の監督だった。（＊「支那の夜」は伏水修監督。渡辺邦男監督作品「白蘭の歌」「熱砂の誓ひ」、これら

三作品は大陸三部作といわれる）

前は、毎年十二月になると、「忠臣蔵」が封切された。それも、東映、東宝、大映、松竹など、二、三本かさなることも、めずらしくなかった。

ぼくが、はじめて見た「忠臣蔵」は大河内伝次郎が大石内蔵助になる日活の「大忠臣蔵」あたりだろうか。子供のときの「忠臣蔵」でおぼえてるのは、東宝の「忠臣蔵」で、それも記憶にあるのは、横山エンタツと花菱アチャコの当時の花形漫才コンビがタタミ職人になり、タタミを縫ってるシーンだけだ。へんなものを、おぼえてる。

東宝の「新編丹下左膳」も、たしか渡辺邦男監督だったが、おなじ大河内伝次郎主演でも、おもしろくなかった。どうしておもしろくないのだろう、とガキのくせに、もどかしがりながら見たのをおぼえている。

丹下左膳は、大河内伝次郎主演のほか、月形龍之介の丹下左膳も見た。これは、マキノ正博監督で、上下巻あり、けっこうおもしろかった。

怪優といわれた団徳麿の丹下左膳もあった。団徳麿はチビだから、とびあがって、人を斬っていた。

いろんな丹下左膳のなかで、すごくおもしろがって見たのは、なん度も言うことだが、山中貞雄監督のコメディタッチの「丹下左膳余話　百万両の壺」だ。

ともかく、浅草で映画を見ようとうちを出たのだが、田園調布の駅で、あれっとびっくりし、次の自由ケ丘の駅で、電車の入口近くにいたのではじきだされ、こりゃダメだ、とうちにかえってきた。

昼すぎの、いつもは電車が空いてる時間なのに、やたらめったら、ひとがいたのだ。

田園調布から浅草にいくのには、東横線で渋谷にでて、いちばん古い地下鉄で浅草まで（ぼくは、たいてい、ひとつてまえの田原町で地下鉄をおりる。そういうクセなのだ）はしからはしまで地下鉄にのる。

そのあいだ、本を読むのもたのしみなのだ。この日は、佐木隆三さんの小説『復讐するは我にあり』を、うちからもって出た。この小説は、たいへんにおもしろい。だが、こんなに電車が混んでは、本を読むどころではない。

というわけで、うちにかえってきたら、娘に叱られた。「パパ、そんな意志の弱いことで、どうするのよ。朝夕のラッシュなんか、もっとひどいんだから。将来、サラリーマンになったときのために、鍛えておかなきゃ」

佐木さんの小説を読みおわり、酒を飲みだして、テレビのチャンネルをひねると、ニュースで、暮れの日曜日の大混雑、というのをやっていた。その日は年末の日曜日だったのだ。

すこし前だが、銀座並木座（料金三百五十円）に映画を見にいこうとして、ぼくはナヤんだ。銀座並木座は、並木通りも、もう高速道路に近いところにある。田園調布から東横線の中目黒で地下鉄日比谷線にのりかえて、地下鉄銀座駅でおりるのと、池上線の雪ヶ谷大塚から五反田へ、そして山手線にのり、国電有楽町駅でおりるのと、どちらが早くて、あまりあるかなくていいか？

地下鉄のほうが近そうだが、国電有楽町駅も、あんがいあるかなくてすむかもしれない。それに、五反田駅のりかえで国電でいったほうが三十円安い。あまり長時間、ぼくがナヤんでるので、娘がひやかした。「オジイのココロが、ゆれにゆれてるのね」

映画は斎藤耕一監督「津軽じょんがら節」。津軽の海のしろっぽいグレイの冬の波はほんもので、だけど、ほんもののように撮るのは、やはり芸のうちか。ほかに、篠田正浩監督「心中天網島」。

テアトル銀座にいこうとして、国電の有楽町駅でおりたことがある。テアトル銀座は、有楽町の朝日新聞社の裏あたりだとおもってたのだ。

ところが、テアトル銀座は、銀座というより、京橋にあるんじゃないの。ぼくは、一回目の開演にきっちり間にあうように、時間の計算をしてたので、あわてた。映画は、はじめから見なくちゃ、おもしろくない。また、それが、映画を見るエチケットだろう。

有楽町から京橋へ、ぼくはトットコあるきだしたが、わるいことは重なるもので、大のトイレにいきたくなった。

ぼくは、寝床からぬけだし、メシをくったら、映画を見に出かける。映画を見る日は、仕事はナシだ。仕事はナシでも、酒は飲む。また、仕事ナシの日がおおいんだなあ。

それはともかく、さいしょのメシをくったあと、ぼくは、やたらに大のほうのトイレにいく。この日も、うちをでる前にトイレにいき、池上線から山手線にのりかえる五反田駅でもトイレにいき、有楽町の駅でもトイレにいった。（五反田駅のトイレには、《ぼくは、毎日、ひばりちゃんの写真を見て、せんずりをかいています》という落書があった。五反田駅のトイレで、靴が一足、そろえて脱いであったことがある。だれかが、靴を脱いで、駅の水洗トイレのなかに入水自殺をしたのだろうか？　五反田駅のトイレは、ふしぎなところだ）

そして、有楽町駅のトイレをでて、朝日新聞社の裏にいき、その附近にはテアトル銀座はなく、京橋にある、とおそわったあたりから、またまたトイレにいきたくなった。しかし、あれだけミミッチク時間を計算していながら（いや、ミミッチク計算したためか）ぼくは、トイレの時間は計算にいれてなく、もう、それだけ時間の予算をオーバーし、おまけに、テアトル銀座ははるけき彼方の京橋にある。

どこかにより道してトイレを、なんて時間はない。と、がまんしたのだが、テアトル銀座のトイレにかけこんだときは、しゃがむ余裕さえなく、ほんとにあぶないところだった。テアトル銀座で、どんな映画を見たかは忘れた。

池袋ピース座（五百円）は池袋駅西口の三菱銀行のよこ、ときいていたが、銀行のまわりをぐるぐるまわったけど、そんな映画館はない。それで、銀行からでてきたひとにきくと、「ここは三菱信託銀行、あっちが三菱銀行」とおしえてくれた。

「トラック野郎　御意見無用」。監督は鈴木則文さんで、ぼくは、この監督の映画にはなん度も出たが、みんな、カントクのことを、鈴木コーブンと言う。ソクブンじゃないのかとたずねたら、コーフンするくせがあるので、コーブンというあだ名になったのだそうだ。

ある撮影のとき、鈴木監督は、ローマ字でSUZUKIという文字がプリントしてあるTシャツを着ており、さすがは売れっ子監督、自分の名前入りのTシャツを特別につくらせたのか、と感心したが、これは、オートバイのスズキのTシャツでした。

菅原文太と愛川欽也が長距離トラックの運転手になるこの映画は、たいへんにウケたそうだから、きっと、トラック野郎シリーズがはじまるだろう。

松山善三「各駅停車」（＊松山善三脚本、井上和男監督）。昔の映画はおっとり、のんびりしてたんだなあ。加藤泰監督「緋牡丹博徒　お命戴きます」。緋牡丹のお竜さんは、球磨焼酎で名高い九州・人吉の生れだとかで、ちょっとふしぎな九州弁をつかってたのをおもいだした。それはともかく、緋牡丹のお竜さんが球磨焼酎を飲んでるのは見たことがなかった。もっとも、いつも旅中か。

この映画館は、なんのためか、客席のうしろの壁に、幅五十センチぐらいの棚があり、ここに、ひとが二人寝ていた。この二人は、ぼくがいるあいだ、ずっと寝ていたが、目がさめたら、映画を見るのだろうか。ぼくのカンでは、映画なんか見ないのではないか。

また、そんなに客席が混んでたわけでもないのに、ずっと立ったままのひとも何人かいた。

うちにかえって、このはなしをすると、娘が、蒲田のなんとかいう三本立ての映画館では、たいてい二十人ぐらいしか客は入ってないが、そのうちの十人ぐらいは、いつも、立ったままだそうだ。

ワーナー映画「クレオパトラ・カジノ征服」。黒人女優タマラ・ドブスンの主演。前は、黒人の主演なんて考えられなかった。しかも、女性アクション映画だ。この映画のなかで、クルマがぶつかって、燃えちまうシーンがあったが、バーベキューのメイン・コースだ、と言っていた。

ワーナー映画「ドク・サベージの大冒険」。映画がはじまると、星条旗がはためきながらうごいていく。ドク・サベージが、星条旗をたてたオートバイで、北極の氷原をはしってるのだ。

ドク・サベージは星条旗が絶対の正義の旗だったころの正義の味方。世のため、祖国のために、身も心もささげ、そのため、禁酒・禁煙・禁マン、一日二時間も三時間も体操をやってからだをきたえる。

正義のために立ちあがったドク・サベージの両眼には、見よ、正義の星が、きらきら、ひかってるではないか。

うちの娘は少女マンガが大好きだが、それでも、主人公のおメメにきらっとかがやく星は二つが限度で、三つ星になると、もううんざり、と言った。

東和提供「怒りの日」。主役のロッド・スタイガーは、この映画では、女王御夫婦がおいでになる英議会の開院式で、議事堂ごと爆破しようというアイルランド人になるのだが、前に、彼がやったギャングの親分アール・カポネはよかったなあ。パンにのっかったハムの脂身を、ぴらーっとおっぱがして、わしづかみにして食べるところなど（もっとも、ニホン人だって、パンをたべるときは箸はつかわず、わしづかみだけどさ）ほんとによかった。いろんな役者がアール・カポネをやってるが、あれがいちばんではないか。

ロッド・スタイガーは、ユダヤ人の質屋のおやじの役もやったし（「質屋」）、アール・カポネ親分はイタリア移民の子だし、この映画では、イングランド兵に妻と子を殺されたアイルランド人の男、とアメリカ映画での外国人役がいくつかある。

早起きしたので、テアトル新宿（三百五十円）にいく。新宿駅ビル地下で三百円の鮭弁当を買った。映画館に弁当をもっていくのは、暗くてオカズが見えなくて、うまくない、と先月号のこの欄に書いたが、だったら休憩時間に食べればいいわけで、暗いなかで、音などを気にしてるより、こっちのほうが正々堂々としていていい。事実、おいしく鮭弁当を食べた。

しかし、鮭の切身ひとつに、うすい奈良漬二《ふた》きれでは味気ない。こんどからは、奮発して四百五十円の詰合せ弁当を買おう。映画は山本薩夫監督「華麗なる一族」。

（「問題小説」一九七六年三月号）

掛け持ちの映写技士

すこし前だが、浅草千束、猿之助横丁のクマさんの店「かいば屋」で酎ハイ（焼酎ハイボール）を飲んでいて、ぼくはつまらないことを言った。黒木和雄監督の「祭りの準備」のことがはなしにでてたのだが、ぼくは、「あの映画は、あまりおもしろくなかった」と言ったのだ。

あのとき、ぼくは「かいば屋」にいったばかりで、まだ酔ってはいず、酔っ払ってないと、ぼくはつまらないことを言う。

いっしょに酎ハイを飲んでたのは殿山泰司、黒田征太郎、長部日出雄、こんど直木賞をもらった佐木隆三、石堂淑朗さんといった面々、あとから野坂昭如さんもやってきて、ぼくがかえったあと、総あたりのケンカになったそうだ。

ぼくがつまらないことを言ったあたりから、雲行がおかしくなったようだが、昔は、とくに九州あたりの同人誌の会では、文学上の考えがちがうから、となぐり合いのケンカがはじまることもあったけど、映画のことで、取っ組み合いというのは、まだまだ、ほんとの映画好きがいるということかもしれない。もっとも、あの顔ぶれがあつまって酎ハイを飲んでいて、無事にすむとはおもえない。

黒木和雄監督の「祭りの準備」はキネマ旬報の昨年度の映画ベスト10の第二位になってるそうで、復活したブルーリボン賞のベスト10のなかにもはいっている。

いや、だから、どうってことはない。ぼくは、はなはだ自分勝手に映画を見ている。また、ぼくみたいなニンゲンに、この映画はいいとか、わるいとか、そんなおこがましいことは言えない。

ただ、この映画は、ぼくはおもしろかった。ぼくはあまりおもしろくなかった、と、それこそ勝手なおしゃべりをするだけだ。

それはともかく、黒木和雄監督の「祭りの準備」は、ぼくがわるい見方、損な見方をしたのではないかとおもいだした。新宿の映画館で、途中から見たのだ。

いつも、ぼくは、映画は途中から見るものではない、と言っている。どこの物好きが、小説を途中から読みますか、途中から見たって、べつにかまわないような映画ばかりつくるから、ニホンの映画はつまらないのだ、とぼくはくりかえしてきたではないか。

ところが、黒木和雄さんの「祭りの準備」は途中から見てもらったりしちゃこまる、それはごくあたりまえのことだったが、しかし、ぼくが途中から見た数すくない映画のひとつだったのだ。はじめから見れば、まるでちがっておもしろく見たかもしれないのに、ほんとに、ぼくは損をした。

　つくづくそうおもったのは、やはり新宿のスカラ座（料金千円）で、「コンドル」を見たためもある。映画館にはいったら、ちょうど休憩時間で、はじめから、この映画を見ることができたが、もし途中から見ていたらとおもったら、大げさでなくゾッとした。

　今、評判のＣＩＡの内幕物のストーリーだが、途中から見たんでは、まるでつまらなかっただろう。ついでだけど、この映画の原作名は「コンドルの六日間」で、それが映画の原題では、はんぶんの「コンドルの三日間」になり、日本題名では、とうとう、ただの「コンドル」になってしまった。だんだん、翼をもぎとられて、丸裸になったコンドルというところか。

　はなしが逆もどりするけど、「祭りの準備」は中島丈博さんの原作、脚本で、キネマ旬報の昨年度の脚本賞をとったそうだ。

　コロムビア映画マイク・ニコルズ監督「おかしなレディ・キラー」。二日酔の彼女がテーブルに向いあってる男にたずねる。「前に、お目にかかったかしら？」男はニコニコしながらこたえる。「ええ、昨夜」「え、どこで？」「公証人のところ」「あなた、だれ？」「きみのハズバンド」

　公証人のところで婚姻届をすませた花嫁は表にでてくると、付き添いの男に抱きついて、熱い長いキスをする。それを、ハズバンドになった男が、うらやましそうに見ている。

この映画は、一九二八年のこととなっているが、その当時、アメリカにはマン法という、不道徳な目的で女性を州外に連れだすと罰せられる法律があったのだそうだ。

ニホンでも、江戸時代には、入り鉄砲に出女といって、女を江戸から連れだすのはやかましかったらしいが、アメリカにもこんな法律があったというのはおかしい。

じつは、花嫁は大富豪の令嬢で、花嫁と熱い長いキスをしていた男は、花嫁と愛しあってるのだけど、女房持ちなのだ。そして、いっしょに、カリフォルニア州にいこうとするのだが、女房持ちが、どこかの令嬢と州をこえたのでは、マン法にふれる。だが、カリフォルニア州にいこうがかってだというので、友だちと結婚させ、カリフォルニア州で三人で暮して、法律的には亭主の友だちは居候、実際は自分たちが夫婦生活をしようと計画をたて、もちろん、そんな計画が、すんなりうまくいくわけはなくて、いろいろゴタゴタするというストーリーなのだ。

よけいなことだけど、この映画の解説や、新聞の広告の紹介記事などに、マン・アクト法と書いてあるのはおかしい。アクトというのが条令や法のことなので、マン法法になってしまう。

この映画のなかで、アップ・オン・ア・サドルという言葉があって、彼女は、今、真最中という字幕がでていた。すると、相手が、なにの真最中かとたずね、マンスリー

（月のもの）の真最中とこたえる。ついでだが、サドルは、馬の場合には鞍、自転車のときは、そのままサドルと訳している。こんなふうに、おなじ言葉でも、訳し分けるということはおかしい。

これまたついでだけど、ぼくが翻訳をやってたころ、ミステリのなかに、このマン・アクト（マン法）という言葉はよくでてきた。だけど、この映画でもそうだが、マン法によって、こんなおかしなことがあった、と、実際よりも、あれこれはなしがつくられてたような気がする。マン法は、別名を白人ドレイ法といったそうで、もとは、売春させるために女をほかの州に連れだしたり（つまりは、売りとばしたり）するのを禁止するのが目的の法律だったのだろう。

パラマウント映画「イナゴの日」。ロスト・ジェネレーション（失われた世代）の作家と言われるナサニエル・ウエストの原作で、一九三八、九年ごろの全盛時代のハリウッドを描いている。この映画で、カレン・ブラックのエキストラの女のコが、シガレット・ミイ（タバコをちょうだい）、マッチ・ミイ（火をつけて）と言うシーンがあった。ギブ・ミイ・ア・シガレットやギブ・ミイ・ライトではない。そのころのハリウッドあたりで流行った言葉かもしれないが、こんな米語はしらなかった。カンタンでいいではないか。

カマタ宝塚で「伊豆の踊子」をやっていた。山口百恵主演のではなく、内藤洋子の「伊豆の踊子」だ。二カ月ほど前にも、おとなりの川崎の映画館で、内藤洋子の「伊豆の踊子」を見たが（あの日は、ひどい雨だったなあ）そのことは、一月号のこの欄にも書いた。このあたりには、かなりしつこい内藤洋子ファンがいるらしい。

東和配給「危険なめぐり逢い」。原題名は、ラ・ベビイ・シッターだが、ベビイ・シッターという英語がフランス語になってるらしい。

しかし、フランスでは外国語追放の法律ができたというし、ベビイ・シッターも、どうなるのか。

フランスでも映画関係の英語はたくさんあるだろうが、そのひとつは、タイトルにでてくるスクリプト・ガールだ。ニホンでは記録と言っていて、野郎ばかりのスタッフのなかで、記録だけが女性だ。これが、なかなか重要な仕事なんだけど、若くて、かわいいような記録の女性はいないねえ。フランスでも、スクリプト・ガールと言ってるところを見ると、記録は世界的に女性の仕事らしい。

それに、ニホンでも、なんとかガールズというようなショウの女のコたちがいるが、フランスにもなんとかガールズ（英語をつかい）があるらしく、ただ、この映画の原題名「ラ・ベビイ・シッター」とおなじように、冠詞だけは、フランス語でLaだ。

さて、ベビイ・シッターというのは、たとえば、夜、両親がどこかに出かけ、ちいさな子供がのこるとき、近所の女のコなんかがアルバイトで、その両親がかえるまで、いてやったりすることだ。

だから、子守りと訳すと、ちょっと感じがちがう。子守りといえば、チャンチャンコで赤ん坊をおぶって、ついでに、頭に鉢巻をまいて、となる。ともかく、ああ、ヨシヨシ、と赤ん坊をあやしてなくちゃ、子守りにならない。

ところが、アメリカ映画にでてきたりするベビイ・シッターは、たいていローティーンの女のコで、べつに赤ん坊をあやすわけではなく、子供たちは自分たちで勝手にあそんでいて、やがて寝てしまい、ベビイ・シッターは椅子に腰かけ、クッキーなんぞ食べながら、なぜか、ほとんどメガネをかけて、少女小説などを読んでいる。

この映画でも、マリア・シュナイダー（「ラストタンゴ・イン・パリ」）の主人公のベビイ・シッターは、朝になって、男の子をおこし、それから、とんでもないベビイ・シッターをたのまれたらしい、と、だんだん気がついてくる。

つまり、子守りでは、この映画は成立しないのだ。ベビイ・シッターだからこそ、こんな映画をこしらえられたといえる。

大げさなことのようだが、アメリカの少女小説を翻訳してると、よくベビイ・シッターがでてきて、ぼくは訳をするのに、こまった。

フランスでも、昔は、子守りのようなのはあっても、ベビイ・シッターみたいなアルバイトはなく、だから、英語のベビイ・シッターを、そのままつかってるのかもしれない。

三軒茶屋映画の休憩時間に、サンダルをはいた若い男がやってきて、とつぜん、映画館をまちがえたのではないかと言う。

「映画館をまちがえた?」

「そう。おたくは……うーん、コミさんでしょ。コミさんの映画は、ここじゃなくて、あっちでやってるよ」

ぼくは、なんのことかわからず、ポカンとしたが、よくよくきくと、この若い男は映写技士で、三軒茶屋中央という映画館も掛け持ちで、そっちのほうで、ぼくがでてる「名器の研究」をやっており、当然、自分が出演している映画を見にきて、まちがえて、この映画館にはいったのだろう、とこの若い映写技士さんは言ってるのだ。

昔は、ひとつの映画館に、映写技師と助手が二人ぐらいはいたのに、ひとりの映写技師で、映画館を二つ掛け持ちとはねえ。しかし、両方とも三本立て。こういうのを、高度成長というのだろうか。

しかし、途中でフィルムがきれたりしたとき、映写技師がその映画館にいなかったら、電話をかけ、そして、かけつけてこなくちゃいけない。そんなことが、一日になん度もあれば、映写技師はくたくたになってしまうのではないか。

映画を見たあと、三軒茶屋の飲屋で、このはなしをすると、ぼくのとなりにいたオジさんが、モノをしらないやつだなあ、という目つきでぼくを見て、言った。

「あのね、近頃の映画のフィルムはきれないの。きれないから、映写技師も映画館の掛け持ちができるのよ」

「いや、ぼくが見てる映画は、ちょいちょいきれるけどなあ」ぼくはため息をついた。

「おたく、よく映画をごらんになるんですか?」

「映画?　映画なんて、もう十五年以上も見てないよ」

映画を見なくて、フィルムがきれるかよ、バカヤロウ!


（「問題小説」一九七六年四月号）

アメリカに渡って観た映画

「キュウ、ある？」

二番街のバス停の前に、キャンデーや雑誌、新聞なんかを売ってる店があったので、ぼくは店の男にたずねた。ニューヨークに着いた翌日のことだ。

「キュウ？　ああ、キュウ・マガジン……」

店の男はプエルトリコ訛で言った。そういえば、れいの「タイム」もタイム・マガジンと下にマガジン（誌）つけたっけ。

CUE（キュウ）はニューヨークでやってる演劇・映画などの案内の雑誌だ。週刊誌だと表紙には書いてあったが、ほんとに、各週にでてるのかはしらない。

じつは、これとおなじような、映画や演劇、コンサートなどの案内の雑誌が東京にもある。「ぴあ」といって、これは月刊だが、ぼくは、たいへんに便利にしている。

たとえば、新宿、銀座、浅草、川崎など、京浜地区のぜんぶの映画館で上映してる映画がでてるので、その月の「ぴあ」を買ってくると、丹念に（ぼくが丹念にやるのは、これぐらいかな）目をとおし、見たい映画に印をつけておく。

だから、きょうは鶴見文化、明日は早稲田松竹と、京浜じゅうをうろついて、映画を見てあるけるってわけだ。

「キュウ」もおんなじで、ニューヨークのだけでなく、コネティカット州の一部やニュージャージーの映画館の案内もでている。

それに短い映画評や映画紹介も別についていて、だいたいどんな映画か見当がつく。

また、食事をするところの案内もあって、日本料理のレストランの名前などもあるが、これは、ぼくにはカンケイない。

「ぴあ」は百円だけど、「キュウ」はいくらだったか……。もっとも、この日は、映画館のおおいブロードウエイもあるいたし、バスにのって、グリニッチ・ヴィレージにもいったけど、映画館にははいらなかった。

羽田からサンフランシスコにくるジャンボ機のなかで、「ブラック・バード」という映画を見た。

これが、字幕がないせいか、たいへんにふしぎな映画におもえた。主人公らしい男に、だれかが、おたくはサム・スペードか、とたずねている。すると、主人公が（やはり、主人公だった）いや、サム・スペードは三十四年前に死にましたなんてこたえてる。

「だったら、おたくはだれ？」

「（サム・スペードの息子の）サム・スペード・ジュニア」

サム・スペードといえば、ハードボイルド・ミステリの元祖といわれるダシール・ハメットの作品にでてくる有名な私立探偵じゃないの。

フランスの文豪アンドレ・ジッドも（このひとは、あまり文豪という感じじゃないけどさ）ハメットの作品には感心したときいた。サム・スペード探偵がでてくる作品を、ぼくも一ケ訳している。ただし、この作品は、あまり感心しなかった。

ともかく、やたらに人がはしりまわり、なにやら置物めいた、重そうな、まっ黒な鳥の像を、とったり、とられたり、ドタバタやっている。

悪漢の親玉というのが、ナチの黒い親衛隊の服に、れいの仏教のお寺さんのマークみたいな鉤十字のナチの腕章をまいた男で、デスクのうしろにふんぞりかえって腰かけているが、椅子からおりると小人で、デスクの下をあるいてとおりぬけたりする。

ニホンにかえってきて、都筑道夫さんにたずねてわかったのだが、ダシール・ハメットのかの有名なる「マルタの鷹」のコメディ版だったわけで、これまた当時大評判の故ハンフリー・ボガード主演の「マルタの鷹」を見てないの、と都筑さんに言われた。しかし、ぼくは「マルタの鷹」も読んでないのかねえ。

みんなどなっていて、ドアはドタン、バタン、必要以上にやかましい音をたてるし、イヤ・ホーンのボリュームを大きくしすぎてたんじゃないかって……うーん、いや……。

なにしろ、映画を見てる前から、飲みっぱなしに飲んでたもんな。ちいさなボトルになってるマルティニを、半ダースとか一ダースとか、まとめて買っちゃってさ。あとで、スチュワーデスが、座席の袋にガチャガチャつっこんであるマルティニの壜の残骸を見て、「たいへんなコレクションね」とおどろいていた。

さて、「キュウ」でしらべて、映画を見にいく。東京でも、いつも、ぼくは「ぴあ」をもちあるいていた。国電のなかで、いいオヤジが「ぴあ」をひろげて見てるなんて恥ずかしいが、映画を見るのに恥ずかしがってはいられない。

「キュウ」には、さっきも言ったように、ニューヨーク市以外の映画館の案内もでてるけど、たとえば、わざわざ、ペンシルヴェニア駅からロングアイランド鉄道にのって映画を見にいくことはあるまい。それに、田舎の町の映画館は、たいてい、夜しか映画をやってないのだ。田舎どころか、サンフランシスコのダウンタウンのど真中の映画館でも、開演六時半というのがあった。

それに、ホテルからぶらぶらあるいていけるところに、たくさん映画館がある。これも、ホテルからあるいて五分ぐらいのギルド劇場（三ドル）でキューブリック監督の「バリー・リンドン」を見た。原作はサッカレーだそうだ。

かつてつくられた映画のうちでも、もっとも美しい映画のひとつ……と映画評にもかいてある。ほんと、古めかしく、美しい風景がやたらにでてくる映画だ。その背後にながれる、これまた古めかしく、ややまどろっこしい、美しいクラシックのメロディ。

ニホンでも、昔、お公卿さんたちは化粧していたというが、この映画を見ると、ヨーロッパの十八世紀あたりの貴族の男たちも化粧をしていたのか。でっかいつけ黒子《ぼくろ》なんかもつけちゃってさ。

じつは、この前の晩、ブロードウエイで、あるひとにつれられ、ポルノ映画を見た。たぶん、ワールドとかいう映画館だろう。

アメリカのポルノ映画は、どこまでもバッチリ見せる。この映画でも、でっかいキュウリというより、もうヘチマみたいに大きな黒人の男のデチ棒を、白人の女が両手でにぎりしめて、なめたり、吸ったりしていた。

そのデチ棒が、黒びかりをして、反っくりかえり、ムクレかえっており、こうなると、こっちは劣等感さえもおきず、ただあきれたが、飲んでいたせいもあってか、眠ってしまった。

そのあと、ポルノ映画を見てると、眠くなって、と、あちこちのひとからきいた。なにしろ、変りばえのしないことをやるもんでね。

この映画の料金は五ドル。「バリー・リンドン」が三ドルで、こっちは五ドル。製作費は、おそらく百分の一以下だろうに……。

ポルノ映画では、"BEHIND THE GREEN DOOR"（緑の扉の奥でのこと……みたいな意味か）というのが、評判だったらしい。つまりは、芸術ポルノみたいなものなのだろう。今でも、まだ、どこかの映画館でやってるかもしれないが、芸術ポルノでも芸術的に眠ってしまいそうで、さがす気はない。

いろいろ話題になってるのは、もうニホンでも封切された、ジャック・ニコルソン主演の「カッコーの巣の上で」（英語ではクックー）だが、場所がニューヨークだからか、ニューヨークでは、「タクシードライバー」（タクシー運転手）を見たかと、いろんなひとにきかれた。

ロバート・デニロ主演のニューヨーク市内のタクシーの運ちゃんが、大統領候補のある上院議員のニューヨークの選挙事務所ではたらいてる、おりこうそうで、きれいな若い女性が好きになるけど、きれいにフラれて、その大統領候補を殺す決心をする。

だいたい、そんなタクシー運ちゃんなんか相手にする女性ではないのだが、すこしつき合ったのは、やはり、選挙事務所ではたらいていたからか。

運ちゃんはこの若い女性をスウェーデンのポルノ映画をやってる映画館につれていき、女はおこってかえってしまう。

運ちゃんは、すまん、すまん、悪気はなかったんだ、ただ、おれは、いつも、こんな映画を見てるんで……なんて、あやまってるが、これでチョン。

ともかく、運ちゃんは、大統領候補を殺すため、一日懸垂何回などとからだをきたえ、拳銃の射撃練習にはげむ。

だけど、大統領候補は撃ちそこね、知り合ったパンスケの娘のヒモやその仲間二人を、とつぜん拳銃《ガン》をぶっぱなして、やっつける。

もちろん、運ちゃんのほうもやられて、血だらけになり、死んじまったのかとおもったら、つぎのカットでは、同僚の運ちゃんたちと、いつものようにつまんない立話をやっている。

「タクシー運転手・ギャングと闘う」なんて新聞に大見出しででていて、彼は、つまり一時的な英雄になったのだ。

パンスケの娘は田舎にかえり、その両親から、こちらにくるようなことがあったら、ぜひ、うちによってくれ、あなたは娘の恩人ですといった手紙もきている。

だが、このパンスケの娘は、前に彼にあったとき、どうして、こんなところで、こんな商売をやってるんだ、と運ちゃんにきかれ、わたしは自由で、どこかにいこうとおもえば、勝手にいけるんだし、ほっといてくれ、みたいなことも言っている。

ただ、そのとき、くりかえし、"I'm stoned" とも言った。stonedというのは、ふつう酔っぱらってるという意味につかうが、この場合は、たぶん麻薬中毒《ヤクチュウ》だろう。

そして、ラストで、偶然、運ちゃんをふったれいの女がタクシーの客になり、「あなた、偉いことをしたわね」とほめ、運ちゃんは、「新聞やなんかにでてることは、事実とはすこしちがって……」みたいなことを、ぶつぶつぶやき、「いくら?」と女がさしだす料金を、ぼんやり手をふってうけとらず、クルマははしりだす。

まことにばかばかしいはなしで、毎度のことながら、ばかばかしいほど、ほんとにありそうで、ぼくはおもしろかった。

「タクシー・ドライバー」を見たのは、59ストリートに近い2番街の映画館で、そのそばの映画館で、「公爵夫人と泥水狐」という西部喜劇も見た。公爵夫人も泥水狐も、ケチな悪党で、ちょこちょこわるいことをしながら、おっかない悪党に追われて、逃げてまわる。料金は、両方とも三ドル五十セントぐらい。

そのほか、ブロードウエイのクリトリオン劇場（料金四ドル）で「W・C・フィールズと私」。フィールズという実在したコメディアンのはなしだが、奇行で有名だったらしいフィールズの役を、ロッド・スタイガーがイボ痔みたいな鼻をくっつけ、口をひんまげて、大熱演していた。だいたい、このひとは熱演型だ。

ニューヨークからサンフランシスコにくるジャンボ機のなかで、ニューヨーカー誌を読んでたら、この映画の評があり、だれかの形態を真似るのは演技ではないということは、どんな演劇学校の生徒だって知っている、と書いてあった。

ピネロープ（ピ?）なんとかいうオバさんの批評家で、ピネロープというのは、ギリシャの有名な貞女で、貞淑な妻の代表とされてるらしいが、ぼくが訳した本にでてきたピネロープは、みんな、どうしようもない男狂いの女たちだった。
「キュウ」で見ると、ニューヨーク地区で、このとき、いちばんたくさん上映された映画は、メル・ブルックス監督の「ブレージング・サドルズ」で、数えてみたら、なんと百三十五館。

（「問題小説」一九七六年七月号）

あまく、かなしいハードボイルド

池袋の文芸地下、料金は二百五十円でテケツ（＊キップ売場）は自動販売機。近頃は、とくに、ぼくがいくような安い映画館は自動販売機がふえてきた。

土曜日の午後で、文芸地下は混んでるんじゃないか、と言われたが、ほんとに混んでいた。しかし、地下までおりていかなきゃ、混んでるか混んでないかはわからない。ニンゲンがいるテケツならば、「今、すわれますか？」ときけるが、自動販売機はものを言わない。

内田吐夢監督で宮本武蔵「真剣勝負」。脚本に伊藤大輔の名前が見える。宮本武蔵と鎖鎌の宍戸梅軒との決闘だが、戦争中に、おなじこの決闘が、伊藤大輔脚本監督の映画であった。シャバで見た、最後の伊藤大輔の映画で、そのあと、ぼくは兵隊で中国大陸にいった。

この映画でもそうだが、宍戸梅軒がちいさな息子のために買ってきた風車がくるくるまわるところなど、こういう古いことは、よくおぼえている。

大河内伝次郎が主演のマキノ雅弘監督の「丹下左膳」。うんと昔に、マキノ正博監督の「丹下左膳」があり、このときの左膳は月形龍之介だったが、これがなかなかよかった。雅弘監督のほうの「丹下左膳」だけど、女がからまったとき、とくに女どうしの芝居のしつこさ、まどろっこしさにはうんざりした。

丹下左膳に惚れた女スリの「櫛巻きお藤」を水戸光子がやってるが、このひとは、かわいい、つまりは清純派で売ったひとで、ルバング島の小野田少尉もそんな水戸光子にあこがれていたということだけど、妖艶な櫛巻きお藤もわるくなかった。

「真剣勝負」は中村錦之助の宮本武蔵、三国連太郎の宍戸梅軒だが、殺人剣即活人剣、しかし剣はしょせん暴力、みたいな字幕がはいる。脚本の伊藤大輔は、昔からぼくの大好きな大監督だが、ときどき、こういうコドモっぽいことをおっしゃる。「丹下左膳」の脚本にも、伊藤大輔の名前があり、というのは、原作は林不忘だが、映画のほうで、丹下左膳という人物をつくったのは、伊藤大輔といえるかもしれないからだろう。

まい度、おなじみになった早稲田松竹、料金三百円。東西線の地下鉄で、わざわざ、「早稲田」でおりたら、「高田馬場」のほうが十なん分も近くて損をした。

カトリーヌ・ドヌーヴ週間で、マストロヤンニと共演の「ひきしお」。どこかの島での男と女の無理をした愛のはなしだが、無理をねらって無理をしてるんだから、見てる者がおもしろいかどうかはべつにして、いちおうはうまくいった映画なのだろう。たとえば、「愛の嵐」の原型みたいなところもある。

「城の生活」は題名から想像してたのとちがい、第二次大戦のノルマンディー上陸作戦がおっぱじまったり、かなりドタバタでおかしかった。かえりは、山手線で新宿にいって大ヨッパライ、チンボツ。

浅草トキワ座（と片カナになったのでたすかる）六百五十円。日活「極道ペテン師」、原作は野坂昭如さんの「ゲリラの群れ」。女子高生の応援団の合宿練習なんておかしい。「続・社長学ABC」。森繁さんが会社会長になり、小林桂樹が社長に出世している。今ごろ、そんなことを言ったら、わらわれるが……。しかし、小林桂樹が新入社員だったのは、つい近頃のようで……。こっちは、ウダツがあがらねえなあ。「団体列車」。渥美清と佐久間良子の主演で東映映画。渥美清が東映にでてたこともあるんだなあ。佐久間良子が東映の看板娘だったことも忘れていた。

また、新宿でチンボツし、翌日、新宿プラザでジェームズ・カーン主演の「キラー・エリート」を見る。監督はサム・ペキンパーで、「ワイルド・バンチ」や「ガルシアの首」など、サム・ペキンパー監督のファンはおおいが、この映画は、ぼくはあまりおもしろくなかった。殺人者《キラー》だろうとなんだろうと、エリートというのは虫が好かない、料金千二百円というのもおもしろくない。

コロムビア映画「王になろうとした男」。主演はショーン・コネリー。このひとは、かねがね、禿《は》げ頭だという噂があった。あのさっそうたるショーン・コネリーの007ジェームズ・ボンドは、カツラをかぶっていて、じつはハゲだというのだ。この映画で、その噂がホントだったことがわかった。ちなみに、タナカ・コミマサは、みんなハゲだとおもってるが、じつはあれはハゲのカツラだ。監督は巨匠ジョン・ヒューストン。巨匠サンの映画は、よく言えばゆったり、せっかちなぼくには、まどろっこしい。

リバイバルのFOX映画「天地創造」。総製作費七十二億円だそうだ。こんな映画をまかせられる監督は信頼できるひと、やはり巨匠サンってことになって、監督ジョン・ヒューストン。このひとの監督で、エヴァ・ガードナー、リチャード・バートン主演の「イグアナの夜」なんて映画は、ぼくの大好きな映画だったが、この「天地創造」あたりから、巨匠サンとして安定してきて、ぼくにはつまらなくなったのかもしれない。しかし、ポランスキー監督の「チャイナタウン」でのロサンゼルスの大ボスの役とか、この映画の箱舟のノアの役でもジョン・ヒューストンは俳優としては、なかなか味がある。

新宿・京王地下、ミケランジェロ・アントニオーニ監督の「さすらいの二人」。千二百円。これも、かなり無理な映画だが、そんなに退屈しないで見た。ジャック・ニコルスン主演で共演はマリア・シュナイダー。「ラストタンゴ・イン・パリ」とはちがった感じで、この映画やルネ・クレマン監督の「危険なめぐり逢い」で、この女優さんのファンがふえるだろう。眉毛がかわいい。

池上線で荏原中延駅でおり荏原オデオン、九百円。ロバート・レッドフォード主演の「コンドル」は二度目だが、けっこうおもしろく見た。ニューヨークのCIA支局長みたいな俳優は、顔つきも声も、チャールズ・ブロンソンによく似ている。まさか、ブロンソンの弟でもあるまいが……。

「フリック・ストーリイ」。実話をもとにした刑事物。アラン・ドロンの刑事さんが、あるバーで、たしか、マルティニと注文したのに、色がついた飲物《ドリンク》がきたのは、どういうことだろう。

「ブルーエンジェル」。今は、スカイ物の大流行だそうだ。アメリカ海軍のPRと親善のための航空ショウの映画だが、ぼくは、ヒコーキってやつは、あまり好きでないらしい。それに、ヒコーキは空をとぶので、ずっと空を見あげっぱなしみたいで、首のホネが疲れた。

しかし、海ならば（ほんとの海ならば）いつまでながめてても、ぼくはあきないほうで、新宿の名画座ミラノ、三百円で見た「ダブ」も、そんなにあきなかった。世界一周のヨットにからませた青春物ということで、気がすすまなかったのだが、女のコにさそわれていったのだ。

川崎・銀星座三百円。途中、近くのサイカヤ・デパートの地下で四百円の鮭弁当を買っていく。雨だ。この映画館にくるときは、いつも雨が降っている。

貞永方久・山根成之監督「復讐の歌が聞える」。原田芳雄の第一回主演とタイトルにでていたが、人の殺しかたがイージイすぎる。

堀川弘通監督「最後の審判」。この映画はまあまあだったが、となりの席におばあさんがきて、コンコン、咳《せき》をするのにはこまった。おじいさんはともかく、近頃、おばあさんは、めったに映画館にいない。川崎の映画館は、やはり昔のおもかげがある。

新宿、昭和館地下四百円。休憩時間に古い流行歌。トビ職の地下足袋をはいたオジさんが酔っぱらってオダをあげていたが、そのうち、アイスクリームをたべだした。映画は五社英雄監督、平幹二朗主演の「獣の剣」に加藤泰監督、渡哲也主演の「花と龍」。

ユナイト映画「さらば愛《いと》しき女《ひと》よ」。ぼくの好きな推理作家レイモンド・チャンドラーの原作で、前にも映画化されており、あまく、かなしいハードボイルドで、ロバート・ミッチャムの私立探偵フィリップ・マーロウもわるくない。

また相手役のシャーロット・ランプリングも、レイモンド・チャンドラー物での先輩女優（三つ数えろ）のローレン・バコールに似せた口のききかた、スタイルで、けっこう味をだしている。この女優さんは、「愛の嵐」でもよかったし、ファンがふえるかもしれない。

だが、ひとつひっかかることがあった。ムース（大鹿）・マロイという大男が、刑務所をでてきて、昔の恋人さがしを、主人公の私立探偵フィリップ・マーロウにたのみ、そのことから、つぎつぎに人が死んでいくのだが、原作では、このマロイはとほうもない大男、力持ちになっている。

ところが、映画では、さいしょはこの男は、大男のロバート・ミッチャムとならんでも、なんという大きな男だろうとおもったが（元ヘビイ級プロボクサー、ジャック・オハローランが演じている）、だんだん、見ていて、目に慣れてくるのだ。

ルナールの日記のなかに、（有名な画家の）ロートレックが、だんだん大きくなって「ロートレックの大きさ《サイズ》になった」というような言葉があった、と記憶している。

ロートレックは小人《こびと》だった。そのことは、ルナールも噂で知っていただろうが、はじめてあったときには、やけにショックを感じたのだろう。だが、なん度もロートレックにあってるうちに、ショックはなくなり、つまりは、ロートレックが小人《こびと》であることが異様ではなく、ふつうに見えてきたにちがいない。それでも、ロートレックの背丈には変りはなく、やはり、小人なのだ。

原作の小説のほうでは、ムース・マロイは、目には見えないので、どこまでも、ショッキングな、とほうもない大男だが、映画だと、げんに目で見えてるので、大男なりに、見慣れてきて、ショッキングさがうすれてくる。

国鉄総武線の亀戸《かめいど》駅でおり、蔵前通りの、「鮒忠」で釜飯を買い、亀戸日勝へ。貞永方久監督「超高層ホテル殺人事件」。この映画がお目当てだったのだが、おもしろくなかった。どうも、お金持ちがでてくると、ストーリーがおはなしじみてくる。

深作欣二監督「暴走パニック　大激突」。アメリカ映画のカー・チェースほどクルマにスピードはないが、どたどた、ぶつかりあっておかしい。

原田芳雄・大谷直子主演「やさぐれ刑事」。新宿歌舞伎町三番街（とっても、せまい路地）の「小茶」が実名ででてきて、「小茶《こちゃ》」の店がうつり、「小茶」のオバちゃんもなにかしゃべってた。

ぼくはうれしくってしようがなく、「この映画の監督の渡辺祐介さんは、昔から、この《小茶》によく飲みにきてるんです」と、となりのオジさんにはなしかけたら、おっかない顔のとなりのオジさんが、うす気味わるがって、逃げちまった。

せっかく、亀戸にきたんだから、有名な亀戸天神にいってみよう、と映画を見たあと、ぶらぶらあるいてたら、門前町らしいところがあり、そのつきあたりに神社があった。

ところが、亀戸天神という文字がどこにもない。なんとも奥床しいことだとおもってると、石の鳥居の読みとりにくい文字に、香取神社とかいてある。

はて、香取神社の天神様もあるのかとふしぎな気持ちで、福神橋からバスにのって浅草にきて、浅草千束、猿之助横丁のクマさんの店「かいば屋」にいくと、大先輩の殿山泰司さんもいて、亀戸の香取神社は香取神社、天満宮は別、とわらわれた。ついでに、世田谷区東玉川から、わざわざ、江東区の亀戸に映画を見にいくのか、ともわらわれた。

（「問題小説」一九七六年八月号）

四百円映画館のコップ

自転車で、自由ケ丘の武蔵野推理劇場（四百円）にいく。ぼくのうちから自由ケ丘にいくのは、自転車がいちばんはやい。

よけいなことだが、ぼくの自転車には丸之内二丁目一番地という地名がうすれた字だが、まだ読みとれる。東京駅から有楽町駅にむかう国鉄のガードの下にあるソバ屋さんの自転車だったもので、近頃では見かけない、がっしりしたヘビイ級の実用自転車だ。これは、東京駅前（東京中央郵便局前）で靴みがきをやっていたゴウちゃんが、そのソバ屋からもらいうけ、ぼくのうちまではこんできた。

さて、自転車で出かけるときに、うちの上の娘が、「パパ、自由ケ丘にも弁当屋さんがあるよ」と言った。自由ケ丘は上品な町で、洋菓子屋の「モンブラン」や、しゃれたブティックなどはおおいが、自由ケ丘に弁当屋とは、これも時代の変化というものだろう。

ところが、それをきいてたカカアのやつが、「今、ゴハンをたべたばかりなのに、また、映画館で弁当をたべるの？　いったい、映画を見にいくのか、弁当をたべにいくのか、ともかく、意地汚いわねえ」とヌカした。

こんなふうだから、うちのカカアはノウ・ブレイン（ノウ・ノウミソ）なのだ。きょうの武蔵野推理劇場の映画は三隅研次監督の大映映画「斬る」と黒沢明監督「七人の侍」だが、この二本で、休憩をいれると約四時間はかかり、たしかに、ぼくは今メシをくったばかりだが、そのあいだには腹もへる。医者だって、規則ただしい食事をしなさいと言っている。

これは前にも言ったことかもしれないが、自由ケ丘の武蔵野推理劇場の水飲場には、金属の鎖がついた、あちこちぶんなぐられてへこんでるワンパク坊主の頭みたいなアルミのコップがあるが、荏原オデオン座もそうだけど（ただし、荏原オデオン座のコップは、今ではアルミではなく、赤いプラスチックのコップだ）こういう映画館は良心的なのだ。

ほかの映画館は水飲場があって、ボタンをおしても、ほんとにわずかしか水はでてこない。これは、客に水を飲ませず、売店のコーラやジュースの売上げをふやそうという、あきらかにいやしい陰謀で、なぜ、消防署では、こういうことを取りしまらないのか。いや、水のことは、やはり消防署の管轄だとおもうのだが。

上の娘におそわったとおり、ジーパン屋のとなりに弁当屋はあったが、シャッターがおりて、しまっていた。まだ時間がはやかったのだろう。

それで、亀屋万年堂のそばの東横線の踏切の近くの寿司屋で押し寿司を買った。ばってら、えび、あなご、ます、二ケずつで三百五十円。かなり安いとおもったが、ばってらにしても、鯖のうすい身が、紙みたいにはりついてるだけだった。

「斬る」は死んだ市川雷蔵の主演だが、ニュープリントで、こういう映画は、やはりきれいなフィルムのほうがいい。だいたい、時代劇というのは、つまりは様式美を見せるもので、そのフィルムが雨が降ったりしてはこまる。ことに、この映画は時代劇の様式美の見本みたいなもので、それは、チャンバラ場面の様式美なんてものではなく、物語そのものが様式美になってるのだ。三隅研次監督の代表作のひとつだろう。

黒沢大監督の「七人の侍」は、前にも二度か三度は見ているだろうが、なんだか、いらいらした気持ちだった。というのは、主演の三船敏郎の演技が、いかにもぎょうぎょうしく、それが神経にさわったのだ。

そういうぎょうぎょうしい演技をやれ、と監督に言われてやってるのだろうが、どこかでグランプリとかいうものをとった、おなじ黒沢明監督の「羅生門」でも主役のミフネの演技がいかにも大げさで、こういう大げさな演技をしないように、われわれは努力しているのだが、と言ったアメリカの俳優がいた。

ニホン人の世界的映画スターといえば早川雪洲というひとがいて、れいのクワイ河マーチの「戦場にかける橋」では、捕虜収容所長の陸軍将校の役をやったが、これも大げさな演技だった。

　早川雪洲が主役のジャン・バルジャンになるビクトル・ユーゴー原作、伊藤大輔監督の「レ・ミゼラブルあゝ無情」というふしぎな映画が戦後にあったけど、このときの世界的俳優早川雪洲の大ドタ芝居には、ぼくは唖然とした。

「七人の侍」のラストで、野武士をみんなやっつけた百姓たちが田植えをするシーンがある。そのとき、鉦《かね》、太鼓をたたき、笛を吹いて、アア・コリャコリャ、なんて音頭をとって田植えをしてるのを見て、ぼくはポカンとした。

　もともと貧しいうえに、野武士たちにいためつけられ、稗《ひえ》とか粟とかをほそぼそと食ってたことになってる百姓たちが、鳴り物入りで、田植えをするだろうか。

やっと野武士たちをやっつけたあとの田植えならば、うれしいことだろうが、田植えというのもたいへんな労働だし、それに、鳴り物がつくとは、だいたい、あのみじめな暮しの百姓の男が、いったいどこで笛を吹くことをおぼえたのだ。

　この映画を、いわゆるリアリズムの作品にしようなんて気は、もともとなかっただろうし、ただおもしろい映画を、と黒沢監督もどこかで言っていた。

　そして、最後の田植えのシーンには、景気をつけて鳴り物をいれよう、なんてことになったのだろう。

大監督のもっとも有名な作品のひとつ「七人の侍」でも、こんなふうなのだ。ぼくは、やたらに映画を見にいき、これからも、ずっと映画を見るだろうが、映画屋さんたちは、ちいっと、映画を見にくる者を甘く見てるのではないか。でなければ、映画屋さんたち自身のお頭《つむ》が甘いのか。

築地で映画を見て、東銀座から地下鉄にのり、これが京浜急行になり、京浜川崎駅でおりて、銀星座（四百円）にいく。この映画館にくるときは、いつも雨だが、この日は、めずらしくよく晴れていた。

映画は長谷川安人監督、近衛十四郎主演の「柳生武芸帳　片目水月の剣」と松田定次監督の、「血と砂の決斗」。主家を追われ、諸国流浪の旅にでた侍（大友柳太朗）が野武士になやまされている村にきて、村人たちを訓練し、野武士たちとたたかい、ついに、野武士たちをやっつけてしまう。これに、主家からの追手の侍たちもからまったりするが、ごらんのとおり、まるっきり「七人の侍」とおんなじだ。どちらがさきにできた映画かはしらないが……。

この映画のなかで、あとの巻がさきにうつり、巻が入れかわり、場面の前後が逆になってるところがあった。このことを、うちにかえって娘たちにはなしたのだが、ぼくが言ってることの意味がなかなかわからない。近頃の映画館では、こんなことは、ほとんどないからだろう。昔は、場末の映画館などでは、しょっちゅうあることだった。

築地で見たのは、ニホンではじめての監督だがジャック・ゴールドのイギリス映画で、第一次大戦のときのフランス戦線での空中戦の映画だ。

空の英雄ジョン・グルシャム少佐（マルコム・マクドウェル・好演）が隊長のＳＱＡＤＲＯＮに、たとえば、名門イートン校あたりの後輩だった新任少尉（ブラザー・サン、シスター・ムーンの主役の若いお坊さんをやったピーター・ファース）が空の英雄の隊長にあこがれ、おそらくコネをつかって、やってくる。

よけいなことだが、ＳＱＡＤＲＯＮは、ふつう飛行中隊と訳されてるが、いっぺんこういう訳語ができるとそれが定着してしまうけど、朝鮮戦争のときでも、米空軍のＳＱＡＤＲＯＮの隊長には大佐もいたし、ＳＱＡＤＲＯＮは飛行中隊ときめてしまうのはどうかとおもう。この映画の場合でも、無理に訳語をつくるならば飛行大隊、野戦航空隊ぐらいのところでいいのではないか。

さて、この新任少尉の飛行訓練時間は、わずかに十なん時間で、それが、とたんに空中戦にくわわるわけだ。

そして、この新任少尉は危険な任務も遂行し、手柄らしいものもたてるが、新任少尉サンの飛行隊暮しは、わずか六日間でおわる。敵の飛行機にぶつかって死んじまうのだ。

こういった、ほとんど飛行訓練もうけずに、実戦の空中戦にかりだされた若いパイロットたちの飛行隊での平均寿命はたったの十二日間だったという。

映画だから平気で見ていられるが、なんとおそろしいことだろう。平均十二日で死んでいくのがわかっていながら、どんどん、若い、まだコドモみたいな連中を、戦場に送りだすというのは、敵もおなじようなことをやってるからしかたがないという理由だろうが、おそろしいというより、そういうのがほんとのデカダンなのだろう。

軍司令部で司令官（ひさしぶりのレイ・ミランドの司令官の落ち着いたシニカルな感じがよかった）が副官（トレバー・ハワード）などと食事をしながら、ロイド・ジョージ首相の首相官邸には、秘密の寝室があって、それに、やはり秘密の通路から、いれかわり女たちがやってきて、ロイド・ジョージは、大戦中のイギリス首相の仕事の合間に、この秘密の寝室にいっては、女たちと寝ていた、というようなおしゃべりをしている。

そんなはなしをだれからきいたのか、ほんとのことなのか、と問いつめられたかたちの副官のトレバー・ハワードが、さる婦人からきいたことで、などとごまかしてるが、じつは、うちのワイフで、と言う。

空中戦にはなんの関係もないシーンだが、名優たちの（ほかに、リチャード・ジョンソン）のなにげない食後のおしゃべりのシニカルさが、ぼくにはおもしろかった。

丸の内の東京中央郵便局の前で、ぼくにソバ屋の自転車をくれたゴウちゃんの仲間の靴みがきのオジさんと、しばらくおしゃべりをしていたあとで、築地で、増村保造監督の「大地の子守歌」を見た。

この映画の主人公の少女りんは、十三歳で瀬戸内海の島のおんな屋に売られてくる。島の名前は、御手洗《みたらい》島となっていたが、今の大崎下島の御手洗のことだろう。

大崎下島はミカンの島として有名で、近頃ではおなじ島の大長の港のほうが知られているが、御手洗は昔はにぎやかな港町で、今でもその建物が残っている「若胡子屋《わかえびすや》」などは文化・文政の全盛期には、このお茶屋だけで百人以上もの遊女がいたという。

三年ほど前に、ぼくが御手洗にいったときも、海ばたに昔の舟宿（おんな屋）の建物がならんでいて、ここから、女たちがのったオチョロ舟が、いっせいに、沖にいる船に漕ぎだしていったのだそうだ。

もっとも、舟宿といってもひくい二階屋の建物で、ぼくは、なん度か御手洗にいったが、しずかな、さみしいところだった。

主人公の少女りんは島を脱けだし、四国でお遍路さん（巡礼）になるのだが、その門出に、田中絹代が、巡礼の鈴をつけてやるとき、鈴《すず》と言わず、鈴《れい》と言っていた。巡礼の鈴に鈴《れい》という言いかたがあるのを、ぼくははじめて知った。

映画は主人公のりん（原田美枝子）が、なんだかどなってばかりいて、「どてらい男《やつ》」の主役の西郷輝彦もどなってばかりいたが、こういうのは、どうも苦手だ。

前田陽一監督「大誘拐」。ぼくは、この監督の大ファンだが、いつも、作品にひねったところがあるのがいい。すなおで純情な喜劇なんてこまるよ。どうか、この映画をごらんください。

（「問題小説」一九七六年九月号）

弁当食い食い

浅草六区の劇場街へ、雷門のほうから、寿司屋通りを、ぶらぶらあるいてくる。この通りにある手焼きのおセンベ屋の職人さんは、むかいあって、ほんとに汗をたらし、おセンベを焼いていて、まったく、夏は暑そうだ。しかし、おセンベをかじりながら、この職人さんたちの暑さをおもってくれるひとは、なん人あるだろうか。

浅草六区の劇場街は、まず、左手にポルノ映画の日本館、右に洋画の東京クラブ、そのほか、通りをはさんで松竹演芸場、トキワ座、浅草新劇場、浅草中央、浅草花月、場外馬券売場、東宝や松竹の封切館もあるが、つきあたりは浅草東映で、左にまがると、カジノ座が浅草シネマという映画館になっていた。

ここは、もとの浅草座で、そこにカジノ座が引越してきた。どちらも、浅草では古くからのストリップ劇場だったが、また、ひとつ、浅草からストリップ小屋が消えていったというところだ。

ひところは、浅草といえばストリップみたいだったが、今、のこっているストリップ劇場はフランス座とロック座ぐらいなものか。それも、コメディアンのコントなどはない。

ぼくが渡ってあるいた、いわゆるドサのストリップ小屋は、もとは映画館だったところがおおかった。

映画館には、楽屋はない。だから、そういったストリップ小屋の楽屋は、建て増ししたり、町なかのゴミゴミしたところでは、建て増す余地もなくて、うしろ隣りの家の奥のほうを借りて楽屋にしたようなのや、ふしぎな間取りの楽屋に、なん度も、ぼくは寝た。うしろの家の蔵を楽屋にしてるストリップ小屋もあった。

お客さまに絶大なるご協力をあおぐマナイタ・ショウをやっても斜陽のストリップ小屋は、また、もとの映画館にもどってるところが、あちこちあるかもしれない。

浅草の名門ストリップ、カジノ座、浅草座だって、はじめからストリップ劇場ではなく、もとは、映画館かなにかだったはずで、これも、もとにもどったのか。

べつの日、浅草松屋の地下食品売場で三百五十円の鮭弁当を買い、屋上でたべる。この屋上には、ちゃんと水飲場がある。ということは、ほかのデパートの屋上は、映画館の水飲場の水の出がわるいように、売店のコーラやジュースの売上げをふやすためか、水飲場をサボってるところがおおいからだ。

浅草六区、場外馬券売場の前の浅草新劇場（料金四百円）で、「喜劇　深夜族」「女賭

場荒し」と「博徒百人　任俠道」。こんな題名の映画はどうしようもないのがおおいが、これはわりとおもしろく見た。

この映画館の最前列に、へんなものを抱いてるひとがいるとおもったら、犬を抱いていた。けっこう大きな犬だ。

近頃ではそんなことはないが、前は、場末の映画館などに、ひょこひょこ、犬がはいりこんでくることはあった。しかし、だれかが犬をつれて、映画を見にきているのには、はじめてであった。

映画館のモギリのオバさんが犬をいれてやったのは、おとなしい犬だとわかってたからだろう。三本立ての映画のあいだじゅう、ワンとも言わずに映画を見てたのは、よほど映画慣れした犬にちがいない。

東横線の電車を横浜でおりると、「おーいコミさん」とよぶひとがあり、ふりかえると、吉永小百合の出世作「キューポラのある街」の監督で、「青春の門」の監督でもある浦山桐郎さんがベンチに腰かけていた。浦山桐郎監督が、そんなところで、なにをしていたのかはしらない。

京浜急行で逗子にいき、バスにのり、葉山の御用邸の裏のあたりの砂浜をぶらつく。要するに、ヒマなのよ。「コミさーん」とかけよってくる若い女のコがいて、新宿・歌舞伎町のバー「かくれんぼ」でアルバイトしてる多摩美大の万里ちゃんだった。「おにぎり食べる?」と万里ちゃんは言う。

国鉄の逗子駅から鎌倉、大船、横浜、川崎で京浜東北線にのりかえ、蒲田へ。カマタの宝塚(六百円)で勝新太郎主演の「新兵隊やくざ　火線」「駅前茶釜」「駅前学園」。駅前シリーズは東京映画だったんだなあ。

映画を見て、階段をおりていくと、ひさしぶりにひどい雨がふっていた。舗道をたたきつける雨が、ぴょんぴょんはねあがっている。

雨のなかをななめにはしって、「盛屋」というノレンのさがった飲屋にとびこむ。焼酎九十円、野菜の天ぷらもはいって、お皿にもりあがったエビの天ぷらが百三十円。今どきこんな安いところは、めずらしい。

新宿駅ビル地下で、折詰め弁当を買って、昭和館地下(四百円)、「愉快な極道」「くの一忍法観音開き」。くの一忍者とボンボンをしてると、息子《ジュニア》をはさみこまれ、身動きができず、自らの手で、息子を切りはなし、くの一忍者のボンボのなかに息子をのこして、逃げていく敵の忍者。昔、帝国海軍では、女性のボンボのことをギヤと言ったが、くの一忍者のボンボは、まさに、きつーいギヤなんだなあ。

ほかに「玉割り人ゆき」主演の潤ますみは首が長いのはいいんだけど、あの首は、着物の襟《えり》のあいだにつっ立ってるにしては、りっぱすぎる。

べつの日、新宿・歌舞伎町の「名画座ミラノ」(料金三百円)で、女のコと、ジェームズ・カーン主演の「シンデレラ・リバティ」を見た。なんとか富士みたいな山が見えるアメリカ西海岸の軍港での、海軍の兵曹さんと息子がいる街の女とのはなし。

リバティというのが、上陸許可のことだとはじめてしった。そういえば、ぼくは、US陸軍《アーミイ》や空軍《エア・フォース》ではたらいたが、US海軍《ネーヴィ》にいたことはないもんな。

新宿・歌舞伎町の「名画座ミラノ」には、いつも、ぼくは女のコと映画を見にいってるみたいだ。

ポール・マザースキー監督「グリニッチ・ヴィレッジの青春」。近頃、おもしろく見た映画のひとつだ。一九五〇年代のグリニッチ・ヴィレッジで、これが現代だとちょっとこまる。

現在、げんにニューヨークにはグリニッチ・ヴィレッジがあるからだ。どうこまるか、説明しにくいが、一九五〇年代のグリニッチ・ヴィレッジは、そこにあるものではなく、つくったものだから、なにか安心して見れるのだろう。

リチャード・レスター監督の「ロビンとマリアン」を見て、おどろいた。ロビンというのは、ロビン・フッドのことだったのだ。

ぼくが中学生のときは、映画を見るのを禁じられていたが、先生に引率されて「ロビンフッドの冒険」というのを見た。こんなことは、一年に一度あるかないかで、ぼくたちはもう大はしゃぎだった。たしか、往年の活劇俳優エロール・フリンのロビン・フッドにオリヴィア・ド・ハビランドのマリアン姫で、ぼくがはじめて見た総天然色映画だ。

こん度の「ロビンとマリアン」は、ショーン・コネリーのロビン・フッドに八年ぶりに映画出演だというオードリー・ヘップバーンのマリアン。いくらなんでも、四十七歳のヘップバーンがマリアン姫を……とおもったが、オバさんのマリアン姫で、ロビン・フッドもオジさんだった。

キャスパー・リード監督「オスロ国際空港」。この映画の主演もショーン・コネリーだ。「風とライオン」「王になろうとした男」と、ここのところ、たてつづけみたいに、ショーン・コネリー主演の映画がきている。「007は二度死ぬ」のだそうだから、ショーン・コネリーも生きかえったのか。

ロバート・ワイズ監督「ヒンデンブルグ」。ニホンではツェッペリン号のほうが有名だが、アメリカで謎の大爆発をおこしたドイツの飛行船ヒンデンブルグ号のはなし。あやしげな乗客のスーツケースをあけて調べると、各国の紙幣のなかに、ニホンの千円札もあった。一九三七年に、戦後にできたニホンの千円札があっちゃ、こまる。

蒲田駅ビルでトンカツ弁当（三百八十円）を買い、カマタ宝塚（料金六百円）へ。加山雄三思い出の映画集とかで、岡本喜八監督「暗黒街の弾痕」。映画のなかで、国鉄新幹線建設中という立て札が見え、ラーメン三十五円、五千円札の札束がある。まだ一万円札はなかったのだろう。

川島雄三監督「箱根山」。獅子文六原作で加山雄三（あれ、おなじ雄三だな）はドイツ人との混血の青年になる。そのころは、加山雄三あたりが、いちばん混血に近い顔だちだったのか。ほかに須川栄三監督の「太陽は呼んでいる」。

池袋から東上線にのって、上板橋にいく。上板東映で「深作欣二監督特集PART2」というのをやっていたからだ。

腹がへったので、ぶらぶらあるいて、メシ屋をさがす。「定食をはじめました。朝定食百五十円」というはり紙をした店があり、朝の定食でも百五十円は安い、とおもって、店の表のガラス戸に手をかけたが、これがうごかない。

休みなのかな、と、店のなかをのぞくと、植木鉢がならんでいた。植木鉢だけだ。椅子もテーブルもない。その植木鉢も、ずいぶん長いあいだ、ほったらかしになったままらしく、かなり埃《ほこり》をかぶっている。

朝定食百五十円は安いとおもったが、あれは、だいぶ前のはり紙だったのだろう。

映画は、「仁義なき戦い　広島死闘篇」「仁義なき戦い　代理戦争」鶴田浩二主演の「誇り高き挑戦」。米軍情報部の将校が、ニュースパイパーと言ってたが、あのオジさんはイギリス人か、オーストラリア人だな。

「軍旗はためく下に」。結城昌治さんの原作だが、こういう原作を映画にするときは、あれこれ考えて、また、たのしみがあるのではないか。深作欣二監督が、かなりたのしんでる映画のように、ぼくは見た。

所沢の町をあるいてたら、映画館の看板が立っていて、「続・人間革命」と「淫乱な関係」「禁断・制服の悶え」の三本立てになっていた。こんな組みあわせの三本立てというのは……。

FOX映画「地底人間の謎」。主演のオマー・シャリフが、ジュール・ヴェルヌの古典SFの潜水艦ノーチラス号のネモ船長の役をやる。

この日は、FOX支社で一時と三時の試写を見たのだが（あいだで、もっていったサンドイッチをかじり）つぎの「夕映え」も主演はオマー・シャリフだった。試写で、主演がおなじ映画を、つづけて見たのは、はじめてだろう。

ずいぶん色のくろいネモ船長だとおもってたら、このネモ船長はインドの王族なのだそうだ。

ジム・シャーマン監督「ロッキー・ホラー・ショー」。フランケンシュタインのパロディの映画だが、おわりに近づくと、だんだん、それこそ感動的にさえ盛りあがってきて、これは、もともとミュージカルズじゃないのかな、とおもった。舞台がもりあがっていき、そのもりあがりに、お客をひっぱりこむ、といったぐあいなのだ。

アホなことで、もともとどころか、ニホンにも二度も本場からきた有名なミュージカルズなんだってさ。

それはともかく、ショーでもなんでも、ぐんぐんもりあがり、相手をひきつけなくちゃいけないんだろうが、ぼくは、それがきらいなのだ。

そんなふうなので、ぼくが書くものも、いっこうにもりあがらず、なさけないものしかできない。

「そういえば、コミの小説は、もりあがるかわりに、オチンチンとおなじで、もりさがっちゃってるわね」と、今も、S子がわらってる。

（「問題小説」一九七六年十月号）

バスか映画か

ちょっとしたことで、大きく運命がくるうことがある。今日の場合は、ウンコで運命がくるった。

今日、ぼくは、うちの近くの東玉川二丁目のバス停から渋谷行のバスにのった。そして、渋谷で中野坂上《さかうえ》経由の中野駅行のバスにのりかえた。中野北口の中野武蔵野館（料金450円）で「イージー・ライダー」と「ウイークエンド」を見るつもりだったのだ。両方の映画とも、ぼくはまだ見ていない。

バスにのったのはヒマだからだ。近頃、よくバスにのる。昨日は、田園調布から千歳船橋——千歳烏山《からすやま》——吉祥寺——西武車庫、そして、都民農園セコニック前という終点でバスをおりた。

道の前方に、みどりの草原が見え、これが都民農園セコニックだとおもったら、金網がはってあり、陸上自衛隊朝霞《あさか》駐屯隊の演習場だった。しかし、それだけで、都民農園セコニックというものは、どこにもなく、いったい、都民農園セコニックってなんだろう、とナヤんだ。

そこから、やはりバスで大泉学園駅にひきかえし、阿佐ケ谷行のバスにのり、阿佐ケ谷からは渋谷行のバスにのり、まっすぐ渋谷にいけばよかったが、途中でおりて、新宿にいき、飲みだした。

まだ五時半で、日はカンカン照ってるし、はやくからあいてる新宿三光町の交差点の「信濃」で飲んでいるうちに、頭がおかしくなった。

それから、歌舞伎町の路地の「小茶《こちゃ》」にいき、「小茶」のオバさんが、四角なでっかい玉子焼をつくってくれ、それでウィスキーを飲んでると、となりに、ぼくとおなじ半ズボンの若い人がいて、顔も首すじも手足もチョコレート色にきれいに日焼けしていて、この人は、よく東京の町をあるくと言う。

「なんであるくんです？　バス？　自転車？」とぼくはたずね、そのひとは、ふしぎそうにぼくの顔を見て、「あるくのは、足ですよ」と半ズボンからでた腿をたたいた。

新宿から浅草までとか、毎日あるいてるらしい。なにしろヒマでね、とその若い人は言った。ぼく以外にも、ヒマな人がいるんだなあ。歌舞伎町の路地の「小茶」はいい店だ。まだあかるいうちから、ヒマな男がならんで飲んでいる。

ま、そんなわけで、今日も、バスで中野に映画を見にいったのだが、渋谷からのバスが環状6号線にはいると道が混んでおり、それに、中野坂上をこしても、ひどい渋滞だった。

　だから、中野駅についたときは、映画がはじまる午前十一時半を三十分ぐらいすぎており、映画はやめて、今日も、バスにのって遊ぼうかとおもった。「イージー・ライダー」も「ウイークエンド」も、また、どこかほかの映画館でやるだろう。

　ところが、そのとき、ぼくはウンコがしたくなった。ぼくは、しょっちゅう、ウンコがしたくなる。一日に十回ぐらい、ウンコをすることはめずらしくない。

　で、中野駅前の路地の飲屋の裏で、桶をあらってる若い人に、「このあたりに、トイレはありませんか?」とたずねると、「トイレ? よわったなあ」とその若い人は、ぼくのためによわってくれ、「交番にいって、きいたら?」と言った。

　で、ぼくは駅前の交番にいったが、婦人警官がいて、交番の前はとおりすぎ、駅のトイレにいくことにした。

　しかし、駅のトイレは改札のなかにあり、しかたがないので、いちばん安い区間の60円のキップを自動販売機で買った。

　そして、キップをもち、ぶじにトイレもおわり、改札口をでかかって、まてよ、とおもった。

　60円のキップが惜しくなったのだ。ぼくもケチだなあ。しかたがないので、国電で中野から渋谷にきて、東横線にのりかえ、田園調布でおりて、うちにかえってきてしまった。

　そして、しょうがないから（なにが、しょうがないんだろ？）今、これを書いている。ね、ひょんなことで、運命は大きくくるうものだ。今日だって、中野駅のトイレにウンコをしにいかなかったら、どうなってたかわからない。


　ヘラルド配給「ベンジーの愛」を見た。この映画で、ベンジーはギリシャにいき、スパイ事件にまきこまれる。

　画面ではベンジーはちいさな犬に見えるが、ニホンにもってくれば、そんなにちいさな犬ではあるまい。アメリカでは、人間がでっかいように、犬もでっかい。でっかい雑種の犬もいる。ニホンでは、雑種ででかい犬などはいない。

　ベンジーはギリシャ語はわからないのだそうで、ギリシャ語でしゃべってるところは、わざと字幕をいれなかった、と、映画のはじめでことわってあった。

だいぶ前のことだが、ぼくの友人が、アメリカ兵とニホン人の基地妻《オンリー》さんが飼ってた犬をもらった。

　この犬が、ニホン語で、「おすわり！」なんて言ってもだめなんだな。「セダン！」とやらなきゃ、犬がおすわりをしない。学生英語の「シット・ダウン」でもダメ。オンリー英語で、「セダン！」とやらないといけない。

前作のベンジーは、去年、アメリカからかえりの旅客機のなかで見て、泣いた。ヒコーキでは、外にでていったりはできないから、見ないわけにはいかない。おまけに、機内に二《ふた》つのスクリーンがあり、ぼくの座席に近いほうのスクリーンにうつる画面は、むこうのスクリーンより、二分ぐらいズレて、おくれてるのだ。だから、目の前のスクリーンでは、「はしれ！　はしれ、ベンジー！　誘拐されたお嬢ちゃんがあぶないぞ！　もっとかけろ！　がんばれ！　スヌーピィ、いや、ベンジー！　あと一息……」なんて調子なのに、むこうのスクリーンでは、お嬢ちゃんはたすかって、ニコニコしてるパパにダッコされている。

さきからさきに、わかっちまうんだから、たまらない。目をあけてりゃ、むこうのスクリーンも見えるしさ。目をつむれば、どっちのスクリーンも見えない。

ヒコーキのなかの映画は、たいていズレがあり、なぜか、色もちがうこともある。ヒコーキ会社のひとは、機内食ばかりでなく、機内で上映する映画のことも、しんけんに考えてくれ。

パラマウント映画「がんばれ！　スヌーピィ」も見た。よく見るなあ。試写室などでよく顔のあう映画評論家の松田政男さんに、「よく見ますねえ」と言ったら、「だって、おれ、商売だもの」とわらっていた。ぼくは商売じゃないのになあ。ヒマなんだなあ。

この映画では、スヌーピィはご主人の男の子チャーリィ・ブラウンとキャンプ（林間学校）にいく。

アメリカの子供たちは、よくキャンプにいくようで、キャンプからの両親や友人あての手紙をあつめた形式のジョークの本も、たくさんでている。

東宝映画「ハウス」。CM界で有名だという大林宣彦が監督した映画で、こういうバカバカしい映画ができたことが、まず、うれしい。そして、もし、この映画がヒットするならば、ほかにも、バカバカしい映画ができてくるだろうし、そういったことに才能のある監督、カメラマン、俳優もでてくるだろう。

この映画では、中年の紳士ながら、なかなかしぶい二枚目役で、作家の笹沢左保さんがでている。

文士でも、ときどき映画にでることはあるが、中年ながら二枚目の役というのは、笹沢左保さんがはじめてではないか。ぼくも、ときたま映画にでるけど、若松孝二監督の女子高生売春の映画では、ぼくは三文文士田中、という役だった。

毎年、暮れに東京宝塚劇場で文士劇をやるが、なぜか、戸川昌子さんはだれかのメカケの役になる。本妻は、たいていマンガ家の富永一朗さんだ。

たとえば、笹沢左保さんが近藤勇で、戸川昌子さんがそのメカケ、そして、ぼくは、メカケの下女なのよ。

映画出演でも、メカケの下女とご主人様とのちがいがでてるってわけか。

この映画では、女子高校生たちがお化屋敷にいくのだが、なにか言うと、みんなでそろって、ドッとわらう。

これは、映画でもテレビでも、あたりまえのことみたいに、なん人かあつまると（男でも）無意味にわらうのは、どういうものだろう。

ぼくたちが、実際に、そんなことをやってるにしても、バカらしい。とくに、テレビのホーム・ドラマでは、これがひどくて、ぼくには、耳ざわり、目ざわりでしょうがない。

東和配給「マイ・ラブ」。クロード・ルルーシュ監督の映画で、だから、フランス映画だが、マイ・ラブとはねえ。

じつは、この題名のために、この映画は見る気がしなかった。ところが、クロード・ルルーシュ監督の自伝的な映画ときいて、見てみた。

やはり、マイ・ラブという題名の感じとはちがう映画で、ホッとしたのだが、こういうことがあるので、用心しなければいけない。

原題名は、内容とぴったりのものがおおいのだが、ニホンでその映画を配給するときに、かってに、内容とちがう日本題名にかえるのはけしからん、なんておこってもしょうがない。このてのことが、世の中には、たくさんありすぎるからだ。

しかし、なん度もくりかえして言うようだが、それにしても、映画観客は、あんまりバカにされすぎている。また、イモ大作の映画を、みんながぞろぞろ見にいくもんだから、よけいバカにされる。

（「ウイークエンド・スーパー」一九七七年十月号）

シマらないシネマ

浅草六区の浅草新劇場で古い映画、渡哲也主演「無頼　黒匕首《ドス》」と浜美枝主演「暗黒街全滅作戦」倍賞美津子主演「喜劇・男の子守唄」を見ていたら、座席の下を、ぶち猫がゆっくりあるいていった。

やはり、浅草の映画館で、ふとったネズミが、ぼくの足にぶつかって、はしっていったこともあった。

この夜、れいによって、映画を見たあとは、映画街（かつては、ストリップ街だった）の六区から、アーケードになったひさご通りをぬけ、言問通りをこして、浅草千束、猿之助横丁のクマさんの店「かいば屋」にいき、酎ハイ（焼酎ハイボール）を飲んだが、いっしょに飲んでた浅草人種のオジさんたちが、「映画館でネズミがはしってるのは、浅草ぐらいじゃないですか」と、なんだかなつかしそうに、自慢してる口調だった。

浅草だけでなく、下町の人は、なにかにつけて下町のことを自慢する。つまりは現状ないしは過去の下町を誇りにおもってるわけで、たいへんに保守的である。

下町が保守的では、もう下町ではない。下町は上町（山手《やまのて》）にたいしてでもなんでも、コンチクショウ、ベラボウメェ、とさからってるから下町なので、下町が自らを誇ったんじゃ、もう上町とかわらない。

しかし、下町は人情が厚くて、なんておセンチでボケたことを言ってる下町オジイとちがい、浅草の映画館のネズミを自慢するオジさんたちは、クマさんの店で酎ハイを飲んでるだけのことはあって、間が抜けていて、イキだ。

下町といえば、つい二、三日前、新作アメリカ映画を見ていて、「下町につれていくぞ」みたいな字幕があった。これはダウンタウンを下町と訳したのだが、ダウンタウンにある警察本部のことなのだ。ついでだが、ダウンタウンは下町ではない。それこそ、下町に市の警察本部なんかありますか。

浅草の映画館にネズミがいるのは、ひとつは建物が古いからだろう。両脇に三階のある映画館とかさ。今どき、三階の客席があるなんて、古いオペラ館みたいで、昔は、天井ちかいこの三階の客席にまで、ぎっしり客がつめかけていたのだろう。

今では、三階には椅子がならんでるだけで、客の姿など見たことはない。映画でよくやるシーンだが、三階どころか、二階も人かげなく、一階の客席だってガラ空きで、山谷あたりのドヤにすむ労務者が三つ四つの椅子によこに長くなっている館内をうつしていて、瞬間、三階席まで満員の観客の喊声をきかせ……いったい、ぼくはなにが言いたいのか?

あたりまえのことだが、建てたときにりっぱな建物は、わりと残っている。浅草国際劇場も戦災で屋根なしになってしまったが復元した。築地の歌舞伎座も、やはり戦災で、焼け焦げの骨組だけだったが、つかえるようになった。

有楽町の日劇はもとのままで、戦時中、現在の参議院議員の山口淑子《よしこ》さんの李香蘭が日劇にでたときは、観客が日劇の建物を、七まわり半、取りまいた。

ついでだが、こういうときは、たいてい、七まわり半ってことになっている。八《はち》まわり半というのもないし、五《ご》まわり半、三《さん》まわり半というのもきかない。

年に一度だけだが、ぼくは日劇の舞台に立つ。徳間書店の年末の歌謡大会だ。去年は、ぼくのあとに、五木ひろしが歌ったが、気のどくなことをした。だって、ぼくが歌ったすぐあとじゃ、どうしたって、五木ひろしもカスんでしまうもの。

東京宝塚劇場も、焼けのこった大きなりっぱな建物だ。ここは、戦後、米軍に接収されて、アーニィ・パイル劇場と言った。

アーニィ・パイルはアメリカの通信記者で、太平洋戦争中、沖縄北部の伊江島の戦闘で死んだ。

伊江島は、まっ白な珊瑚礁のビーチがある、ぼくの大好きな沖縄の島だ。島の船着場から南に一キロぐらいのところに、「アーニィ・パイルという男《ガイ》が、ここで死んだ」という、そのときおなじ部隊にいた米兵たちがたてた碑がある。アーニィ・パイルは、アメリカの国民的英雄だったが、ニホンで、太平洋戦争のとき、通信記者が英雄になったということはない。

戦後、ぼくは、東京宝塚劇場のすぐ近くの、これも今でものこっている三井信託ビルで食堂ボーイ《バス》をしたり、ドロボーをして、そのおとなりのビルのMP本部にひっぱっていかれたり、このあたりを、だいぶうろうろしたが、ニホン人のキュートな踊り子がたくさんいるアーニィ・パイル劇場は、サモしい目で見るだけで、とうとう、もぐりこめなかった。

東京宝塚劇場も、年に二日ばかりだが、舞台にでる。文春主催の文士劇だ。朝はやくから、銀座のバーのホステスさんが手伝いにきたりして、楽屋はにぎやかだが、飲みつづけで疲れる。

一昨年は、ちょうど、宝塚の大評判の「ベルサイユのばら」の公演のあいだの二日間だった。楽屋風呂にはいると、つい昨日《きのう》まで、宝塚の女のコたちが、むんむん、お湯につかっていたんだなあ、と、ぼくはお湯のにおいをかいでみたりした。

そうして、楽屋にかえり、「フロのなかに、ベルサイユのばらが、いっぱい、ちぢれて浮いてたぜ」と言ったら、「ほんとかい?」と言った先生がいたっけ。

新藤兼人脚本・監督「竹山ひとり旅」は、いい気分で見た。津軽三味線の高橋竹山の若いころ（林隆三）の映画なのだが、芸道修業物語でないのが気にいった。

こんなことが、ニホンの映画では、ほんとにめずらしいのだ。映画を見ていても、お説教されたんではかなわないのに、「男はど根性がなきゃいけないよ」なんてお説教されるとうんざりする。

もっとも、この映画でも、いちばん最後に、母親（乙羽信子）が息子の竹山をさがしあてて、三味線をさしだして、「おまえは、やはり、三味線を弾く人間だよ」みたいなことを言って、なんだかおっかない、いっしょうけんめいのクローズアップの顔で、なにやら歌いだす。

これで、ぴしっとしまったのだろうが、これは、やはりお説教だ。新藤兼人さんはいい脚本家・演出家だから、ラストでしめた。劇的にもなった。だが、ぼくはガックリした。ぼくはしめるのはきらいだ。いや、しめることのできない、しまらない人間で、ぼくも、台本みたいなものを、あれこれ書いたが、みんな採用にはならなかった。しまらない人間ってのは、生きにくいよ。そのわりには、ぼくはノンキにしてるみたいだけどさ。

富士映画配給「マダムクロード」。フランス人のコールガールが、ジェット機でアメリカにきて、大統領の別官邸みたいなところにいき、大統領の書斎の椅子に真裸でよこになっていて、これを、アメリカ大統領が、ぺちゃぺちゃ（音はきこえないが）下のほうをなめたりする。

大統領は、このコールガールに、自分のうちにニホン人の客がくるので、その客をたのしませてくれ、とたのむ。アメリカ大統領が客にコールガールの世話をするわけだ。

これは、「エマニエル夫人」や「O嬢の物語」を演出したジュスト・ジャカン監督のフランス映画だが、アメリカ大統領がこんなふうにでてくる映画が、フランスでは平気でつくられているというのは、おどろいた。ニホンだったら、国際問題だとかなんとか、ええうるさいことになって、こんな映画はつくれまい。

しかし、ジュスト・ジャカン監督も、「エマニエル夫人」では、若い、うつくしい外交官夫人のセックスだけを撮っていたのに、「O嬢の物語」になるとサドマゾがくわわり、この「マダムクロード」ではアメリカ大統領にロッキード事件まででてきた。いろいろまぜこむのは、料理もそうだけど、あまり上等とは言えないのではないか。

ここのところ、毎日、映画を見に出かけていたが、きょうは、うちにいた。昼間なのに部屋の電灯をつけて、雨戸をしめなきゃいけないような、ひどい雨が降ったのだ。台風のせいだろう。そんな雨のなかを、うちの女たちはプールにいった。プールには屋根があり、雨はカンケイないそうだ。

ぼくは映画を見に出かけないかわりに、タタミにひっくりかえって、小説を読んでいた。評判映画の原作も読みおわった。あんまりイモ大作の映画だったので、逆に、まさか、原作はそんなにひどくはあるまい、とおもって読みはじめたのだが、ぼくはこまってしまった。

イモ大作の映画も、たぶん、たくさんの観客が見にくるヒット作品になるだろう。今年のナントカ映画賞のベストワンになるかもしれない。原作もベストセラーだ。

ぼくはひがんでるとお考えになるだろうが、じつは、あんまりひがんではいない。子供のときから、ぼくは世間とたいへんにかけはなれた毎日をおくっており、ものの考えもそうなっていて、世間ではそれがあたりまえのことらしい、と、あまりなんともおもわないのだ。

いちいち、なにかおもってたんでは、たまったもんじゃない。

雨が見えない。雨の音もきこえない。雨はやんだのか？　しかし、夕闇が雨の音までも消したのかもしれない。

目に見えて、それから、音がきこえてくるということもあるか？　はじめに、うごかない海が見え、そして、波がうごきだし、波の音がきこえてくる……しかし、これは映像のような場合だけかもしれない。やはり、波の音のほうがさきにきこえるか？

（「ウイークエンド・スーパー」一九七七年十二月号）

たったひとりの主役

　キティ配給「ハーダー・ゼイ・カム」。ニホンではじめてのジャマイカ映画だそうだ。

　ボンネットが前につきでたおんぼろバスがはしってるさいしょのシーンから、ローカルなにおいがぷんぷんしている。

　ローカルという言葉はよくないようだ。いわゆる差別語ではないが、ニホン語にすると、地方みたいなことになる。つい最近翻訳についての座談会に出席したとき、ネイティヴという言葉がよくでてきた。アメリカ語についていうならば、アメリカ語を母国語とするアメリカ人ということろか。前は、あまりつかわなかった言葉だ。そして、前は、ネイティヴといえば、土人というようなことだった。土人は、あとで、現地人になったが……。

　ともかく、この映画はジャマイカのにおいが強かった。たとえば、ハリウッド映画などでも、ジャマイカがでてくることは、めずらしくない。

そして、こういった場合、せっかくジャマイカがでてくるのだから、ジャマイカのにおいをだそうとする。だが、なにか、絵葉書のジャマイカの風景みたいなことでおわってしまう。絵葉書にはにおいはない。

しかし、ハリウッド映画では、ジャマイカのにおいはだせないということではあるまい。いっしょうけんめい、ジャマイカのにおいをだそうとした、と言いながら、いっしょうけんめいようがちがうのだ。

つまりは、日本のみなさんに、本場の広州料理をたべていただく、と言いながら、ニホン風の広州料理をつくってるようなものだろう。

ハリウッド映画を見る人たちにとっての純日本風のものといえば、庭園は、ま、ニホン風の庭園だけど、この日本庭園がでてくるとき、どうしても、ジャラーン、と中国のドラがならなきゃ、ニホンにはならない。

ハリウッド映画で、いっしょうけんめい、ジャマイカのにおいをだそうとしたと言っても、つまりはハリウッドのジャマイカであって、ジャマイカ自身とはカンケイない。

だから、ぼくが、この映画はローカルなにおいがぷんぷんしている、と言ったのも、大きな誤りだ。ジャマイカ人にとって、ジャマイカはローカルではない。そこが世界なのだ。ジャマイカという名前さえもきえる。

つまりは、ジャマイカ人がつくったジャマイカの映画を、ぼくは、はじめて見たわけで、かなり強烈に、においを感じた。しかし、つまらないことだが、なんだって、今、こんな映画を、ニホンで公開するのだろう、という気持はあった。

ところが、新聞を見ると、この映画の主役をやる、歌手のジミー・クリフがニホンで公演をやるのだそうで、それにあわせたらしいとわかった。

この映画のさいしょのバスのなかのシーンではなしてる言葉を、いったいなに語だろう、とおもった。

メキシコや南米諸国（ブラジルをのぞき）みたいにスペイン語かとおもったが、どうもちがう。

それが、やがて、英語だと気がついた。そして、映画を見ていくうちに、だんだん、みんながしゃべってることがわかってきた。ぼくにとっては、この映画では、ジャマイカ英語がいちばんおもしろかった。

ストーリィはあらっぽく、いささかあまい。あらっぽいのはかまわないが、あまいのはこまる。

コロムビア映画「マイ・ソング」。こういう題名の映画は、おそろしくて見れない。だが、たとえば、「ルシアンの青春」みたいに、日本題名はおそろしくても、たいへんにみずみずしい、いい映画もあり、こういう映画は、原題を見ると、けっして、おそろしい題名ではない。

ところが、この映画の原題は、"You light up my life" あなたは私の人生に灯をともした、で、これもおそろしい。歌の題のようにおもったが、一九七七年にアメリカでいちばんヒットした曲だそうだ。このいちばんというのは、いろいろ文句がでるだろう。ま、いちばんなんて言葉をつかわなきゃいいんだが……。

しかし、ある事情があって、この「マイ・ソング」を見なきゃいけないことになり、かなしい気持で、見はじめたところが、なかなかいい。

だけど、やはり、女主人公がだれかと恋をして、ダメになるだろうとおもって見ていたら、はたして、恋をして、しかし、ダメにはならなかった。恋のほうはダメになったけどさ。

つまり、この映画は、ラブ・ストーリィではなかったわけで、へえ、とおもった。主役の女のコになるディディ・コンは、しずかな演技派だ。だいたい、ぼくは演技派というのは好きではないけど、このひとには、それこそ好感がもてる。賭けたっていいが、自分でやめたりしなければ、映画界で生き残れるひとだろう。デビューした作品で、歳をとってもバイプレーヤーで生き残れるとおもわせる女優さんなんて、あまりいない。

昨日は、西武新宿線で所沢にいった。所沢の飛行場のむこうの富中公会堂というところで、「走れクラウス」の撮影があったのだ。

これは、今村昌平監督の名作「神々の深き欲望」の製作をやった山野井正則さんが、長いあいだあたためていた題材らしい。

ぼくの役は、ボランティア活動をする人たちの寮の管理人のオジさんで、はじめからしまいまで、一升壜で酒を飲んでいる。

一升壜の酒はモノホンだが、暗くなるまでは、ぼくも水を飲んでいた。ぼくも、近頃は、酒がヨワくなってるので……。

じつは、昨日は、朝の七時半に、新宿駅前集合ということだった。だったら、六時半には、ぼくの家をでなくちゃいけない。

「そんなおそろしい……カンベンしてくださいよ」

ぼくは泣きごとを言い、すると、また、進行サンから電話がかかってきて、お昼の十二時に所沢の撮影現場にきてくれと言われた。

ところが、一時間ほどして、一時間早く、十一時になりました、という電話があった。

ぼくは言われたとおり、十一時に現場の富中公会堂についたが、朝の六時に家をでて、新宿駅前に集合した俳優さんのなかには、まだ一カットも撮ってない人もいた。

結局は、そのひとは、ぼくなんかより、ちょっと早く、二時すぎから撮影がはじまった。ぼくは現場につくと、ぼんやり待っていて、そのうち昼食になった。カツ丼だ。あまり上品でないカツ丼だが、マジメに卵が一ケちゃんとはいっていた。

食事のあと、助監督でもなく、照明さんなんかの撮影スタッフでもなく、またロケバスの運転手でもなく、俳優でもないひとが（しかし、このひとも、カツ丼を食べたから、この映画にカンケイないひとではあるまい）大阪のどこかで食べたカツ丼は、ドンブリのご飯の上に切ったカツがならんでるだけだった、と言った。

すると、アルバイトにちり紙の交換もやっていたというロケバスの運転手が、「それがホンモノのカツ丼なんだよ」とおしえてくれた。ぼくたちが、ふつう食べてるのは、カツが煮てあるから、カツ煮丼なんだそうだ。

ま、そんなおしゃべりをしながら待っていた。映画の撮影とは、待つことだ、と言ったひとがいる。五、六時間待つぐらいでおどろいちゃいけない、五、六日待つことさえある、とある古い役者さんは威張った。

晩食は中華丼。御飯と、れいのどろっとしたやつを、大きな容器にいれてきて、それを女優さんや子役のおかあさんたちが皿にわけて、テーブルにならべる。ぼくは東野英心さんのよこで、はなしながら食べた。ぼくの中華丼（といっても、皿だが）にはウズラの卵が五つもはいっていた。

もう、そのころには、ぼくの撮影もはじまっていて、暗くなりかかっていたから、中華皿（?）の上のほうだけかすって食って（もちろん、五ケのウズラの卵も）撮影ではモノホンの酒を飲みだした。

ぼくの撮影がおわったのは夜の九時前。うちにかえって、ビール、ワインからジンにきりかえたときには、家の者はみんな寝てしまって、ひとりでぶつくさつぶやきながら、酔っぱらった。

おかしなもので、ぼくなどは役者でもないのに、この二十日ぐらいのあいだに、三回も映画の撮影にいっている。さいしょは、日活ポルノ「順子わななく」。宮下順子が主演で、殿山泰司先輩がいい役をやっている。ぼくは飲屋の隠居といったところ。隠居は、あまりからま（濡れ場は）ない。

つぎは、江藤潤が主役のジュンという映画。ジュンがどんな字かはしらない。ぼくは、映画館のなかで、となりにいる江藤潤の股のあいだに手をのばし、デチ棒をにぎる変態オジさんの役。

これも、夜の九時に撮影がはじまって、十時までにはかならずおわります、と、なんどもきかされたが、撮影がおわったのは十一時すぎだった。

そして、そのあいだに、大映撮影所で、ナショナルのラジオのTVコマーシャルの撮影をやった。TVコマーシャルの撮影は、前に、大森屋の海苔のをやったが、タマゲるほどに入念で、しつこい。

化粧《メイク》とスタイリストの若い女性二人が、ずっとぼくにつきっきりで、また、スタジオのなかは寒いので、撮影のたびに、オーバーを脱がしたり、着せてくれたりする人もいて、ちょいとした主役の気分だった。主役のわけで、撮られてるのは、ぼくひとりきりだもの。

(「ウイークエンド・スーパー」一九七八年五月号)

田中小実昌賞　映画館部門　武蔵野推理劇場殿

映画館は、正月になると、正月料金というのをとる。正月料金は、どこにでもあって、たとえば、喫茶店などにも正月料金があるようだ。おなじコーヒーが、へたをすると、倍ぐらいの料金になったりする。

しかし、喫茶店は、正月すぎると、正月料金はなくなり、もとの料金にもどる。ところが、映画館は、とくに封切館や大きな映画館は、正月がすぎても正月料金はそのままだ。

つまりは、正月料金ということで料金を値上げして、そのままにしている。実際は、料金のベース・アップで、正月料金などと調子のいいことを言って、ゴマかしている。

それに、なんども文句を言ってることだが、映画館の水飲み場の水のでかたのわるいことには、ほんとに頭にくる。これは、あきらかに、映画館の売店の陰謀だ。水飲み場の水が、口で吸いつくようにして、やっと、舌のさきが湿めるくらいだから、しかたなく、喉がかわいた者は、売店にいって、ジュースを買ったりする。

映画館には、かならず水飲み場をおくことという条件みたいなものがあるのかないのかしらないが、水飲み場があっても、満足に水がでないんじゃ、どうしようもない。

映画館の水飲み場は、消防署か保健所か、どこの管轄でも、売店の陰謀を、このまま見のがしていいものか。

いや、消防署も保健所も、映画館に水飲み場があれば、それを見るだけで、ああ水飲み場があるな、と満足しているのだろう。

あるいは、消防署か保健所の検査の日だけ、売店では、水飲み場の水がよくでるようにしてるかもしれない。消防署か保健所の役人さんよ、ダマされちゃいけませんよ。

逆に、そんなふうだから、水飲み場で、たっぷり好きなだけ水が飲める映画館、たとえば、うちの近所では、自由ケ丘の「武蔵野推理劇場」などを表彰したくなる。

（「ウイークエンド・スーパー」一九七九年三月号）

半ズボンも苦労する

直木賞をいただいたので、やはり、あれこれゴタつき、それが、いくらか落ち着いてきた。もっとも、書くほうのことは、みじかいものはべつとして、だいたい、ことわってしまった。

八月八日の新橋第一ホテルでの受賞式とパーティのときにも、こんな挨拶をしたのだが、ぼくに賞をくださったのは、ぼくがいい歳をしてボヤボヤ、ふらふらしているので、ぼくをハゲますために、ほんとに、みんなの好意で、賞をくださったのだとおもう。

だから、みなさんの御期待にこたえて、がんばります、と挨拶をしたかったんだが、今まで、ボヤボヤ、ふらふらしてきたぼくが、急に、マジメに努力しだすとは、どうしても、考えられない。それで、「いっしょうけんめいやります、とは言えないのよねえ」ともうしあげた。そのとおりのことを言ったのだが、失礼だったかもしれない。

賞をもらって、予期しなかったいろんなことのうちには、たくさんの祝電やお手紙がきたこともある。

こんなことを予期しなかったというのは、ぼくが世間知らずだからだろう。ともかく、年賀状の倍以上の祝電やお手紙をいただき、年賀状のときもそうだが、ぼくは、相手の方のアドレスでもなんでも、えっちらおっちら、ひどい字で書くので、たっぷり時間がかかった。

びっくりしたのは、近所の銀行二つから、お祝いをもってきた。ぼくはナマケモノで、賞をいただいたからといって、くりかえすが、書くほうをふやす気もないし、つまりは、収入もおおくなるとはおもえない。

それよりも、今まで、ボヤボヤ、ふらふらしながら、なんとか食って、あげくに、さんざっぱら飲んでこれたのがふしぎだ。

もっとも、飲むほうは、ぜんぜん収入がなくて、それこそ、メシを食う金がないときでも、酒は、友人や先輩がおごってくれた。

また、ぼくは、酒が飲めそうなところには、どこへでも、ふらふら出かけていく。ごちそうになると、そこに泊めてもらい（ひどいときは、なん日もいて）かえるときには、電車賃をもらった。それで、まるっきり平気で、あいすまないなどおもったことがないから、よくよく、ぼくは厚かましいのだろう。

じつは、きょう、新しい旅券ができてきた。有楽町の交通会館の東京都の旅券課にいって、旅券をもらってきたばかりだ。こんどの旅券は赤い色になっている。

ジャパニーズ・レッド・アーミィ（日本赤軍）は、ニホン人が想像する以上に、世界的に有名だ。ぼくは、サンフランシスコのあるニホン商社で、日本赤軍の兵士とまちがわれ、商社の人たちは大さわぎだったらしい。冷静をよそおいながら、緊張して、ぼくに応待したりしてさ。

ぼくの服装が、どう見ても、観光客みたいでなく、それに、軍隊式のO・Dカラー（オリーブ・ドット色）の布製のバッグを肩からさげていて、それが、ちょうど軽機関銃がはいるような大きさと長さだったことも、ぼくが、日本赤軍兵士とおもわれた理由かもしれない。しかし、こんなオジイの、ひよひよ弱そうな日本赤軍がいるかねえ。

いや、日本赤軍だけでなく、ニホン人の海外旅行者全員が赤い旅券をもっているというのは、なんともほほえましいことであります。

前の旅券は期限がきれていたのだが、こうして、新しい旅券ができてきたので、さっそく、どこかにいきたくなった。

それで、さっきも、あちこちに電話したのだが、たぶん、ギリシャにいくことになるだろう。

ギリシャにいく理由なんてものはない。だが、ひとりでかってにいくんだから、いやなところには、いかない。ところが、いやいや、出かけていって、けっこう、いったさきでおもしろがってることもある。

ギリシャのどこかからは、イスラエルまで、船でなん時間かぐらいだそうなので、イスラエルにもいくかもしれない。

しかし、ぼくは、どこにいってもナマケモノで、去年の夏、サンフランシスコにいたときも、四十なん日か、ほんとに、のそーっとサンフランシスコにいただけで、ほんの数マイルはなれた町にもいかなかった。

ギリシャでも、どこかの町に、ずっと、一月ぐらいいるかもしれない。たぶん、そんなことだろう。

直木賞の発表があったのは、七月十八日の夜で、ぼくは、銀座のガスホールで、ユナイト映画の「ボディ・スナッチャー」を見ていた。

午後六時半から映画ははじまり、ぼくは八時ごろ、うちに電話したが、まだ賞は決定してない、と下の娘が言った。

それで、おわりまで映画を見て、外にでると、雨が降っていて、もう午後九時に近かった。さいしょにほかの映画の予告篇があったり、ぼくが、この映画の上映時間を考えちがいしていたりして、おそくなったのだ。

賞のほうは、ぼくがうちに電話した直後にきまったそうで、受賞したときのさわぎをおそれて、女房は山に逃げ、上の娘は、賞の結果は関係なく、海にいっていて、ひとりでうちの留守番をしていた下の娘に、ぼくはどこにいるか、まだ、連絡してこないか、とひっきりなしに電話があったらしい。

昨日は、二十世紀フォックスで「ノーマ・レイ」を見た。二十世紀フォックス社は、地下鉄日比谷線の神谷町の駅の近くだ。ユナイト映画社も、神谷町の駅でおり、もっとさきにある。ぼくは、うちから東横線の田園調布まであるき、中目黒で日比谷線の地下鉄にのりかえて、神谷町にいった。

あいかわらず暑い日で、ぼくは半ズボンをはいていた。夏、暑くなって、半ズボンをはきだすと、もう長いズボンははけない。

昔は、近所や町なかのオジさんたちも、夏は、みんな半ズボンをはいていた。長ズボンをはくのは、役所か会社に勤めてる紳士だけだった。今は、どうして、こんなに紳士がおおいのか。もっとも、みんな会社に勤めていて、会社にいってない男なんて、いないもんな。

ともかく、二十世紀フォックス社は冷房で、ひんやりしていた。それで、バッグにいれてもっていったランニング・シャツを着て、長ズボンにはきかえた。

それはいいが、ここの試写は午後一時からで、「ノーマ・レイ」の映写時間は一時間五十五分の予定。三時三十分からの東映本社での「蘇える金狼」の試写に間にあう。

東映本社は銀座教会のむこうのほうで、銀座には、日比谷線の地下鉄でいけばいい。表の通りにでれば、暑いだろうが、長ズボンを、また半ズボンにはきかえ、ランニング・シャツを脱ぎ、またまた、冷房中の、東映本社で長ズボンをはくのはめんどくさい。

それで、二十世紀フォックスでの試写がおわると、長ズボンのまま、地下鉄にのり、銀座の東映本社にいった。さいわい、汗がじくじく噴きだす直前に、東映本社に着いて、よかったが……。東映本社での「蘇える金狼」の試写がおわると、ぼくは、トイレで、さっそく、ランニング・シャツを脱ぎ、半ズボンにはきかえ、うちにかえった。

三日前、新橋の兼坂ビルのコロムビア映画社で、午後一時からの「ハノーバー・ストリート」の試写を見たが、半ズボンから長ズボンにはきかえるとき、小銭入《コイン》れを、半ズボンからだし、トイレのなかに忘れてきた。

つぎは、築地の松竹本社で、三時半からの木下恵介監督「衝動殺人　息子よ」を見たのだ。新橋から築地の松竹本社へは、都営地下鉄1号線で、東銀座にいくのが便利だ。

いや、地下鉄のなん号線なんてことはどうでもいいが、地下鉄にのるのには、金がいる。そして、ここは、新橋・東銀座の一区間だけだから、長ズボンにはきかえたままでも、ま、なんとか、暑さをがまんできるだろう。

そういうわけで、半ズボンのポケットの小銭入れを、長ズボンのほうにうつそうとして、コロムビア映画のトイレのなかに忘れてきたのだ。さいわい、小銭入れはトイレのなかにあった。コロムビア映画は正直な人ばかりだ。

……………

（「ウイークエンド・スーパー」一九七九年十一月号、抄録）

Ⅲ　ガード下の映画館……

この章は『ぼくのシネマ・グラフィティ』（新潮社、一九八三年）に収録されたものです。

目がさめると、明日になる

東映「赤穂城断絶」。かつての東映の時代劇全盛期の復活をねがって、「柳生一族の陰謀」につぐ、第二弾ということらしい。

監督は、「柳生一族の陰謀」とおなじ深作欣二さんで、「仁義なき戦い」のシリーズでも男をあげたし、東映にすれば、たよりになる監督なのだろう。「仁義なき戦い」はもともとは、製作費をあまりかけない、いわゆるB級映画だったときいている。それが、新しいヤクザ映画路線ができ、川谷拓三など、新しい俳優も、このシリーズから活躍しだした。

ひとつのおもしろい映画、シリーズから新しい俳優がでてくる。そういう映画がほんとにおもしろい映画だろう。今まで見た映画で、おもしろかった（いちばんという言葉はきらいなので、つかわない）映画はなに、とたずねると、朝鮮戦争の野戦病院が舞台のロバート・アルトマン監督の「マッシュ」とこたえる人がおおい。この映画でも、のろーとノッポの今までにない俳優のエリオット・グールドやドナルド・サザーランドができている。

深作欣二監督には、一度しかお目にかかったことはないが、位の高いお局《つぼね》みたいな顔だな、とおもった。へんなことを考えたものだが、こういう顔は、深作監督のほかは、一人しかあっていない。ニホン人の画家としては、国際的にたいへん高名な菅井《すがい》汲《くみ》さんだ。こういう顔は三代や四代でできるものではない。われわれ雑魚《ザコ》の顔とはちがう。

前作は、「柳生一族の陰謀」というよりは、「柳生一族の乱暴」みたいな、陰謀もトリックもなくて、ただ、柳生一族がむちゃくちゃなことをやるような映画だった。

しかし、ほかの者が、まるで時代劇の演技になっていないのに、主役の萬屋《よろずや》錦之介だけは、さすが、きちっときまった時代劇の演技をしていた、とほめる人がおおかった。しかも、ぼくが信頼してる、好きな人たちが、そんなふうにほめた。

「柳生一族の陰謀」で主役の柳生但馬守《たじまのかみ》になった萬屋錦之介の演技が、ちゃんとした時代劇の演技だったかどうかなんてことは、ぼくにはわからない。また、いい演技とかわるい演技とかも、とやかく言えることではない。ただ、ぼくは、あの映画の萬屋錦之介を見ていて、なんだか、くすくす、おかしかった。

「赤穂城断絶」でも萬屋錦之介が主役で大石内蔵助《くらのすけ》をやってるが、やはり、くすくすおかしいところがあった。これは、時代劇というものがなくなってから、十なん年かのあいだ、あれこれ雑多な映画を見てきたぼくが、ちゃんとした時代劇の演技と肌があわなくなっていたのだろうか。

この映画のなかで、懐しや、吉良《きら》の付け人清水一角が、額《ひたい》に鉢金《はちがね》をあてて、赤穂浪士と斬りむすぶ……と、ぼくはおもったのだが、清水一角ではなく、小林平八郎というひとだそうで、渡瀬恒彦がこの役をやっている。おデコにあてる鉢金は懐しいけど、ふつう鉢金はよこに長いものなのに、これは、まるくて、刀の鍔《つば》みたいに見えた。

吉良の付け人は、上杉家から吉良上野介《こうずけのすけ》に付けてやったボディガードなのに、どうして、上杉の付け人でなく、吉良の付け人なのか？

そして、たった今、中田雅久というふしぎな先輩が電話でおしえてくれたんだけど、吉良のは付け人で、タレントに付くのは付き人なんだそうだ。このちがいも、どこからきたのか？


雪が谷大塚から池上線の電車にのり、終点の蒲田《かまた》にいく。蒲田の駅ビルの弁当屋で幕内弁当か北海弁当（鮭《さけ》弁当）かとまよったあげく、カツドン弁当を買った。380円。

この弁当屋では、いつも、まよったあげくに、カツドン弁当を買っているのをおもいだした。弁当屋によって、買う弁当がきまってるのだ。しかも、蒲田の駅ビルの弁当屋ではとくにカツドン弁当がおいしいというわけでもないのに、ふしぎなことだ。

カツドン弁当をもって、蒲田の西口商店街のなかのイトーヨーカ堂四階の「テアトルカマタ」にいく。このイトーヨーカ堂の四階には「カマタ宝塚」もあり、キップ売場（テケツ）の窓口は二つだが、テケツのなかにいる女性はひとりだけ。

映画は近衛十四郎《このえじゅうしろう》主演の「柳生武芸帳」。片岡千恵蔵が遠山の金さんになる「さくら判官」。この映画のファースト・シーンには徳川封建の夢まどやかなる頃、という字幕がはいっていた。

三本立だから、もう一本は、中村錦之助主演の「関の弥太ッペ」。旅籠《はたご》の娘の十朱幸代《とあけゆきよ》が関の弥太ッペの中村錦之助に、「旅人さん、どうか、お名前を」とたずね、錦之助がこたえる。「渡り鳥には、名前なんかありやしません」。そして、「シャバにはつらいこと、悲しいことは、たんとある。しかし、みんな忘れて、眠ることだ。そして、目がさめると、明日になる」

この「関の弥太ッペ」の中村錦之助の演技を見ていて、ぼくは、くすくす、おかしいというようなことはなかった。まわりのひとも、ちゃんと時代劇の演技ができているので、中村錦之助ひとりが、うきあがって見えるようなことがないためだろうか？

それよりも、中村錦之助の演技が、そんなに大げさではないのだ。柳生但馬守や大石内蔵助とヤクザ者の関の弥太ッペでは、演技の力みかたがちがうということもあるかもしれない。

だが、ぼくは、時代劇がなくなってから逆に、萬屋錦之介の演技は、時代劇臭さが強くなったような気がする。これは、テレビのせいだろう。テレビの破れ傘刀舟先生が、「てめえらは、人間じゃない。かんべんならねえ、たたっ斬ってやる」と見得をきる、あの調子が、柳生但馬守や大石内蔵助にでてきてるのではないか。

テレビでウケる演技は、どうもクサい演技のようだ。映画の観客も甘いが、映画館まででかけていく者と、うちでテレビを見てる者とでは、たいへんなちがいがある。だから、テレビでウケる演技は、ハイ、演技ですよ、とはっきりわかる、甘い、クサい演技になってしまうのだろう。

CIC配給「グリース」。「サタデー・ナイト・フィーバー」の新人スター、ジョン・トラボルタ主演。グリースというのはヘアクリームのことらしく、油で頭の髪毛をテカテカにした高校生の男のコにトラボルタがなる。ブロードウェイで大当りをしたミュージカルだという。ミュージカルをたいへんに高級なもののようにありがたがる人がいるが、ブロードウェイでたくさん観客をあつめるには、どうしても、通俗でなくてはいけない。

やはり、CIC配給「ジョーズ2」。柳の下にドジョウは二匹いない、というけれども、これは、ドジョウどころか、すごくでっかい大鮫《オオザメ》だ。ぼくは、アメリカのマサチューセッツ州のアマースト大学の博物館で口だけで三メートルぐらいある大きな鮫の歯を見たことがある。歯ひとつでも、巾《はば》が一〇センチほどはあり、ぼくは、女性がお尻にあてるヒップ・パッドを連想した。もっとも、最近は、女性のヒップ・パッドはお目にかからない。ともかく、大昔には、そんな化物みたいな大鮫もいたらしい。

映画会社は、ある作品が大ヒットするとかならず、二匹目のドジョウをねらう。そして、やはり、二匹目のドジョウはつまらない。しかし、００７シリーズの「ロシアより愛をこめて」は二作目で、これは、おもしろかった。めずらしい例外だろう。

（「小説新潮」一九七九年一月号）

ガード下の映画館

医療センター……元の国立第一病院、もっとまえは東京第一陸軍病院……にいったので、病院の前から新橋行のバスにのる。

昼間は、ぼくは映画を見るか、バスにのって遊んでることがおおい。そんなわけでぼくはいくらかバスにくわしいのだが、この下田橋—新橋のバスはいいバスだ。若松町、新潮社や神楽坂のそばの牛込北町の角を右にまがり、納戸町、市ヶ谷にでて、麴町をぬけ、国会議事堂のよこをはしり、霞ヶ関の官庁街から新橋にいく。国会議事堂は大イモ建築だけど、あのあたりの並木の落葉はいい。

新橋では、上を国電がはしってるガード下の食品センターで、380円の割り込み弁当を買い、おなじガード下の烏森口《からすもり》のほうにある「新橋文化」にはいった。ここはガード下に、ほかに「新橋日活ロマン」と「新橋第三劇場」と三ケ映画館がならんでいる。「新橋文化」は洋画の二本立で、料金は500円。頭の上を国電の電車がとおるたびに、ゴトゴト、音がするけど、これはしようがない。

なかにはいると、いつも殺し屋役をやる、顔にローラーでもかけたように、のっぺり無表情なヘンリー・シルヴァが、やはり殺し屋の役のようで、ある男をさがしていた。相棒は、「スパルタカス」で黒人の剣闘士になったウッディ・ストロード。ひきしまった筋肉質のからだつきで、これも殺し屋役には似合っている。場所は、イタリアのミラノらしい。

つぎのシーンは、腹のつきでた中年のイタリア人のオジさんがいて、出かけるのか趣味のわるいネクタイをしめており、ベッドに真裸でよこになってる女が、「あんたみたいダメなポンヒキでなく、もっとマシなポンヒキとわたしが組んでたら、金も稼げたのに」と、股のあいだを、れいの検閲のひっかき傷でギラギラさせながら、男へ悪口を言っている。

女は淫売で、男はポンヒキのオジさんのようなのだが、このやりとりが、かなり長く、ぼくは、あれ、とおもった。映画はたいへんに時間をケチる。脇役にはこんなに長いやりとりは、ふつうさせない。

しかし、こんなオジさんは、ぼくは顔を見たこともないし、まさか主役では……と疑ったが、やはり主役だった。マリオ・アドルフという俳優で、イタリアでは人気のある役者なのかもしれない。映画の題名は「皆殺しハンター」。

この映画のなかで、ミラノのギャングの親分《ボス》が、「おれは、死ぬことなんか、ちっと

も こわくない」と、ほんとに平気で撃たれて死んだが、イタリアのギャングの親分は、やはり度胸があるのだろうか。

もうひとつの映画は、「スクランブル」という題名で、ハリウッドと香港とタイの合作映画らしい。主役の俳優が、若いときのロバート・ミッチャムにそっくりだとおもってたら、クリス・ミッチャムと言って、息子だそうだ。

相手役の女優はオリビア・ハッシーでタイの金持の娘になるのだが、いくら黒髪にしていても、やはりタイ娘には見えない。水着姿になると、その腰まわりなど、もうどうにも、タイ娘ではなかった。

この夜、新宿で飲みすぎ、元青線のゴールデン街でチンボツ。翌日、新宿から国電で蒲田へ（170円）。駅ビルのれいの弁当屋で北海弁当（350円）を買い、これまた、れいのイトーヨーカ堂四階の「カマタ宝塚」へいった。

見た映画は、野村芳太郎監督「拝啓天皇陛下様」。この映画の陸軍大演習のシーンで天皇陛下が白馬にのって閲兵をなさるところがあるが、この天皇に、たしか作曲家の浜口庫之助《くらのすけ》さんがなった。嵐寛寿郎は明治天皇をやってるが、現在の天皇をやったのは浜口庫之助さんだけだろう。ただしこの日は、おそれおおくてカットしたのか、フィルムが古くてきれたのか、ハマクラ天皇のお顔は拝めなかった。

「俺は田舎のプレスリー」。満友敬司監督の第一回作品、勝野洋主演。山田洋次監督

「運がよけりゃ」。ハナ肇《はじめ》主演。このコンビの映画は「馬鹿まるだし」「馬鹿が戦車《タンク》でやって来る」など、いくつかあったっけなぁ。

その翌日も、蒲田のイトーヨーカ堂四階の「テアトルカマタ」で倉田準二監督「十兵衛暗殺剣」。琵琶湖の水辺で、近衛十四郎の柳生十兵衛と大友柳太朗の剣士がずぶ濡れの大立ち回り。

佐々木康監督「謎の竜神岬」。市川右太衛門の、額に三日月の向う傷のごぞんじ旗本退屈男と美空ひばり。旗本退屈男は三波春夫の舞台衣裳みたいな派手なおべべを着てバッタバッタと人を斬る。

マキノ雅弘監督「いれずみ半太郎」。大川橋蔵と丘さとみの丸顔コンビがありました。

「おりくは、苦しんで死んだんじゃあるめぇなぁ」

「そんなことはないよ。見ろ、わらってらぁ」

「こいつは、死んではじめて、わらえるようになりやがった」

「ヒトラー」。西独でつくった記録映画。ヒトラーは小男のくせに威張りくさってた独裁者のようにきいていたが、ちょこちょこっと、クルマのフロントシートにのったりする。ニホンの政治家の先生でフロントシートにのるような人は、すくなくとも、戦前にはいなかった。ヒトラーのようなのを扇動政治家というのだろうが、ニホンには扇動政治家すらいたことはない。

スタンリー・キューブリック監督「2001年宇宙の旅」。十年前のSF映画のリバイバルだ。しかし、この映画には、「未知との遭遇」のシャンデリアの大オバケみたいな宇宙船がでてくるわけではなく、ゴテゴテぬきで、粋《いき》ですらある。この十年間SF映画は後退しつづけていたのか、観客の趣味がわるくなったのか。

溝口健二監督「元禄忠臣蔵」。大石内蔵助になる河原崎長十郎の演技は、まことにしずかでおだやかで、芝居臭くない。この映画の前篇は昭和十六年、後篇は昭和十七年につくられたもので、「赤穂城断絶」とくらべると、日本映画は、この三十五、六年間、後退をつづけていたのか。

太平洋戦争がはじまる前後の映画なのでタイトル前に、「護《まも》れ興亜の兵の家」なんて字幕がある。

建築監督者というのに新藤兼人の名前があり、大石内蔵助の次男坊が、今やテレビの人気者の中村梅之助。武林唯七をやってる役者は市川莚司となってたが、その声や背中のまるさなどから察すると、どうも、なくなった加東大介らしい。

この映画では、浅野内匠頭《たくみのかみ》の弟の大学が浅野家の当主になってお家再興ということが、ほぼきまりかけていて、それでは、仇討《あだうち》の名目がたたなくなる、と大石内蔵助などはなやんでいる。

お家再興になれば、たとえ石高《こくだか》はへっても、浅野家旧家臣の失業対策にもいくらかなり、こんないいことはないのに、とにかく仇討がしたいというのは、まったくむちゃなはなしで、それを義挙とするのは、ぼくには理解できない。

もう二度と、こんな忠臣蔵映画はつくれまいと言われる溝口健二監督の名作だそうだが、バカバカしいはなしを、精魂こめて丹念に撮ったもんだ。

この映画では、新藤兼人の建築監督者のように、照明者、録音者、装置者などとなっていた。昔の映画は、みんなこんなふうだったのか、それとも、この映画だけなのか。あるいは、戦争中にはあれこれおかしなことがあったが、これも、そういったものなのか。三桝《みます》万豊という役者さんの吉良上野介の顔は、もう近頃では見られないものだろう。役者顔もなくなってきてるし。このひとは大石内蔵助の役もやったことがあり、そんな役者はこのひとだけだ、と都筑道夫さんからきいた。

村川透監督「殺人遊戯」。松田優作主演。低予算映画なのだそうだ。いわゆるB級というのだろうか。かつて、東映には、「警視庁物語シリーズ」というのがあって、刑事たちが、ただ、ぞろぞろ、事件をおっかけていき、ぼくは、このシリーズが大好きだった。ところが、この映画は殺し屋なんてものが主人公で、つまりは、ストーリイに色がつき、しようがない。B級映画まで、この二十年ぐらい後退をつづけてるのか。

（「小説新潮」一九七九年二月号）

今日は、どちらのポルノを？

ぼくは報知映画賞の選考委員をしているが、一九七八年度の日本映画の作品賞に倉本聰脚本・岡本喜八監督の「ブルークリスマス」を推したのは、ぼくひとりだった。

おなじ倉本聰のオリジナル脚本では、高倉健が主演した「冬の華」のほうを、ほかの選考委員は買っていた。降旗《ふるはた》康男監督の「冬の華」は、主人公の女のコ（池上季実子）があこがれているブラジルのオジさんが、じつは、自分の父を殺して刑務所にはいっていたヤクザの健さんだったという、任侠あしながおじさん物語。シャガールの絵が好きなヤクザの親分（藤田進）などもでてきて、味つけのいい映画だった。また、倉本聰は味つけのうまい脚本家だ。

しかし、「ブルークリスマス」のほうは、未知との遭遇をした人たちが、血が青くなっており、このひとたちは、現在では平和に暮してるが、いつ、人類の敵になるかもしれないという懸念から、世界じゅうで、青い血人種狩りをするというストーリイで、色つけなんてものではなく、まともにストーリイでおしてきている。

だけど、青い血の人間が、なぜ、爪《つめ》がピンク色なのかとか、また、青い血のために顔が青くなったりする女性もいるのに、ほかの者は、どうして、ふつうの赤い血の人間の顔色とかわらないのか、そのあたりから、もう納得できない、という選考委員がおおかった。

だが、これは、体内では赤い血だが、体外に流れでると、青い色に変色していくというふうにやれば、よけい不気味で問題も解決したのではないか。

めずらしく、映画らしいストーリイでおしていく作品だったのに、くりかえすが、一九七八年度の日本映画の作品賞に推したのは、ぼくだけだった。

この選考委員会で、日本映画の主演女優賞に、「男はつらいよ　寅次郎わが道をゆく」で寅さんの恋人をやった松竹歌劇の踊り子役の木の実ナナの名があがった。ぼくも、この映画で、木の実ナナが、踊りながら汗をまきちらす、汗のかきっぷりのよさに感心した。今までの日本の女優には、こんな汗のかきっぷりの女優はいなかったのではないか。もっとも、そういうところがＳＫＤ（松竹歌劇）の踊り子らしくないという説もあった。おかしかったのは、木の実ナナを主演女優賞にと言ったのは、ぼくもふくめて、みんな、年輩の選考委員のオジさんたちだった。

主演男優賞に、若山富三郎の名前がでてきたのはうれしかった。ここのところ、このひとの演技は、和《なご》んだ風貌のようなものがある。

このひとは、たしか、東映京都の白塗りの二枚目スターで、時代劇にでていた。それが、城健三朗と名前がかわり、大映の「赤い水」なんて映画では、顔に傷跡のある土建屋の町会議員の役をやり、これが迫力があっておかしく、ぼくは大好きだった。

大岡昇平原作「事件」の弁護士役もとってもよかったが、あれは、テレビの「事件」だそうで、若山富三郎の主演男優賞は流れてしまった。

にっかつ映画、林功監督「透明人間　犯せ！」はマリア茉莉という新人のノッポの女優がでているが、からだが大きいので、声もひくくて、しゃべりかたがおもしろかった。浅草カジノ座の看板ストリッパーだったマリア・マリの名前をいただいたらしい。

同時封切の白鳥信一監督「おんなの寝室　好きくらべ」はすっきりした作品だった。こんな題名で、いい映画などはないとおもってる方は、ほんとに映画好きならば、この映画を見てごらんなさい。きっと、うれしがる。いつも言うことだが、ストーリイで決着をつけず、やることではじまり、やることでおわるというのが映画的だ。

さて、きょうは、いわゆるポルノ映画を見にゆくことにし、「ぴあ」をめくってみた。山手線大塚の南口商店街のなかの鈴本キネマで、「痴漢アパート」「悶絶!!　どんでん返し」をやっている。どんでんは神代辰巳監督だから、きっとおもしろい映画だろう。この監督の「一条さゆり　濡れた欲情」は名作で、この映画から、伊佐山ひろ子は売りだした。もう一本は「女教師」。田中登監督で「祭りの準備」の中島丈博の脚本なら、しっかりした映画にちがいないが、前に見たのではないか。

中央線武蔵小金井の小金井名画座でおなじ「女教師」「教師女鹿」（曽根中生監督）「女教師　童貞狩り」「ある女教師　緊縛」（これは女教師がだれかを縛りあげるのか自分が縛られるのか）。ともかく、女教師がぞろぞろ四ケもつづいては、しんどい。

東武東上線上板橋の上板東映では、笑いのエロスと銘うち、山本晋也《しんや》監督の特集。この映画館はたいてい特集をやっており、深作欣二監督特集など、なんどか、ぼくはこの映画館にきている。

しかし、東横線田園調布のぼくのうちからは、この三つの映画館ははるかに遠い。はるかに遠くても、ノコノコ出かけていくのだが、もう午後二時だ。目蒲《めかま》線鵜《う》ノ木《き》の「安楽座」へ。この映画館には、自転車で（二〇分）よくいったものだ。近くに池があり、ほんとに汚い、ちいさな池だが、子供だけでなく、大人もたくさん釣りをしている。こんな池で、なんの魚が釣れるのか釣れてるところは見たことがない。

鵜ノ木の安楽座は、女子大生大全集とかで、「女子大生　㊙ピンクレディ」「青春女子大生　びしょ濡れ」「女子大生　㊙SEX診断」「本番キャバレー　一発四〇分」。

安楽座にはいると、れいの「おんなの寝室　好きくらべ」でも女子大生の役をやっていた原悦子が、やはり女子大生になっていた。原悦子は、丸顔にちかい顔かたちなど女子大生の役にむいてるのだろう。つづいて、映画を見てるうちに、また、原悦子が女子大生になってでてきたが、教授もおなじ俳優。おなじなわけで、四本立を一まわりして、おなじ映画「女子大生　㊙ピンクレディ」でした。

「本番キャバレー　一発四〇分」の主役の沢木ミミは演技派。脇役で生き残れるような女優になるかもしれない。料金は900円。

国電中央線飯田橋の佳作座で「歴史としての聖書」と「偉大な生涯の物語」を見る。この映画館にも、ぼくとしては早起きをし、よくきたものだ。うんと混む映画館だったので。よこのスナックが売店も兼ね、キップもスナックの窓口で買う。自家製自慢のピザパイ200円なんてのがある。東京でもいちばんかわいい女のコの観客がおおい映画館かもしれない。料金は400円。

イエス伝の「偉大な生涯の物語」は一九六〇年代の作品らしいが、近頃はないぜいたくな映画だ。たとえば、子供のイエスが逃れたエジプトからかえってくる道の両側に、ローマ軍に殺された人の十字架が、ほとんど無数に立っているシーンなど、今では、こんなシーンはつくれまい。

三好京三さんの原作「子育てごっこ」（脚本鈴木尚之・監督今井正）を見て、カラーの自然がきれいすぎるのではないかとおもった。山田洋次監督「男はつらいよ　噂の寅次郎」なんかの葛飾柴又《かつしかしばまた》のあのきたない江戸川が、青くきれいに映ってるのはかまわないけど、「子育てごっこ」の場合など、画面のきれいさがマイナスになる。

　グルジア映画「ピロスマニ」のみずみずしさも、ただきれいにうつしてるのではない。自然の自然らしさだろう。

　インド映画の「遠い雷鳴」は、どこの国がどこで戦争をしてるのかもしらない人々が、戦争のためになん百万人も飢えて死にはじめているその前兆の遠い雷鳴なのだが、インドらしい自然が主役のひとつになっている。これも、自然をきれいに撮ったのでは、自然は死んでしまうだろう。

　ジャマイカ映画の「ハーダー・ゼイ・カム」も好きな映画だが、ジャマイカの土や草、そしてスラムの雑踏が、生々しくにおうようなのは、きれいにはとらなかった画面の色調などにもよるにちがいない。

　近頃の撮影機は、油断をすると、カラーなどもきれいに撮れちまうのではないか。汚く撮れとは言わないが、生々しく、におってくるような映画の画面を……。


（「小説新潮」一九七九年三月号）

冬の陽あかるく

自由が丘の武蔵野推理劇場に自転車でいく。ここが、いちばん近い映画館だ。道もうちの前をともかくまっすぐにいけばいい。

東玉川の住宅道をぬけ、奥沢商店街にはいり、目蒲線奥沢駅よこの踏切をこし、坂をくだると自由が丘の町で、そのまますすんで、東横線の踏切のむこうに、武蔵野推理劇場はある。前は、池上線雪が谷大塚の映画館がうちからいちばん近い映画館だった。邦画、洋画ともに三本立の映画館が二つあり、画面によく雨が降ったが、二館とも、今はなくなった。昔は、自分の町内にたいてい場末の映画館があったけど、町内の映画館というのが、今ではなくなった、と淋しがるひとがおおい。

午前十一時半の開演だったが、まだ、キップ売場もしまっており、子供っぽい顔つきの男のコや女のコがならんでいた。みんな肌がしろく、服装もさっぱりしている。自由が丘、田園調布、奥沢、わが東玉川と、いわゆる高級住宅地の子供たちなのだろう。しかし、このぼくは高級住宅地ふうの顔つきをしてるかどうか？　どうして、ぼくなどが、そんな高級住宅地にまぎれこんだかは、長くなるので省く。

テケツ（キップ売場）があくまで、ヒマつぶしに、映画館のまん前の熊野神社の境内をぶらぶらした。四人掛けのブランコに、女のコがむかいあって腰をおろし、ピクニックみたいにお菓子をたべていたり、やはり境内をぶらついてる男のコもなん組かいた。

武蔵野推理劇場は、東映の封切館だったころからおなじみだけど、そのまん前の熊野神社にきたことはなかった。あんがい奥ふかい境内で、ブランコにのっていた女のコや男のコたちも、武蔵野推理劇場で開演のベルが鳴りだすと、拝殿の前でチョコンと頭をさげ、キップ売場にならんだ。ぼくは参拝はしないで、境内をでた。いつものことだが、神社やお寺の信者でもないぼくが、参拝なんかするのは、わるい気がするのだ。冬の日だけど、おっとりあかるく、この日は祭日だった。

映画は、「イッツ・フライデイ」。見た映画じゃないかとおもってたが、やはりそうだった。アメリカのディスコ風景といったもので、ストーリイも甘いが、風景・風俗を見る気ならば、甘さもあまり気にならない。とくに外国の風俗なので、ものめずらしさもあるし、それこそ、こちらの見方が甘くなるのだろう。

もう一本の映画は「名探偵再登場」。「刑事コロンボ」のピーター・フォークが、かつてのヒット作「マルタの鷹」と「カサブランカ」のハンフリー・ボガートの役をいっしょにした探偵役をやっている。しかし、声色なども、前の「名探偵登場」などよりもひかえめなボガート調にきこえた。

　ダシル・ハメット原作の「マルタの鷹」を、ぼくは翻訳しようとして、この原作の舞台のサンフランシスコで、去年の夏、わりと念入りに読んだし、「カサブランカ」も、第二次大戦中のアメリカの戦意高揚映画だが、ぼくの大好きな映画だ。この映画のなかの「アズ・タイム・ゴーズ・バイ」という歌は、ニホンでは流行《はや》らなかったけど、ぼくの得意な歌だった。「名探偵再登場」は、この二つの映画のパロディで、ぼくは、もとをよく知ってるからか、たいへんたのしく見た。映画料金500円。

　これも、真冬なのに、コートを着てると汗ばむような土曜日（このあたりは、東京でもとくべつあったかい）、田園調布駅の噴水がでてるほうから、渋谷行の東急バスにのり（全線90円）、三軒茶屋東映にいく。料金は450円。

　三軒茶屋は世田谷の中心みたいなところで、ひところは、衆議院選挙のときなど、自由党広川弘禅、社会党鈴木茂三郎、共産党徳田球一など、各党の幹事長、委員長、書記長の選挙事務所が、三軒茶屋の交差点にむかいあっていた。

　映画は、チャールトン・ヘストン主演の「ソイレント・グリーン」にキャンディス・バーゲンなどがでている「魚が出てきた日」とピーター・セラーズ主演の「博士の異常な愛情」。この映画は、スタンリー・キューブリック監督のいちばんの傑作だ、とほめるひともいる。

おなじこの三本立を見た大学二年の女のコが、「魚が出てきた日」のほうが、だんぜんおもしろかった、と言ったのには、へえとおもった。親しい女のコなのだが、人それぞれ、映画の見方はちがうもんだ。

映画のあと、ここだけ玉電がのこった世田谷線三軒茶屋駅のよこをはいった路地の「仲本」で焼酎《しょうちゅう》を飲み、三軒茶屋をハシゴ。

ついでだが、「名探偵再登場」の原題名は「安物探偵《チープ・ディテクティヴ》」、ロバート・ムーア監督で、ブロードウェイの人気劇作家ニール・サイモンの脚本。主人公の安物探偵ルー・ペキンポー（へんな名前）は、最後に、殺された相棒《パートナー》の未亡人に撃たれる。これは、「マルタの鷹」の有名探偵サム・スペードが死んだ相棒の未亡人に殺されたという伝説をもとにしたのだろう。ダシル・ハメットの原作では、いちばん最後に、その未亡人がサム・スペードの探偵事務所を訪ねてきてスペードに気のある秘書のエフィが、「アイヴァ（未亡人）がきたわ」と in a small flat voice で言った、と書いてある。small voice は、ちいさな声でもひくい声でもかまわないが（それでも、だいぶちがうけど）。flat voice が訳すのにこまる。抑揚のない声、感情のない声、感情をころしたそっけない声、ただのそっけない声、いろいろ訳はありそうだけど、どれも、言いたりないか、言いすぎみたいだったりして気にいらない。

たとえば、抑揚のない声、などもぼくのよくやる訳だが、この場合は言いたりない。

秘書のエフィはスペードに気があり、ところが、スペードは殺された相棒の女房のアイヴァとは関係があった。その未亡人がやってきたことを、秘書のエフィはスペードに言うわけだから、彼女とすればおもしろくないだろうが、エフィはそんな気持を露骨にだすような女のコではなく、それで、感情をころしたフラットな声になったともおもえるし、露骨にはでなくてもつい、そっけない声だったかもしれない。

よけいなはなしになってしまったが、こんなflat voiceというような平易な英語の訳に、手こずりっぱなしでいるのだ。この言葉が、またよくでてくるのでこまる。

さて、「マルタの鷹」は、このあと、スペードがデスクに目をやり、ほとんどわからないくらいにうなずいて、「そう」と言い、「じゃ、とおしてくれ」とからだをぶるっとさせた……というところでおわっている。

だから、「マルタの鷹」では、サム・スペードは、まだ、未亡人のアイヴァには殺されていないのだが、ダシル・ハメットは「マルタの鷹」が単行本になる前に、「ブラック・マスク」誌に連載してるそうで、そちらのほうでは、サム・スペードは、未亡人のアイヴァに殺されているのかもしれない（というようなことなど、稲葉明雄さんのエッセイで知った）。

ともかく、そういう伝説（？）をふまえて、この「名探偵再登場」では、主人公の安物探偵ルー・ペキンポーは、かつての相棒の未亡人にピストルで撃たれる。もっとも、その弾丸《たま》はペキンポー探偵には当たらず、「カサブランカ」のナチの隊長役の悪い人に当たる。
封切物では、ホイ兄弟主演の香港映画「ミスター・ブー」が、まったくのナンセンスで、おもしろかった。ニホン製のナンセンス映画は、最近のいやな言葉だけど、すぐ、いやいや、生きざまみたいなことにかかわってきて（これも、いやな言葉）こまる。

（「小説新潮」一九七九年四月号）

ボロは駄目に決定

日曜日の朝、オデンに目刺し、大根おろし、しらす、玉子焼など、ま、あれこれならべてメシをたべてると、下の娘が二階からおりてきて、パイの上になにかのっけて、オーブンにつっこみ、あわただしく食事をはじめた。

下の娘は、こんど、大学三年生になる。この娘も、大学をでて勤めにいってる上の娘も、日曜日の朝、いそがしそうにしている理由は一つしかない。映画にいくのだ。ときには、女房も、映画にいくため、朝からばたついてることがある。いそがしい一家だ。

ともかく、ぼくは下の娘に言った。「オヤジと娘が、おなじ映画館にいって、ばったり、顔をあわせたなんて、みっともないからな。おまえ、どこに、映画を見にいくんだい？」

「大塚よ」娘はこたえた。

「大塚！　冗談じゃない。おれも大塚名画座にいくつもりだ」

東京は広い。ぼくのうちは東横線の沿線にあり、大塚とははるかにはなれている。その大塚の映画館に、日曜日の朝、オヤジと娘が、それぞれ出かけていくというのは、ふつうならばたいへんな偶然だろう。

しかし、そんなに偶然でもないんだなあ。なにしろ、映画狂の一家だもの。ぼくよりもあとから食事をはじめた娘は、さきに食事をすませて、自転車にのり、出かけていった。

そのあと、ぼくはあるいて田園調布の駅にいき、東横線で渋谷へ、山手線にのりかえ大塚でおりたのだが（料金は、意外に安く、乗りかえキップで１８０円）映画館の前の長い列のいちばんうしろのほうに、娘はならんでいた。娘とぼくは、大塚についた時間は、あまりかわらなかったわけで、これは、いったい、どういうことか?

娘がならんでる長い列には、女のコはほとんどいない。うちの娘に、もう一人ぐらいだ。高校生か、あるいは中学生ぐらいの男のコがおおい。

やってる映画が、曽根中生監督「博多っ子純情」、高橋三千綱《みちつな》原作・山根成之監督「九月の空」、倉本聰脚本・岡本喜八監督「ブルークリスマス」という三本立のせいだろうか。

ここは、大塚の「鈴本キネマ」で、地下にある。ぼくは、おなじキップ売場だけどその階上《うえ》の「大塚名画座」のほうにならんだ。

こちらの列は、はんぶん以上は女のコで男のコのほうも年齢がいくらかおおく、大学生あたりらしい。やってる映画が、「流されて…」と「ラストタンゴ・イン・パリ」というちがいだろうか。

映画館のなかで、サンドイッチなどをたべてる者がたくさんいる。近頃、ぼくの仲間がうんとふえたようだ。

「流されて…」は、孤島に流された男と女が……という、いささか永遠のテーマのようなお伽話《とぎばなし》だが、お伽話だとわかってるものを、どうやって映画にするかがミソだろう。たとえば、お伽話を、まことにお伽話らしくつくるか、お伽話らしくなくつくるか。だが、もともとはお伽話だってことを映画をつくる人が忘れたんじゃこまる。もっとも、世間では、もとはお伽話なのを忘れて、男女の愛の真実にせまったりするほうが評判はいいけどさ。

主演のジャンカルロ・ジャンニーニはヴィスコンティ監督の遺作「イノセント」では主人公の貴族になる。ところが、この「流されて…」では、読み書きもできない、下層階級の船のボーイだ。

俳優なんだから、貴族をやろうが、下層階級の男になろうが、あたりまえのことみたいだけど、ぼくは、やはり、なにかいいかげんな気がする。

お伽話ならば、王子が乞食になり、乞食が王子になるのは、ごくふつうのことだ。いや、この二つの映画も、もともとがお伽話なのに、それを忘れてしまってるみたいで、そういうところが、逆に、ぼくには、いいかげんに見える。こんなことを言うと、ヴィスコンティ教徒あたりに、おこられそうだな。

「ラストタンゴ・イン・パリ」も、最後に、主役のマーロン・ブランドが、若い娘からピストルで撃たれることはない。めずらしく、お伽話っぽくない映画のようだったのに、最後に、お伽話の正体があらわれたといったぐあいだ。


ワーナー映画「サバイバル・ファミリー」。前に、ロバート・ローガンがやはりお父さん役をやり、ロッキーの山中で冬を越す一家の映画「アドベンチャー・ファミリー」を見てるので、こんども、山の中のはなしかとおもったら、海だったので、ほっとした。ぼくは海が好きだ。いつだったか、オーストラリアのあちこちの海岸やハワイなどで、ただサーフィンをやってるコロムビア映画を見たが、これなども、退屈しながら、ぼんやりたのしく見た。ついでだけど、オーストラリアは、サーフィンの名所らしい。

この映画は、一家がのった船が難破して無人の（しかし、アザラシなど、動物はいろいろいる）アラスカの海岸で暮すはなしなのだが、月日がたっていくのに、着てる物などは、ボロにもならないし、汚れもしない。洗剤なんかあるはずはないのに、ふしぎなことだ。

しかし、これは、着てる物などは、新品同様でなくても、汚くしないこと、という方針で、この映画をつくったのだろう。逆に、着てる物などが、とたんにボロになる映画もある、と上の娘はわらっていた。

これが、書くほうだと、衣類がどんなにボロになったか、また、洗剤もないが、それなりに、どんなに清潔に保っていたかなど、あれこれ書くことができる。だが、映画では、そんなことをやってるヒマはない。それで、着てる物はきれいなままでやろう、それに決定、ってことになったのにちがいない。

にっかつ映画神代《くましろ》辰巳監督「赫《あか》い髪の女」。この映画はよかった。ダンプの運転手（石橋蓮司）が、道ばたに立っていた女（宮下順子）をダンプにのせてやり、このふたりがただもうやってばかりいる映画なんだけど、なんともいい。

ぼくはスケベな男だが、映画で男と女がやってるのは、べつにおもしろくもない。だから、外国のポルノ映画などは、ぜんぜん見ない。あんなもの、見たってしようがないという気がする。

しかし、この映画は、女と男がいて、せまいアパートの部屋で、やることと言えば、それこそやることだけみたいなのを、映画の画面のなかの男女がやってるだけでなく、映画ぜんたいが、ほかにどうしようもなく、やっているというぐあいで、神代辰巳という監督は、ほんとに、映画になりきるような映画をつくる、めずらしい人だ。

もうこうなると、この映画のどこがいいなんてことは言えない。活《い》きて動いて、さまざまに変化し、生成していくものを、断面できり、また、外に視点を立てて、不動のものとして見たって、しようがない。こちらも、そのうごきのなかにはいり、直観するよりほかはない。

なんだか、ベルクソン風の言いかただが、これはあたりまえのことだろう。だからこの映画のどこがいいと言うよりも、まずこの映画を見ることをおすすめする。

ただ、ちょっと気になったのは、宮下順子の赫い髪がきれいすぎた。赫い髪というのは、赫っちゃけてちぢれていたり、がさつな、わるい髪なのだ。いい家庭の女性などには、赫毛の女はいない。

宮下順子は、まったくぴったりみたいな感じでやっている。昔は、こんな映画はなかったから、新しい、すばらしい女優と言えそうだ。これから、また、なんども、こんな映画はやれまい。

男のほうの石橋蓮司も、自然でよかった。このひとが映画にでると、安心して見ていられる。とくに、こういう映画だと、相手の男が無理なく、安心して見れないと、見られたものではない。男の芝居のほうが目につくからだ。女は、無理があっても、女だからとおるところがある。

（「小説新潮」一九七九年五月号）

呉の「とうせんば」

広島県呉《くれ》市の三条三丁目のバス停で、呉二河本通《にこうほんどおり》循環のバスにのった。映画を見にいこうとおもったのだ。ぼくは、もとの軍港町の呉でそだった。このバス停から三城通りをとおり、屋根瓦《がわら》が段々にかさなった三津田の丘をのぼっていくと、ぼくの家がある。

バスは呉三津田高校のてまえを右にまがり、三津田橋をわたった。三津田高校は広岡ヤクルト監督のでた高校だが（このころはヤクルトの監督）、前身の呉第一中学校に、ぼくも二年半ほどいた。三津田橋は、小学校のときにとおった橋だ。

二河川ぞいにバスはすすみ、山手橋、上山手橋のところで右折した。町の映画館にいくのには、たいへん遠まわりのようである。もっとも、映画館が、呉の町のどのあたりにあるかは、ぼくは知らない。

バスの窓から市場が見えたので、つぎのバス停でおりた。市場では、ギザミなどの色もあざやかな瀬戸内海の魚が目をひいたが、市場をあるきながら、ここは、もしかしたら、「とうせんば」ではないかとおもった。

三津田の丘の独立教会にうつる前、ぼくは、本通九丁目のバプティスト教会にいた。そして、この教会のすぐ前から、「とうせんば」という、人でごったがえした市場がはじまっていた。どこまでつづくかわからないような、長い長い市場だった。

ぼくが子供だったので、そんなふうにおもえたのかしれないが、軍港町の呉はにぎやかな町だった。ひところは、広島よりも人口がおおく、となると、全国でも六大都市につぐ町だ。

「とうせんば」が、どんな文字なのかは知らない。市場の通りをくると、川があった。これは、境川？　この川は、ひどい臭《にお》いのどす黒いどぶ川だった。今のほうが、よっぽどきれいな水が流れている。帝国海軍も海軍工廠《こうしょう》もなくなり、戦災で焼けたあとの呉は、閑散とした町になった。

映画館は、バプテストの教会がある本通九丁目（今は丁目がちがうらしい）に二つ、中通のほうに二つあったけど、ざんねんだが、みんな見た映画なので、あるいて、三津田の丘の家にかえった。

子供のとき、「大衆楽」という映画館で「この太陽」を、母につれられて見た。原作は有名作家の牧逸馬《まきいつま》、脚本・監督村田実、主演夏川静江、小杉勇、島耕二、入江たか子と、当時の大スターがならんでいる。昭和五年の映画で、ぼくが小学校にいく前の年だ。子供のぼくには、この映画はさっぱりおもしろくなかった。

上野駅で電車をおりて、おどろいた。西郷さんの銅像のほうにあがっていく石段の下まで、人でいっぱいで、あるくこともできない。春の上野の人出を、あらためて知った。それに、春もうららの日曜日だ。

世界傑作劇場で「戦争のはらわた」を見る。サム・ペキンパー監督の映画で、これだけは見ていなかった。ぼくみたいにダメな兵隊で、戦争みたいなしんどいことはまっぴらだったのに、どうして、戦争映画がおもしろいんだろう？　ドイツ軍の下士官（ジェームズ・コバーン）が主人公だけど、相手は米軍ではなくロシア兵で、うまくできている。しかし、ぼくは、日本軍が負けるアメリカ映画を見ていても、ひどいシーンなどがないかぎり、なんともない。げんに、日本軍は負けたんだもの。

世界傑作劇場とおなじ二階に日本名画劇場があって、「男好きな女は一発で勝負する」をやっていた。階下は上野スター座で「ポルノアメリカ・指を濡らす女」「獣色・変態の世界」。

映画がおわり、階段をおりていくと、裏はすぐ不忍池《しのばずのいけ》だった。いつだったか、寒い日に、不忍池で、星新一さんにあった。星さんは、なにをしに、こんなところにきたのか、とぼくにたずねたが、ぼくも、おなじことを、星さんに言いたかった。

じつは、ここまで書いて、自転車にのり自由が丘の武蔵野推理劇場にいき、「スター・ウォーズ」を見てきた。去年の夏、サンフランシスコの中国街《チャイナタウン》の映画館で、この映画を見たのだが、英語のセリフがききとれず、なさけないおもいをした。こんどは、ニホン語の字幕《スーパー》があったが、やはり英語がよくわからなかった。しかし、いわゆるスペース・オペラ映画としては、おもしろい映画だろう。

はなしはちがうが、今朝、食事をしながら、上の娘が、近頃の米英映画は、最後に「The End の文字がでない、と言った。なるほどそうで、それで気がついたが、日本映画も、おわりに、「完」とか「終」とかいうのが、すくなくなった。しかし、フランス映画のおわりの Fin、イタリア映画の Fine は、まだまだあるようだ。

フランス映画社配給「木靴の樹」。スタンダードの画面で、十九世紀末の北イタリアのロンバルディア地方の田舎を舞台にしてる映画だが、近頃めずらしく、感心して見た。

さいしょ、あれ、とおもったのは、映画にでてくる百姓たちが、干草をすくって納屋につみあげるシーンなども、その手つきが、たいへんに慣れていたのだ。

それに、鵞鳥《がちょう》の首を鉈《なた》ではねるときの無造作な自然さなど、まことに百姓らしい百姓仕事ぶりで、俳優たちを、よほどじっくり訓練したんだな、とおもってたら、このひとたちは、ほんものの百姓なのだそうだ。

エルマンノ・オルミ監督は、今まで日本では作品が上映されていないが、俳優も素人ばかりをつかい、自分でオリジナルストーリイを書き、この映画では、撮影も編集もやっており、つまり、手作りのようにして、映画をつくる監督らしい。

自分がつくりたいように、映画をつくるのだろう。こういう映画はめずらしく、個性がしみでて、新鮮だ。これは、わがままがゆるされた大巨匠の作品とはちがう。大巨匠のわがままがゆるされたのは、そのわがままがゼニをとれたからだ。馬がなん千頭かそろわなきゃイヤだなどと言う、大巨匠のわがままは、どうしようもなくウケることを考えてしまう、甘い、あるいは、ちゃっかりしたわがままだろう。いや、ぼくは大巨匠の悪口を言ってるのではない。この映画のオルミ監督なんかとは、はじめから、つくろうとする映画がちがうのだ。

インターナショナル・プロモーション配給「郵便配達は二度ベルを鳴らす」。一九四二年の、ルキノ・ヴィスコンティ監督の第一回作品ということだ。ヴィスコンティ監督は、バート・ランカスターが老教授になる「家族の肖像」、遺作となったイタリア貴族社会を描いた「イノセント」など、評判の高い大監督だが、一九四二年につくられ、公開二日間で、ムッソリーニ政府に上映禁止にされたというこのさいしょの作品が、最後の作品の「イノセント」につづいて、ニホンで公開されることになった。

この映画の原作は、アメリカの作家のジェームズ・M・ケインの「郵便配達はいつも二度ベルを鳴らす」で、ぼくが訳したものが、近く出版されることになっている。

原作は、アメリカでは有名な犯罪《クライム》サスペンスで、弁護士と地方検事とのかけひきや大逆転、その前にも、おかしな殺人未遂があったり、最後には、またもや、すべてがひっくりかえったり、そういったストーリイで、だから、原題名も「郵便配達はいつも二度ベルを鳴らす」なのだろうが、主人公の放浪性のある若い男と、カリフォルニアの、クルマなんかもあまりとおらないハイウエイぞいのガソリンスタンドも兼ねたギリシア人のレストランの若い女房との男女のパッションが、それこそパッショネートに書いてある。

ヴィスコンティ監督は、舞台もイタリアのポー河ぞいにうつし、弁護士のかけひきなど、まるっきりカットしてしまって、女と男とのどうしようもない激情《パッション》の映画にしている。後年のヴィスコンティ監督の作品のがっちりしたしつこさ（もともと、そういう性格でも、この監督には、なにか、しつこいパッションがあるみたいだ）が、この第一回作品にも、ちゃんとでている。

（「小説新潮」一九七九年六月号）

チンボツがえり

新宿ローヤルの前までくると、「怪盗軍団」というイギリス映画をやっていた。刑事コジャックのつるつる頭のテリー・サヴァラス主演で、ジェームズ・メースンなどもでている。スチール写真を見ると、おもしろそうなので、なかにはいった。料金350円。

その前の夜は、新宿で飲んでいて、ゴールデン街でチンボツした。昼すぎ、そのチンボツ場所から這《は》いだし、新宿区役所通りにでて、もとの都電通りをよこぎり、新宿ローヤルの前を、新宿駅のほうにいこうとしていたのだ。新宿ゴールデン街のチンボツ場所からは、あるいて二、三分、チンボツご近所の映画館ってことになる。

映画は……ベルリンの戦犯刑務所にナチの大物の戦犯がたった一人ではいっている。一人で刑務所を借りきりというのは、豪勢なものだ。この戦犯はナチの財宝を隠してる場所を知ってるが、ヒトラー総統じきじきの命令ででもなければ、その場所は、だれにも言わない。

ってわけで、この戦犯を貸しきりの刑務所（それだけ、よく目もひかり、警戒もきびしい）からつれだし、生きてるヒトラーにもあわせるが、やっかいなことに、財宝を隠した場所が、今では、東ベルリンになっていて、これまたきびしい東西ドイツの境界線をこえなければならず……と、なかなか手のこんだストーリイだった。

　こんな筋の映画は、ニホンではあまりないので、おもしろかったが、最後になって前に見た映画だとわかった。しかし、それまでは、はじめて見た気でいたんだから、ソンはない。ボケるのも取柄《とりえ》がある。

　それはともかく、こういう手のこんだ映画が、ニホン人につくれないわけではあるまい。このくらいの筋なら、そこいらの連中があつまればカンタンにできちまう。ぼくはホラをふいてるのではない。だが、こんな映画には観客がこない……ってことになっている。だから、この種の映画は、ニホンではつくらない。じつにシンプルな、なさけないことであります。

　池上線の雪が谷大塚のホームで電車を待ってると、女房があるいてきた。蒲田に映画を見にいくのだという。ぼくも蒲田に映画を見にいくのだ。「なんの映画だ？」とぼくがきくと、女房は、「ルパン三世……」と言った。しかし、電車にのっても、女房はいなかった。だが、これはふしぎなことではない。女房は、ぼくという亭主を恥じてるのだ。だから、ぜったいいっしょにはあるかない。電車もおなじ車両にはのらない。

だけど、蒲田の映画館で、女房はぼくとならんで腰かけなくても、おなじ映画を見ることになる。ぼくも、「ルパン三世」を見るんだもの。

ところが、映画館に女房はいなかった。あとできいたことだが、女房は、蒲田パレス座で、アニメの「ルパン三世」を、ぼくは、イトーヨーカ堂四階のカマタ宝塚で目黒祐樹主演の「ルパン三世　念力珍作戦」を見たのだった。この映画は、中山千夏、赤塚不二夫企画だそうで、いったい、どうなってるのか？

ほかに、円谷英二特撮監督、本多猪四郎監督、高島忠夫主演「海底軍艦」、フランキー堺主演「喜劇　駅前火山」、料金700円。

このあいだは、大塚の映画館にいくのに下の娘とぶつかったり、こんどは、蒲田の映画館にいくのに、女房とぶつかったり、もっとも、はいる映画館は、ちがっていた。娘も女房も、ぼくとおなじ映画館にいるとどんなサイナンがおこるかわからないと、身をかわしたのかもしれない。

ある日曜日、千葉にいき、京成千葉駅の前をあるいてると、京成ローザで、「ロッキーを越えて」と「アルプスの少女ハイジ」をやっていた。これが、朝の八時半からやってるのだ。池袋の文芸地下も、朝の九時から映画をやったりするが、午前八時半上映開始というのは、はじめて見た。

東宝「乱れからくり」児玉進監督。成田空港で男を待っている女が、とうとう男がこないので、男のぶんの航空券を屑籠《くずかご》にすてて、サンフランシスコ行の旅客機にのる。航空券は払いもどしができるはずなのにもったいない。だが、それは、この映画をつくった人たちも、ちゃんと知っていて、だけど、こんなふうにやると、観客によくわかるから、とそうしたのだろう。

男（ないし女）はこない、だから、そのぶんのキップをすてて、ひとり旅にでる、という約束事があるみたいだ。観客は約束事を見て、ナットクする。それを、もったいないなど、イジマシイ。これは、映画なんだよ、とわらわれそうだ。しかし、ぼくはやはり、もったいない。サンフランシスコまでの航空券をすてるなんて、この映画を見てるこのおれをバカにするなという気になる。

この映画の主人公の私立探偵の助手は松田優作だ。彼は、映画にはちいっとうるさい連中にも人気がある。長い顔のこけた頬から顎《あご》にかけ、日陰のモヤシみたいな、たよりのない、なさけないヒゲがはえてるのが目についた。

新宿ローヤルで「怪盗軍団」を見たときゴールデン街のチンボツ場所をでると、すぐそばの路地で、映画のロケをやっていた。松田優作が主演の映画だそうで、実物の松田優作が立ってたが、実物もあのたよりのないヒゲをはやしていた。つけヒゲで、わざわざ、あんななさけないヒゲははやすはずがないもんな。

映画の題名は「俺達に墓はない」だって。「俺たちに明日はない」をモジったものだろうが、今どき、てめえの墓の心配をしながら人殺しをやってる者がいるか。バカらしい。もっとも、どこの映画会社の作品か知らない。この題名も変るかもしれない。ことわっておくが、バカらしい、とバカにしたのではない。おもしろがってるだけだ。

東宝の同時封切は西村潔監督「黄金のパートナー」。三浦友和と藤竜也のコンビはつづくかもしれない。殿山泰司さんが港の桟橋の上のバーのマスターになる。そして旧帝国海軍にいたとかで、セーラー服の水兵姿の写真が、バーのカウンターのうしろの壁にかけてあった。

日露戦争の日本海海戦で、東郷平八郎大将がのっていた旗艦三笠は、横須賀で陸にあげて、記念物になってるそうで、そこにいくと、旧海軍の水兵服を貸してくれ、写真をとるようになってるそうだ。殿山水兵も、軍艦三笠で写真をとってきたらしい。

しかし、ほかのひとはともかく、殿山《トノ》さんが海軍ってのは、こまるんだなぁ。ぼくは、中国の湖南省と湖北省で、独立旅団善部隊の初年兵だった。トノさんも、終戦のときは、わが善部隊なのだ。善部隊は、戦争末期のよせ集めの旅団のようで、善部隊にいたという人にあったのは、トノさんぐらい。そのトノさんが海軍にいっちまったんでは、こまるよ。

「復讐するは我にあり」は、ひさしぶりの今村昌平監督の作品。原作者の佐木隆三さんが、浜松の旅館でステッキガールがこないとおこってかえる客の役をやってて、おかしい。

新宿区役所通りの入口の向いに、新宿松竹がある。ここも、ゴールデン街のぼくのチンボツ場所ご近所の映画館だが、「復讐するは我にあり」の主役の緒形拳の大きな絵看板がでていた。

この絵看板の緒形拳の顔が、なんだか似てないようにおもった。地方の町の映画館などは、スターの顔のあんまり似てない絵看板があって、それもご愛敬《あいきょう》みたいだったけど、新宿のどまんなかで、こんなのではこまる。

去年、中国にいったときは、映画館の看板が、どれも迫真的なのに感心した。もうニホンでは、それこそくそリアリズムの絵は、だれも描かないが、映画館の絵看板だけは、中国みたいに迫真的なのがいいのではないか。ところが、新宿松竹の絵看板は正面をむいた緒形拳のスチールの顔とまったくおなじなのに気がついた。絵看板がおかしいのではなく、スチール写真が、いや、ぼくの目がおかしいのか？

（「小説新潮」一九七九年七月号）

菖蒲園はどこだ

池上線で五反田へ（70円）。五反田から都営地下鉄で押上《おしあげ》、ここで、地下鉄がほんとに地上におしあがるのがおかしい。京成線にのりかえて国府台《こうのだい》（270円）。まちがえて、乗りこしたのだ。引返し、青砥《あおと》から堀切菖蒲園《しょうぶえん》へ（110円）。ふつうはそのままのキップで引返してくるんだけど、上下線の改札がちがうのでしかたがない。堀切文映（600円）で映画は「ハワイアン・ラブ　危険なハネムーン」、おなじくにっかつロマンポルノ「女教師　秘密」、高倉健主演「ゴルゴ13」。

堀切文映をでて、菖蒲園はどこだ、と若い男にきいたら、知らないという。堀切菖蒲園と駅の名前にもなってるのに、ほかの女性にもたずねたが、首をふる。それでもなんとか菖蒲園にたどりついたら、名物の花菖蒲がいちめんに咲いていていた。

雪が谷大塚（池上線）から五反田、有楽町。国鉄値上げで190円。有楽町駅から外堀通りにでると、よこから、女のコがはしってきた。赤いシャツ・ブラウスに黒いコットン・パンツをはき、お尻をきっくりむっくりさせている。このコも並木座にいくらしい、とおもったら、通りをよこぎり、むこうにいっちまった。ところが、また、もどってきて、やはり並木座へ。朝、電車をおり、開館前の映画館にいそいでると、若い連中が、みんな、ぼくを追いこしていく。

小津安二郎週間で、料金450円。「東京物語」はとくに評判の高い映画だが、小学校がでてくるシーンで、まことに月並な唱歌がきこえる。小学校というところは年中唱歌をうたってるのかどうか、小学校といえば唱歌、みたいな唱歌なのだ。小津監督は、出演者の箸《はし》のあげさげにもうるさかったらしい。ところが、この小学校の唱歌みたいに、ぼくには無神経に思えるものもいくつかある。

「晩春」の主役の原節子が、混血美女ふうに撮ってあるのに気がついた。昭和二十四年の映画で、あのころは、そんなのがウケた。また、原節子だから、混血美女ふうにもなれた。大学教授の娘で、鎌倉のしずかな家にすんでいて、それが、エキゾチックな混血ふうの美貌で……と小津監督自身ぞくぞくしたのではないか。

翌日は、五反田から地下鉄で東銀座。築地の銀座ロキシーで、イングリッド・バーグマン主演の二本立「凱旋門」「誰《た》が為に鐘は鳴る」。料金500円。

日曜日のせいか、会社か大学にいってる娘とお父さん、といったカップルも、ちらほら見かけた。やはり、銀座・並木通りの並木座とは客種がちがう。並木座には、近所の者なんかはだれもこない。しかし、ここは築地で、ご近所もある。

「凱旋門」にはカルヴァドスという酒がでてくる。カルヴァドス地方のリンゴ焼酎《じょうちゅう》らしいが、ちいさな、ほそいチューリップの花みたいなかたちのグラスで飲む。この映画では安酒ってことになってるけど、フランスではワインなどが安いから、そのなかでは、けっこう高い。

「誰が為に鐘は鳴る」は、ゲーリー・クーパーが主演だが、あんがい高い声で、早口なのに気がついた。そして、だれかの声に似てるとおもいながら、とうとう、おもいだせなかった。おもいだせないはずで、クーパー自身の声に似てたりしてさ。

銀座ロキシーをでて、歌舞伎座の前をとおり、銀座通りでバスにのろうとしたら日曜日で歩行者天国、バスはなかった。

エルマンノ・オルミ監督「木靴の樹」くらい、だれでもが誉《ほ》めた映画は、近ごろではめずらしい。ぼくも誉めたが、この映画にも、からだは大きいが、寝小便をしたりするチエがおくれているらしい少年が、画面にどぼーんと立っていたり、オジさんとおじいさんの親子が、いつもケンカをしていたり、と類型はあった。類型は甘い。

そんな類型をなくそうというより、類型をさけた映画が、ウッディ・アレン脚本・監督の「インテリア」だろう。味なんてものもないみたいな、自制心の強い映画だ。

女性監督クローディア・ウェイルの「ガールフレンド」はすばらしい映画だった。題名が似てる「グッバイガール」や、おなじ女性監督の映画「歌う女 歌わない女」なんかとも、まるでちがう、これも類型をおそれた、みずみずしい映画だ。類型は、物語でこってり毛穴をふさぎ、みずみずしい息づかいがない。

アラン・レネ監督の英語の映画「プロビデンス」は、くりかえして見ると、もっとおもしろいかもしれない。この映画は、物語ふうだけど、なかなか、からい映画だ。からいのがいいわけではないが、自分では気がつかないで、甘い映画になるのを、アラン・レネ監督はおそれている。

逆に、甘さは承知で、わいわいガヤガヤにぎやかにやろうよ、といった調子のロバート・アルトマン監督の「ウエディング」もおもしろかった。

アルトマン監督は有名作「マッシュ」以来、辛辣《しんらつ》な映画をつくってるが、辛辣なんてことが、そもそも、甘さにもとづいてることを、ちゃんと知ってるようだ。物語もおそれない。だが、物語ってことは、よくわかっている。しかし、はい、おはなしをやりますよ、といったぐあいでなく、ガヤガヤしゃべりっぱなしで、おもしろい。

小原宏裕《こうゆう》監督「青春PARTⅡ」があまり評判にならないのが、かなしい。題名がものすごく、競輪選手が主人公なので、きらわれたりするのだろうか。それに、この映画は、ここがいい、なんてことが言いにくく、書きにくい。しかし、そんなことが言えたり、書けたりするのなら、言ったり書いたりで、ことは足りる。なにも、わざわざ映画をつくることはない。映画は映画のコトバしかしゃべらない。「ガールフレンド」も「インテリア」も「プロビデンス」も映画それ自身がはなしかけており、映画が直接はなしかけるコトバ以上の意味をさけている。

インターナショナル・プロモーション提供「雨の午後の降霊祭」は「遠すぎた橋」の監督のリチャード・アッテンボローが製作・主演した少女誘拐にからむサスペンス映画だ。

「遠すぎた橋」というのは、第二次大戦中のヨーロッパ戦線の映画だが、この映画になっているある作戦を、軍の首脳部は成功だったとゴマかしてるが、じつは、こんなひどい敗《ま》け戦《いくさ》だった、みたいな観方をしてる人がおおいのには、おどろいた。

戦闘や戦争は、将棋の勝負ではない。戦争、戦闘と言えば、かならず勝ち負けがあるようにおもってるのは、戦争物語にダマされてるのだ。実際には、そんなふうでない、とこの映画は、はっきり、くどいくらいに言ってるのに、映画批評家とよばれる人までが、この映画が直接はなしかけるものをきこうとせず、それ以外の意味をおっかけてる。「雨の午後の降霊祭」は題名のように、主人公の奥さんが霊媒なのだが、この映画はけっして、おどろおどろしくない。だからオカルト映画ではない。

いつも、ぼくはおもうのだが、サスペンス映画こそ、ちゃんと、手抜かりなく、マジメにつくらなきゃ、おもしろくない。ところが、この映画のような、マジメでおちついたサスペンス映画はすくない。この映画の白黒の画面もよかった。

山根成之監督「黄金の犬」の地井武男はよかった。一見、そこいらのヤクザみたいで、服装もそんなふうで、すごみのある殺し屋ってツクリではない。

画面にでてきたとたん、すごい殺し屋の感じがするなんてのは、ある種の映画では便利かもしれないが、ぷんぷん、殺し屋がにおうようで、鯛焼《たいや》きみたいな、縁日の殺し屋焼きってところか。

翌日、山本薩夫《さつお》監督「あゝ野麦峠」を見たら、地井武男は主人公（大竹しのぶ）の兄の農家の男になっていて、これも、マジメに演技し、演技以外の意味はさけてるみたいなのがよかった。俳優の場合の演技以外の意味といえば、人間臭さとか、味とかってことだろうが、これが、あんがい安ウケのもとで、それこそクサかったりする。

（「小説新潮」一九七九年八月号）

トノさん、がんばれ

その日は土曜日で、池袋の「文芸地下」にいこうとおもった。六月の中旬から、木下恵介特集をやっており、毎日替りの二本立で、この日は、「二人で歩いた幾春秋」と「今年の恋」だった。

木下恵介監督の映画なら、ほとんど見ているが、この二本は記憶にない。それが同時に見れるなんて、いいチャンスだ。

ところが、結局は見なかった。「文芸地下」は、東京でもいちばん混む映画館だ。おまけに土曜日で、しかも、日替り二本立ときている。朝の開演前にいかないと、とうてい席には腰かけられない。開演時間は午前十時五分だった。

しかし、ぼくもオジイで、それに、今は夏だから、わりと早く起きる。この日も、八時半ごろには、階下《した》におりていった。いそいで、朝食をたべれば、まだ、席がとれるだろう。オジイになると、映画をつづけて二本、立って見るなんてことはできない。むりに、そんなことをすると、ギックリ腰になる。

ところが、女房は、ぼくの顔を見て、飯を炊きだした。わが家では、朝、飯を炊くことは、ほとんどない。たいてい、夕食に飯を炊くのだが、そのときは、ぼくは、べちゃべちゃ、夜おそくまで飲んでいて、だから、炊きたての御飯というのは、あまりたべたことがない。

ともかく、今から、飯を炊きはじめるのでは、もう、映画館の席はとれない。もっとも、いつもは、池袋の「文芸地下」にいくときなど、朝、起きてきて、朝飯はたべずに出かける。

途中で、弁当を買えばいい。前は、午前中は、なかなか弁当が買えなかったりしたが、今は、わりとかんたんに、弁当は手にはいる。しかし、池袋の「文芸地下」みたいに、ぎっしり混んだ映画館で、弁当をたべるのは、かなり気がひける。

いや、この日は、めずらしく、朝、女房が飯を炊いてくれ、メシはいらないよ、と言えなくってさ。映画のほうはざんねんだった。

木下恵介監督の第一回作品は昭和十八年の「花咲く港」だが、その前に、シナリオで名前は知っていた。映画雑誌で読んだシナリオで、下町の菓子屋の小僧たちが主役だった。小僧のことを、新聞なんかは、小店員などと言ってるが、小僧だってことには変りはない、といったセリフもあったかもしれない。子供のことを、少国民などとよんだ戦時中のにおいもあるようだ。ともかく、菓子屋の小店員たちが主人公の映画など、見たことがない。このシナリオも映画にはならなかった。

木下恵介のこのシナリオが、ぼくは好きだった。小僧たちが粗末なオカズをぱらりと御飯にふりかけてたべるところなど、ぼくは、なんどか、自分でもそのとおりやって、たべてみた。

菓子屋の小僧だが、菓子はたべさせてもらえない。やっと、もらえた菓子は、仲間の小僧が、菓子ケースのガラスの蓋《ふた》を割り、ガラスのちいさなカケラがまじってる菓子で、そんな菓子は客には売れないからだ、というシーンもあった。

木下恵介監督の第一回作品「花咲く港」の原作は、ロッパ一座でやった菊田一夫の喜劇で、太平洋戦争開戦にからまるサギ師のはなしで、ちょっと気の利いたものだった。

晩年の菊田一夫の芝居を、新館の帝国劇場で見て、唖然《あぜん》としたのを、おぼえている。気の利いたところなど、ほんのすこしもない芝居だったからだ。

もっとも、芝居のなかで、気の利いてるところをうれしがってるぼくなどがダメなのかもしれない。ニホンで最長、最大の評判をたもってる忠臣蔵など、気の利いたところなど、これっぽっちもない。いや、気が利かないという芝居のつくりかたもあるのかな。

市川崑《こん》監督「病院坂の首縊《くびくく》りの家」で入江たか子がでてくる。このひとは、ある時代の日本一の美女と言われたひとだ。この映画では大おばあさんだが、やはり美しく、こんなおばあさんが、目の前にあらわれたら、ギョッと怖いのではないか。

この前、入江たか子を見たのは、黒沢明監督の「椿三十郎」（昭和三十七年）で、そのときは、いやにふとっていた。

さいしょに、ぼくが入江たか子を見たのは、一九三三年（昭和八年）の溝口健二監督「滝の白糸」（泉鏡花原作）だった。溝口健二監督の初期有名作だ。無声映画なので、弁士の説明があり、「明治二十六年ここ北陸一円に、その嬌名《きょうめい》をうたわれた女水芸師の一座がありました。きょうも、一座の座長にて花形なる……これが主演の入江たか子……は、鏡台の前で、なにやらニッコリ……太夫《たゆう》、おもいだしわらいは罪ですぜ」なんて出だしは、ぼくも真似してよくやった。小学校二年生ぐらいかな。

この映画には、菅井一郎が高利貸の役ででているが、オジさんの風貌で、それからえんえん、このひとは、なん十年間、オジさんをつづけただろう。日本一長いオジさんかもしれない。つぎに長いオジさんは殿山泰司さんで、まだ現役のオジさんだから、これからも自分の記録をのばしていくことだろう。トノさん、がんばれ！

20世紀フォックス映画「エイリアン」。史上最高の興行収入をあげた「スター・ウォーズ」よりも、もっとゼニを稼いでる映画だそうだ。

そういう映画は、もちろん、製作にもうんと金や技術や、そのほかいろんなことをかけてるにちがいない。ところが、巨大な宇宙貨物船の内部とか宇宙生物がいる人工洞窟などに金と手間をかけたにしては、ストーリイはお粗末に見えた。

猫をさがして、宇宙船のなかをうろつき宇宙お化けにやられたりするのも、一回だけならともかく、二回もやるというのは曲のないことではないか。

いくら、ほかに金と手間をかけても、ストーリイ、サスペンスがお粗末では、しようがない。

と、ぼくはおもったのだが、じつは、わざとストーリイを粗末《ラフ》にしたのではないかとも、考えた。

このことは、前にも、なんどか書いたのだが、これだけアテこんで、ゼニをつかって映画をつくるからには、そうとうな興行収入をあげねばならない。

そのためには、ふだんは映画を見ないような人も、映画館にひっぱってくるようでないといけない。

そして、そういう人たちは、こみいったストーリイなどはきらいなのだ。豪華な雰囲気だとか、大がかりな仕掛けなどは、この人たちも見ればわかり、感心する。

オリンピックの開会式のことを考えてごらんなさいよ。開会式は競技をやるわけではない。ただ、各国の選手がぞろんこぞろんことあるいて、聖火台に火をつけるぐらいのことだ。

ところが、人々は、そんなつまらないことに熱狂し、オリンピック開会式当日の入場希望者がいちばんおおいという。

戴冠式《たいかんしき》なんてものもそうだ。これは国民の税金でやる、ストーリイもサスペンスも、それこそなにもないショウで、なんにもなくても、ショウになるどころか、国をあげての超ビッグ・ショウだ。

この「エイリアン」も戴冠式とおなじで、ほかのことは、ごてごて豪華ケンラン、しかし筋はこびは、あってもなくてもいいくらいにカンタンに、と心がけたのだろう。

パラマウント映画「続ある愛の詩《うた》」。東部の名門の大金持の一人息子だが、貧乏人のために住宅問題で活動してる青年弁護士（ライアン・オニール）と高級ファッションデパートの若く美しい女重役（キャンディス・バーゲン）の恋の物語。こんな映画をお金持ならともかく、なぜ、貧乏人が映画料金を払って見るのだろう？

と、おもったが、ぼくも、けっこう退屈しないで見た。フランシス・レイの甘ったるいテーマ音楽は、もうたくさんだけどさ。たとえば、青年弁護士の父親のレイ・ミランドや母親も、ほんとに、東部の名門っぽくて、よかったりね。


（「小説新潮」一九七九年九月号）

映画は渋谷で

渋谷東急文化会館地下の東急レックスで香港映画「ドランクモンキー　酔拳」を見た。ぼくは渋谷とは縁がふかい。ぼくが住んでる東玉川というところからは、東横線の田園調布駅にいき、そして渋谷へ、というのがてっとりばやいコースだ。新宿にいくにも、渋谷をとおらなければいけない。

だから、いつも、渋谷に映画を見にいった。原宿のほうにむかう明治通りにならんだ映画館、そのなかでも、今はない渋谷全線座には、毎週のようにかよった。洋画の二本立で、料金が安く、おもしろい映画を選んでいた。

この映画館の裏側はどぶ川で、川と国鉄の線路とのあいだには、ほそ長い飲屋の列がある。ここの「鶴八」などでも、よく飲んだ。「鶴八」は、真夏でもオデンがあるが、このオデンがおいしい（鶴八もなくなった）。国鉄の線路がとおってる土手のすぐそばで、春になるとこの土手に土筆《つくし》がたくさんはえた。やはり国鉄の土手ぎわの「マカンブッサール」。

そのどぶ川もなくなって、ほそながい小公園になっている。もう、どぶの臭いもしないし、さっぱりしたものだが、かわらけはさっぱりした不具なり、という川柳をおもいだした。

昭和二十二年四月、今の東急デパート東横店の四階にあった「東京フォリーズ」という軽演劇の小屋で、ぼくは舞台雑用をはじめた。兵隊からかえり、大学にいきだしたのとおなじ四月だった。

ここの三階には、ベニヤ板で仕切った映画館（?）が三軒あった。ものすごい混みかたで、おしあいへしあい、ついに、仕切りのベニヤ板がめりめりっとたおれ、となりの映画館（?）の画面が見えたりした。それよりも、なにしろ、うすいベニヤ板一枚の仕切りなので、となりの映画館のセリフや音楽がきこえてこまった。

このあと、ぼくは、渋谷松濤《しょうとう》町の旧鍋島侯爵邸にあった米軍の将校クラブのバーテンになった。そして、ウェイトレスの女のコに恋をし、このコとふたりで、道玄坂の東宝地下の渋谷文化に映画を見にいったりした。

この映画館には、客席のまんなかに大きな柱がある。そのうしろの席があいてたので、ウェイトレスのそのコと腰かけたら、大きな柱のかげで、画面が見えなかった。渋谷文化は今でもあり、今でも、この柱はあるから、用心しなければいけない。

道玄坂をあがって、右にはいった渋谷百軒店《だな》の映画街。ここの東宝映画館は、やたら、黒沢明週間をやっていた。つきあたりのテアトル渋谷はストリップ劇場で、客席のいちばんうしろが、いちばん低く、前にいくほど、だんだん高くなって、そのむこうに舞台があった。らくなようで、あれは、首がしんどかったなあ。

ぼくが恋をしたウェイトレスには、きれいにふられ、将校クラブもクビになり、ぼくはひとりで、渋谷文化にかようようになったが、なぜか、ここにくるときは、いつも腹下しをしていて、いそいでトイレにいくんだけど、意地悪く、たいてい先客がいて、なんど、あぶないおもいをしたことか。

れいの恋文横丁の近くに、道玄坂劇場という古い映画館があったのをおもいだす。ここで、軽演劇のバラエティもやってたとき、踊り子のヘレン滝は、浅草常盤《ときわ》座にひきぬかれてストリップをはじめ、ヘレン滝が酔っぱらって、舞台にアナをあけたとき、あとでジプシー・ローズになる十五歳の娘が、代役にでた。

ジプシー・ローズは人気が上り、ヘレン滝はついに舞台をやめ、渋谷の井の頭線のガードの下で、オデンの屋台をやり、自分ひとりで飲んで、酔っぱらってたという。

あれこれ、ぼくは渋谷に因縁があるけど、生れたのが渋谷の日赤産院だった。そのころ、ぼくの父は千駄ヶ谷の市民教会の牧師をしていた。この教会の幼稚園に、三木鮎郎《あゆろう》さんや漫画家の岡部冬彦さんがいっていた。頭の禿《は》げた園長先生（牧師の父）に、頭の禿げた息子ができたと岡部冬彦さんはきいたそうだ。ぼくは生れたときに、頭に毛がなかった。うちの父も若禿げで、だから、ぼくが生れると、みんなで親子電灯と悪口を言ったらしい。あいだで、ぼくは、ちょろっと頭に毛がはえたが、あとはまた、ずーっと、禿げている。

さて、東急文化会館地下の東急レックスだが、ここは、ニュース映画館だったことがある。ニュース映画に、文化映画と称するものなんかがついたこのての映画館も今ではどこにもない。

東急文化会館の最上階はプラネタリウムで、まだ冷房装置がめずらしいころ、ここには冷房があり、真夏の暑い昼すぎ、炎天の下をあるいてきて、ここに入ると、ひんやりつめたく、また、まっ暗で、頭の上には星空があり、みょうな気持だった。もっとも、表にでると、また炎天で、よけい暑かった。

東急レックスで見た香港映画「ドランクモンキー　酔拳」だが、ブルース・リーが真面目《マジ》派なら、こちらは、遊び派といったところか。

カンフーと言っても、つまりは、拳技の踊りなんだろうが、ともかく、役者さんたちのからだは実際にうごいているわけでかなりおどろいた。女がでてきて、拳技のあいだに恋愛をするわけでもなく、ただカンフーだ。もっとも、オバさんのカンフーの達人がいて、バレエでも踊るように長い足をうごかし、これもおもしろかった。

ジョイパック配給「ハロウィン」。十月三十一日万聖節の宵祭のことだ、と辞書には書いてある。アメリカあたりだと、カボチャの中身をくりぬいて、カボチャに目鼻をあけ、なかにロウソクを立てたりするらしい。この映画にも、それがでてくる。

また、いろんなお化けの仮装大会やお化けコンテストみたいなことも、したりするようだ。また、この日にはカボチャのパイもつくる。カボチャのパイは、すこし舌にざらざらし（なにが、ざらざらするのだろう？）、あんまりおいしくはないが、ぼくはめずらしがって食べたのをおぼえている。ニホンでも、冬至にはカボチャを食べる風習があるのが、おかしい。

この映画は、ハロウィンの夜、ちいさな男の子が高校生の姉を殺し、その男の子が若者になって精神病院から逃げだし、故郷の町へもどってきて、ハロウィンの夜、女子高校生をつぎつぎに殺していく。

それを追う精神科医ドナルド・プレザンスが主演なのだが（殺人鬼は顔が見えないので）、このひとは、ナチの将軍などの脇役は迫力があるけど、主役はめずらしい。もっとも、なんのために、この精神科医がでてくるのかわからない主役で、せっかくの主役なのに、もったいない。

この映画は、こういった恐怖《ホラー》映画のなかでもチエがないほうだが、それでも、おどかされればこわい。女子高生が通りをあるいていて、ひょいとふりかえると、そこにだれかの顔のクローズアップがあり、伴奏音楽がジャーンとでかい音をたてれば、たとえそれが殺人鬼ではなく、だれであってもおどろくのはあたりまえだろう。

しかし、そんなことばかりくりかえしてるのは、まことにチエのない、バカなことで、しかも、そのたびにびっくりしてるんだから、こんな映画を見ちまった不運に泣くよりほかはない。

恐怖映画には、おどかす音楽が欠かせないようで、この映画の監督のジョン・カーペンターは作曲も兼ねている。ピアノがやたらでっかい、おどかす音をたて、あれは監督が作曲をしただけでなく、ピアノも自分でひいてるのではないか。

恐怖映画は、ぼくは好きではない。オカルト映画もそうだけど、ほとんど筋がたあいなく、おどかしかたも型どおりで、それでも、くりかえすが、とつぜん、うしろから、ワッと言われたりすれば、とりあえずおどろき、頭にくる。

富士映画「サンバーン」。カバー・ガールのファラ・フォーセット＝メジャースの美《い》い女っぷりを見せる映画で、なるほど、ほっそりしなやかそうないいからだつきに見えるけど、これでも、ニホンの女にくらべたら、やはりたっぷりした肉づきだよ。

（「小説新潮」一九七九年十月号）

朝陽のさす電車

枕もとの時計を見ると、七時二十五分だった。きょうは日曜日で、有楽町の丸の内ピカデリーで、午前八時三十分から「スーパーマン」をやっている。ワーナー映画の「スーパーマン」は、予告編は十回以上見ているのに、本編は、まだ見ていなかった。

というわけで、ひとりで顔をあらい、家をでた。日曜日の朝なので、クルマもはしってなく、静かだ。近所のおばあさんが二人、手をつなぐようにして、人どおりのない道を散歩していた。このあいだ、かたっぽうのおばあさんと、近所の医院であったとき、新聞記者だったご主人がなくなったのは、二十五年前だ、ときいた。それよりすこし前に、もうひとりのおばあさんのご主人もなくなった。パン屋さんで、パン焼の竈《かまど》が熱いのか、夏の夜中すぎに、前の道にしゃがんで、汗をぬぐっていた。なくなったのも、今みたいに、夏の暑いころだった。おばあさん二人は、ほかの家族の者が、日曜日でゆっくり寝てるので、こうして散歩をしてるのだろう。

女の子を自転車のうしろにのっけたお父さんがやってきた。このお父さんは、毎朝はやく出勤するクセがついていて、日曜の朝も、はやく目がさめたのかもしれない。

私鉄の駅の改札には、駅員がいなかった。それで、キップを見ると、自動販売機で買ったキップにハサミがはいっていた。

朝なので、まだ、むっとする暑さではないが、きょうも、暑い日になりそうだ。電車は空《す》いていて、いつものように、陽がささない側の座席に腰をおろしたら、こっちに陽がさしてきた。夕陽と朝陽は、さす側がちがうのを忘れていた。朝陽のさす電車なんかにのったことがないもんで……。

五反田で国電にのりかえる前に、幕の内弁当（５００円）を買った。近ごろは、映画を見にいくときは、うちでサンドイッチをつくってもらうので、ひさしぶりに、弁当を買ったわけだ。

日曜でも、朝は、電車がどんどんくるらしい。おまけに空いている。有楽町で電車をおり、ホームの大時計を見ると、八時十分だった。かなり早く着いた。

日劇の裏、朝日新聞の裏をとおり、丸の内ピカデリーへ。このあたりに、戦後、英連邦軍（ＢＣＯＦ）のピカデリー劇場という映画館があった。今の外堀通りは川で、その川のほとりの西洋のお城の塔のようなものもある、なにかロマンチックな建物の映画館だった。英連邦軍の兵隊専用の映画館だが、ここではたらいてた友人がいて、ニホンでは封切っていないイギリス映画のはなしを、よくきいた。

ぼくも米軍の施設（キャンプとよばれてたところには、ぼくはいたことがない）ではたらいてたときは、米兵用の映画を、ちょいちょい見た。G・Iクラブのニホン人のバーテンをおどかして、昼間、映画を写させ、ぼくひとりで見たこともある。

そんな映画のなかで、とくべつおもしろかったのは、ぼくが渋谷松濤町の旧鍋島侯爵邸の米軍将校クラブのバーテンだったときに見た、ヒッチコック監督、グレゴリー・ペック、イングリッド・バーグマン主演の「白い恐怖」だった。この映画は、ふしぎなアニメーションの画面なんかもあり、おまけに、字幕がなくて、英語もよくわからず、よけいミステリアスな映画におもえたのかもしれない。

丸の内ピカデリーでの「スーパーマン」（料金1300円）だが、こんな映画を見るのには、画面が大きくて、館内の壁がふるえるほど音もでっかい、こういう劇場はむいてるだろう。

封切劇場になどいったことがないもんだから、コマーシャル・フィルムもめずらしかった。ただ、これが、みんな、ぼくには無縁のものなんだなあ。美容整形とか、整髪オイルとか、結婚式場の広告とかさ。

映画のほうだが、スーパーマンがバカ面《づら》なのがよかった。あのバカでかい図体《ずうたい》で顔だけかしこそうでもおかしいし、だいいちりこうな顔つきのスーパーマンなんて似合わない。

ビルの屋上にひっかかったヘリコプターから落ちたガールフレンドを、スーパーマンが空中で抱きとめ、ついでに、落下してきたヘリコプターも、片手でつかんでもちあげ、ビルの屋上にそっともどしてやるシーンなど、涙がでそうになった。もっともこれは、スーパーマンとしての超能力がさいしょにあらわれたシーンで、そのあといちいち泣いてはいられない。

新聞記者クラーク・ケント（じつは、スーパーマン）の上役の編集長が、見たことがあるような顔だとおもってたら、ジャッキー・クーパーだった。彼は、往年の有名子役で、昔の「チャンプ」でも主役の少年をやっている。

スーパーマンのガールフレンドになったマーゴット・キダーは、シャーリー・マクレーンふうの色気があり、これから、ぼくはこの女優が好きになるかもしれない。

かえりに、日劇の看板を見ると、「ゴジラ映画大特集」となっていた。

20世紀フォックス「ノーマ・レイ」。この映画の主役のサリー・フィールドは、今年（一九七九年）のカンヌ映画祭の主演女優賞をもらったそうだ。

昨年は、20世紀フォックスの女性映画の当り年で、「愛と喝采の日々」「ジュリア」「結婚しない女」と三作品がベストテンにえらばれ、興行的にもヒットしたらしい。だが、この三つの映画は、それぞれ力作で、おもしろく見たが、ぼくはモノ足りなかった。

「ミスター・グッドバーを探して」もそうだ。この四作の映画よりも、女性が主役ならば、ウッディ・アレン監督の「インテリア」やニューヨーク派の女性監督クローディア・ウェイルの「ガールフレンド」のほうが、うんと好きだった。考えてみると、あとの二作は、女性が主人公だけど、女性映画ではない。そもそも、女性映画をこしらえようというのが、ぼくは気にいらないのだろう。

ノーマ・レイ（サリー・フィールド）は、アメリカ南部の町の紡績工場ではたらく女工で、夫はいないけど子供が二人いる。この工場に組合をつくろうと、ニューヨークから組合オルグ（ロン・リーブマン）がやってくる。この組合オルグに、ノーマ・レイは、「あんたはユダヤ人？」とときき、「生れてはじめて、ユダヤ人を見た」と言う。かなりの規模の工場なのに組合もなく、ユダヤ系の人もめずらしい、そういう南部の町だってことに、この映画ではなってるのだ。南部の保守的な町、とも言うまい。なにが保守なのか、ぼくにはわからない。じつは、アメリカ南部というのもわからない。

よけいなことだが、この組合オルグは、典型的ないわゆるユダヤ系の顔をしているのだろう。リーブマンという名前もユダヤ系くさい。しかし、彼にはユダヤ人の血統はなく、生れてはじめてユダヤ人を見た、というサリー・フィールドのほうが純ユダヤ系だったりすることが映画ではめずらしくない。顔を見ただけで、ユダヤ人とか、どこの人間だかわかるというのは、はなはだあやしい。サルトルもそう言っている。

ハリウッド映画のインディアンには、ほんもののインディアンはひとりもいない、ともきいた。映画のインディアンに、いちばんぴったりなのは、アルメニア人だ、とアルメニア系の作家のウィリアム・サローヤンは書いている。

こういう映画のインディアンの伝統は、昔からあるようで、まだハリウッドに撮影所もなく、海辺の砂浜で野外撮影ばかりやってたころ、ぼくの父はエキストラでインディアンになったそうだ。だから、ぼくの父はハリウッド製インディアンの元祖かもしれない。

(「小説新潮」一九七九年十一月号)

アテネでバスにのって

アテネにきて二十日ばかりになるが、なんにもしないで、バスにのったり、海に泳ぎにいったりしている。ぼくは見物とかいったことには、まるで興味がなく、しかしバスは大好きで、バスが、ぼくの知らない通りをはしってると、ただ、うれしい。

ぼくがいるホテルは、有名なアクロポリスの神殿のすぐ近くで、ふりあおいでもそばの建物がじゃまになって、見えないくらい、近いのだが、アクロポリスの神殿にいく気はしない。なにしろ、アクロポリスは丘になっていて、丘をのぼるのも、めんどくさい。

ぼくは海も好きで、海のなかに浮いてるのも好きだけど、エーゲ海を船で、とさそわれたが、ことわった。ホテルをでて、ぶらぶらバスにのれば、一時間もしないうちに、あちこちのビーチにいけるんだもの。このほうが、めんどくさくない。

きょうも、朝と昼といっしょの食事をして、バスにのり、海にいった。いや、海ぞいにはしっていたバスが、山のほうにむかって、ゆるやかな坂をあがりだし、お家《うち》がだんだん遠くなる、ではないけど、海がいなくなっちゃうよう、とおもったが、それでも、しばらくのっていて、バスをおりた。

ほんとに、なんにもないところで、道は陽にしろく、道のまわりに家もなく、もちろん、だーれもいない。

そして、バスがはしってきた道とはちがう道を、ふらふらあるいてたら、海にでて、ちいさな砂浜があった。

オジさんがひとりいて、パンツひとつで砂の上にすわっている。ぼくは裸になって水着のパンツをはき、海にはいった。きれいな水で、海の底の石なども、よく見える。

そのうち、買物籠《かご》みたいなのをさげた女がきて、ワンピースをするっと脱ぐと、ウエストのくびれぐあいがいい、いいヒップがあらわれた。

女はわりとせっせと泳いでたが、やがてぼくとおなじように、海のなかで、あおむけになった。おだやかな波にゆられて、空を見てるんだろう。空は海のま上にある。目をあけてれば、空が見える。とくべつ青い空でもないし、しろくにごった空でもない。雲がふわふわうかんでるが、これだって、どうってことはない雲だ。

ぼくは海からあがり、女も砂の上にタオルをしいて、寝ころがった。花模様のタオルだが、いくらかくたびれている。

オジさんは頭が禿げ、胸にしろい毛がもじゃもじゃはえている。しらが、しらがの胸毛なのだろう。あ、ぼくも頭の禿げたオジさんか。

アテネにもニホン人の旅行者はくるのだろうが、バスにのってるニホン人はいない。それに、バスのなかでは、ギリシア語しかつうじない。だから、バスの車掌に行先をきかれて、ぼくがよけいなことをこたえると、車掌だけでなく、まわりの乗客もいっしょになって、さかんに、バスをまちがえてる、と言ってるらしいが、こっちは、さっぱりわからない。

昨日も、バスにのり、かなりたっぷりはしって、乗客がすくなくなると、車掌がほんとに心配しだし、わずかな乗客も、みんなで議論をはじめた。それで、わるくなって、ぼくはバスをおりたのだが、やはりなんにもない、だーれもいない道をあるいて、海にきた。

一昨日《おととい》は、公園のうしろから、89番のバスにのった。このバスは、途中、空港のそばや、グリファーダという海辺のリゾート地をとおったりする。このバスの終点はみょうなところだった。岩の池があって、ギリシア人の女たちが、たくさん泳いでいたのだ。岩の池というのは、山ぎわが岩の崖《がけ》になっていて、きれいな水をたたえている。海も近いので、海の水かもしれないが、海へのほそい水路がないかさがしたけど、見つからない。水の底に藻がゆらゆらはえてるところもあるが、岩清水の池といった感じだ。

ここをでて、すこしあるくと、海辺のひくい崖に、岩の段々がきざまれ、この段々をおりて、ぼくは下の砂浜で泳いだ。ひくい崖だが、山からの風をふせいで、ちいさな砂浜は波もなく、あかるい陽だまりみたいになっていた。

崖にだかれたこの入江は、波打際の砂も沖のほうの海中の岩まで、青く澄んだ水のなかに、きらきら、あざやかに見えた。

しかし、毎日、ぼくがきている海は、水はきれいだけど、魚が泳いでるのは見たことがない。これは、ふしぎなことだとおもってたら、水中銃をもった男が、海からあがってきた。そして、崖にきざまれた段々のほうにあるきだしたが、その五、六歩あとに、手に蛸《たこ》をぶらさげた女がいるのに気がついた。男の若い女房なのだろう。


ま、そんなことなので、バスにのったり泳いだり、映画は見ていない。東京で、こんなに長いあいだ、一本の映画も見ないということは、想像もできない。

きょうは、海からかえって、昼寝したあと、おごそかな大理石の建物のアテネ大学の前をとおり、「レックス1」「レックス2」と映画館が二つならんでるところにいった。そのてまえに、拳法《カンフー》の香港映画とポルノ映画をやってる映画館もある。昼間からやってる映画館だ。じつは、外国では昼間からやってる映画館は、大きな都市でもすくない。なかには、夜の九時からという映画館もある。夜の食事がすんで、映画でも見るか、というのだろう。

「レックス2」のスチール写真には、れいのトロイの木馬などがあり、ギリシアの時代物の大作らしい。ぼくはギリシア語はわからないし、言葉もわからないで、仰々しい時代物なんかは、しんぼうして見ていられそうもない。いや、こんなのは、かえって、言葉がわからないほうが、しんぼうしやすいか。ともかく、しんぼうするために映画を見ることはない。

「レックス1」のほうは、看板に、イングリッシュ・スピーキングとでていたから英語をしゃべってくれるらしい。料金は60ドラクマ。一ドラクマは六円ぐらいだ。画面の下に、ギリシア語の字幕がでる。

ぼくが座席に腰をおろすと、画面では黒人がバーにはいってきた。アメリカの田舎のバーらしい。ニグロがこのバーにくるなんて、と白人の男どもが難癖《アヤ》をつけ、派手なケンカになる。しかし、どちらのパンチも、実際には相手のからだにはあたってない。またこういうパンチのほうが、あたらなくても相手はよくふっとぶ。

黒人の男がみんなをなぐりたおし、バーの女のコが、「ビールは?」ときくと、黒人の男は、「また、いつか、この世の中が大人になったときにね」とこたえる。

アメリカのどこかの刑務所を脱獄した囚人たちが、酒の密売人のボスに頼まれ、お城みたいな、敵の密売組織の本拠をおそうストーリイで、時は禁酒法時代、まことに大ざっぱな映画で、映画みたいな映画の見本みたいだったが、最後にFINEとでて、イタリア製にまちがいないことがわかった。長い映画でもないのに、あいだに休憩があって、オジさんがジュースなどを売りにくる。それが、タタミ半分もあるくらいの大きなお盆をもち、その上にジュースやキャンデーなどがならんでるのだ。ジュースは、ひとつひとつ、グラスにはいっていて客がジュースをくれ、と言うと、それを紙コップにうつしかえて、わたす。そのあいだ、大きなお盆のかたっぽうのはしを座席の背中にかけ、オジさんは片手で盆をささえ、片手でジュースをうつし、あぶなっかしくてしょうがない。そして、どっこいしょ、と、また大きなお盆を前にささげもつようにして客席のあいだを、売り声をはりあげてまわる。

べつの通りの封切館では、れいのエルビス・プレスリーの「ザ・スター」（日本題名）をやっていた（料金は70ドラクマ）。ただし、夕方の五時半からだ。この映画館は、次週は、ライアン・オニール、キャンディス・バーゲン主演「続ある愛の詩」。二、三週あとに、ウッディ・アレンとダイアン・キートン主演の「マンハッタン」という白黒映画の看板がでていた。

もう、ぼくは見た映画か？　白黒の地味な映画のようだから、まだ、ニホンにははいってきてない映画か？

（「小説新潮」一九七九年十二月号）

ハワイの名なし映画館

ハワイのホノルルに十五日ばかりいた。ワイキキ海岸のハレクレーニという古いホテルに泊っていたのだが、広い敷地のなかに、平屋《ひらや》や二階建の離れになったロッジがあって、高層ビルのホテルがたちならぶなかで、ぜいたくなホテルだった。アメリカ本土からの長期滞在の金持の客がおおいという。ぼくがいたロッジのすぐうしろが海で、砂浜まで一〇メートルぐらい。ちょろっとおりていっては、波に浮いていた。

ワイキキの大通りカラカウアで、映画館を見つけた。ニホン人の新婚さんや観光客などもあるいてる通りだ。アメリカでは昼間からやってる映画館は、ほとんどない。しかし、ここは午後一時からで、映画はフランシス・コッポラ監督の「地獄の黙示録」、ニホンでも前評判の高い映画だ。

へんなはなしだが、この映画館の名前がわからない。この映画館の前は、なんどもとおったが、#（ナンバー）1という文字しか目にはいらない。もうひとつ北の通りにも、大きな映画館があり、「スペース・トリップ」という映画をやっていて、夕方開館だが、ずいぶんたくさんの人がならんでいた。そのなかには、頭の髪を短く刈りこんだ若者がおおく、これは兵隊さんだ。ホノルルは今は観光地として有名だが、もとは兵隊さんの町だった。れいの真珠湾には海軍基地があり、ヒッカム飛行場という名前もなつかしい。「スペース・トリップ」は宇宙物映画だが、今アメリカではいちばん客が入ってる映画のようだ。「地獄の黙示録」は、いくらか下火になってきてるというところか。それはともかく、この映画館の名前もわからない。

カラカウア通りを2番のバスできて、キング・ストリートで、1番のバスにのりかえるとき、まん前に映画館があり、シネラマという大きな看板が見えるが、これもシネラマって映画館の名前ではあるまい。ワイキキのホテルなどでも、シネラマという大きな文字の看板があり、ショウをやってるってことらしい。

シネラマの看板をだしたホテルのうしろのバーで飲んでると、フラダンスのショウがおわった踊り子たちが、れいの腰みのをつけてステージからおりてきて、ぼくのうしろをとおるとき、お世辞に、ちょいと腰をふってくれた。チョコレート色のドーランを塗っていたが、白人の若い女のコだった。

いや、キング・ストリートのこの映画館も、バー「KIYOKO」にいくため、1番のバスを待ってるあいだじゅう、毎晩のように、まん前に見ながら、名前がわからない。映画は、ベット・ミドラーとアラン・ベイツの主演で「ザ・ローズ」というのをやっていた。

ギリシアのアテネでも、映画館にはいりながら、名前がわからず、キップ売場で名前をたずねた。ホノルルでも、新聞の映画館の広告を見ればいい、とおもったのがまちがいだった。新聞は買ったが、映画館の広告を見るのを忘れてしまった。

ひとつ、はっきり名前のわかった映画館があった。ＮＩＰＰＯＮ映画館。ニホン映画をやってるところで、バスでダウンタウンにいく途中、バー「ＫＩＭＩ」とバー「ＳＨＩＮＯＢＵ」の角をまがって一ブロックの場所にある。れいのフーテンの寅さんや「影狩り」なんて映画をやっていた。

ダウンタウンの中国映画館も名前はわかった。エンプレス・シアター（皇后劇場）で映画は「孔雀王朝」と「売名小子」。導演・張徹という名が大きくでている。導演はリーディング・スター、つまりは主演のことかとおもったが、監督だともきいた。

リバティ・シアター（自由劇場）では英語名の映画で、「ゴールデン・マッシュ」と「クラック・シャドーボクサー」。ボックス・オフィス（キップ売場）は午前十時に開《オープン》く、と書いてある。ずいぶん早い時間だ。もっとも、このダウンタウンでは、午前十時でも、けっこう混んでるバーがある。つい昨日のことだが、アメリカにはニホンみたいな喫茶店がなくて、というはなしになった。それで、ぼくが、アメリカでは、喫茶店のかわりにバーにいくんですよ、バーは朝からあいてますと言ったら、それはアル中のこと、と同席した女性に叱られた。それはともかく、ボックス・オフィスは午前十時に開く、と書いてあるが、映画はなん時にはじまるかは書いてない。昔、特出《とくだし》ストリップのはじめのころ、横浜セントラルや鶴見別世界では午前八時にはキップ売場を開き、開演は十二時からだった。そのあいだ、観客は舞台におかれたテレビを見ていた。

コッポラ監督「地獄の黙示録」だが、ベトナム戦争のとき、サイゴンの軍用ホテルで、主役のマーチン・シーンの陸軍大尉がひとりで酔っぱらってるところからはじまる。そして、ぶつぶつ、つぶやいているのだが、その英語が、ほぼわかるので、ほっとした。一昨年の夏、サンフランシスコに四十日ほどいたとき、見た映画は、チャイナタウンの映画館での「スター・ウォーズ」一本だけだったが、この会話がききとりにくく、なさけなかった。イギリス映画はべつとして、アメリカ映画の会話なら、たいていわかるつもりでいたが、それもニホン語の字幕《スーパー》があってのことか、とガッカリしたのだ。

しかし、この「地獄の黙示録」でも、もとはアメリカ軍の優秀な大佐なのだが、ジャングルのなかで、恐怖軍団の教祖みたいになってるマーロン・ブランドが、いくらか小むつかしいことを言いだすと、もうわからない。この映画は、ヘリコプターから、ロケット弾を撃ちこむところなど、それこそ迫力があるが、ぼくには、大オドカシの大花火映画に見えた。つまりは、スポーツ映画なのだろう。ニホンとちがい、スポーツと言えば、競馬や狩猟などのこともさす。戦争ぐらい大きなスポーツ、狩猟《ゲーム》はない。

マーチン・シーンの主人公の大尉が、はじめに、ぶつぶつ、つぶやいてるとき、ミッションという言葉がでてきた。任務と訳すところだろうか。昔のニホン陸軍ふうに言うならば、作戦にでたい、なんてことの作戦にもなるかもしれない。ところが、これはミッショ・スクールのミッションなのだ。意味もかわらない。このときは、ふつう、宣教とか伝道とか訳すが、やはり伝道の任務であり、作戦行動でもあるのだろう。

ついでだが、元アメリカ軍大佐の恐怖教の教祖みたいなマーロン・ブランドが、恐怖《ホラー》がすべてを支配するみたいなことをくりかえし、最後に、殺されて死ぬときも、ホラーとつぶやく。これは、恐怖映画《ホラー・ムーヴィ》のホラーでもあるが、ホラをふくのとちがい、なんだか、ぼくには発音がむつかしい。マーロン・ブランドもむつかしそうに発音してるみたいにきこえ、おかしかった。

ヘリコプター部隊（日本にも駐留していた第一騎兵師団らしい）の隊長の中佐は、昔の騎兵隊みたいな帽子をかぶり、砲弾雨あられのなかを、自動小銃を腰にあて、すっくと戦場に立ってる姿や、その軍人口調など、この映画のなかで、いちばんおもしろそうな男に見えた。

ホノルルへのいきかえりの機内の映画はツイてなかった。いきは、「リトル・ロマンス」で、もう見てたし、ローレンス・オリヴィエのわざとフランス語訛《なま》りが強い英語も、外国人のぼくには、二度もきかされると、いささかうんざりした。

かえりは、ヘラルド映画「ドラキュラ都へ行く」で、この映画も前に見ていたけど、ぼくの座席が、たまたま機内のスクリーンが見えないところで、そうなると、またくやしくってしょうがない。

この映画の原題名は、「Love at First Bite」で、一目惚《ぼ》れならぬ、一嚙《か》み惚れってところ。英語にも、Love at First Sight という、一目惚れとおなじ言葉があり、それをモジったものだ。

作家の都筑《つづき》道夫さんがホノルルにいったときは、十いくつか映画を見たというのに、ぼくは「地獄の黙示録」一本きり。バスにのったり、バーにいくのが忙しく、つい映画館にはごぶさたした。どのバスにものれる、一カ月の定期を買ったりして……。

（「小説新潮」一九八〇年三月号）

鶴橋の縄と鞭

大阪駅で環状線の電車にのりかえ、鶴橋でおりた。いつものことだが、べつに用があったわけではない。鶴橋がどういうところなのかも知らない。

鶴橋の駅の前の通りをこし、商店街をあるきだす。アーケードがあるような商店街ではない。飲屋があり、「めし」というノレンをさげた食堂や、ブー・マージャン専門なんて雀荘《ジャンそう》がある。雀荘の入口のガラス戸の色が、赤線というより、昔の遊廓の便所にあった洗滌液《せんじょう》の壜《びん》の色に似ている。

この通りとほぼ並行して高架の電車がはしってるが、近鉄奈良線の電車なのか。鶴橋松竹という映画館があった。「昼下りの女　挑発!!」「ズロース泥棒」「鞭《むち》と緊縛《きんばく》」なんて映画をやっている。ぼくが小学校や中学のころ、ネブチというものをもち、生徒をおどかす先生が、なん人もいた。ネブチは広島の方言だとおもってたら、広辞苑によると、細い竹の地下茎、竹の根の節のおおい部分でつくった鞭、根鞭《ねぶち》となっていた。

鞭もきらいだが、緊縛もいやだ。後ろ手に結《ゆわ》かれ、なんてカンタンに言うけど、ぼくは囚人の役で、これをやられ、後ろに手をまわすだけでも痛かった。縛られるのが好きな女がいて、あんまりたのむので、縛ってやったら、途中で、シラケルゥっと女が言った。昭和十九年の暮、山口の連隊に入営したとき、着ていった学生服を小包にしてうちに送りかえすように言われたが、小包の梱包《こんぽう》ができず、営内のゴミ箱にすてたところが、脱走準備のため、シャバの服をゴミ箱に隠しておいた、とおもわれた。着る物が手に入りにくいころで、服をすてるなど考えられなかったのだ。小包の梱包もできないようでは、女も縛れない。

鶴橋松竹の前には酒屋があり、たくさんの人が立飲みをしていた。夕方の混む時間なのかもしれない。それが、みんな背広を着て、ネクタイをした人たちだ。大阪の築港の近くのストリップ小屋に、ぼくはでてたことがあるが、そのあたりでも、酒屋の立飲みをやってた人はたくさんいたけど、ネクタイなんかしてる人はいなかった。

酒屋の立飲みのことを、九州ではカクチという。酒樽《さかだる》の木の栓をぬいて、とくとくと酒を枡《ます》にいれ、その枡の角に口をつけて飲むから、角うち、カクチになったときいたがホントかどうか。

鶴橋の駅のほうにもどってきて、右の路地に入り、「いとう」という飲屋で飲む。昔風のしずかな飲屋で、オデンに鯨のコロなんかもあるが、お汁《つゆ》が澄んでいて、いわゆる関東煮《だき》とはちがう。よく煮《た》けた大根に七味唐辛子をかけてたべる。納豆のはなしになった。昔、関西で納豆と言えば、甘納豆のことで、関西から関東にいった者がいちばんめんくらったのは、臭くて、腐っていて、糸をひく納豆だったなど……。

ハワイのホノルルで、ぼくが、フランシス・コッポラ監督の「地獄の黙示録」を見たのは、ワイキキ劇場という名で、それも#1ではなく、#3劇場ではないか、と都筑道夫さんに言われた。

この映画館にくっついて、#1と#2の映画館がある、とホノルルにいる都筑さんのお嬢さんにもきいたが、いくらさがしても、ぼくにはわからなかった。

また、べつの映画館で、「スペース・トリップ」という映画をやっていた、とぼくは書いたが、これは「スター・トレック」のまちがいだった。トレックは、牛馬による移住と英和辞典にでていた。この場合は、牛馬のかわりに宇宙船だろう。

この映画館があるクヒオの通りのもっと西のほうの角に、#1と#2という映画館があって、#1は「10（テン）」をやってたが、これも、なに劇場の#1、#2なのか、ぼくにはわからなかった。もしかしたら、ひとはカンタンにわかることでも、ぼくにはわからないという、とくべつな才能があるのかもしれない。

「ザ・ポップマン」は東宝東和提供の香港映画。子供のときからの悪友のドロボーと刑事のはなし。いつも言うことだが、日本映画の喜劇が、どこかでしんみりするのとちがい、香港コメディはドタバタのしっぱなしで、ぼくは気にいっている。

この映画で、ドロボーと刑事が、宝石をドロボーしにいくところにバカな工夫があり、おかしかった。

ワールド映画配給「レディ・バニッシュ」。第二次大戦がはじまる二日前、南ドイツのある駅からでた国際列車のなかで、中年のイギリス婦人が消える。しかし、そう言ってさわいでるのは、離婚をくりかえすアメリカの大金持の娘（〈ラスト・ショー〉や〈タクシードライバー〉のシビル・シェファード）だけ。やっと、その消えた婦人が実在していた証拠があらわれるが、また、幻のように消える。

ここにきて、ああ、この映画は前に見てるな、とぼくはおもった。しかし、どうも新作のようで、一九七九年の作品なのだそうだ。ボケていて、見た映画を忘れちまうのは、いつものことだが、見ない映画のシーンをおぼえてるのは、もっと老人ボケがすすんだのか。となやんでたら、アルフレッド・ヒッチコック監督のイギリス時代の名作「バルカン超特急」の原作を、アンソニー・ページ監督が再映画化したものだとわかった。

古き、良き時代の映画の味をだすためにわざと古めかしくつくった映画かとおもったが、第二次大戦直前という時代にしたせいで、そんな感じになっただけかもしれない。宣伝によると、エレガント・ミステリだそうだが、マジメにストーリイを追う映画で、おもしろかった。

だれかがいたことを、いくら主張しても、だれも信じてくれないというストーリイは、アイリッシュの名作「幻の女」以来、よくあるようだが、これも、よく言われることだが、こんな場合、文章がうまくないと、おもしろくない。

P・ローシャ監督「新しい人生」。ニホンでは、はじめてのポルトガル映画だそうだ。よくわからないという感じがして、もどかしい。逆に、ハリウッド映画などは、わかりすぎて、ものたらない。

ただ、はったりなく、自然に撮っていこうとした映画なのだろう。それこそ、映画でははじめてのポルトガルの貧しい漁村の風物が、ものめずらしさより、なにか、しみじみ感じられる。貧しい漁村などと安易な言葉をつかったが、ほんとに貧しい漁村に見える。それに、なんと寒そうなこと。ポルトガルは南欧だとおもっていた。しかしこれはぜんぜん南欧ではない。

ジョイパック配給、フィリップ・サヴィール監督「シークレット」。ジャクリーン・ビセットの人妻が、イギリスの都会の公園のそばをあるいてると、電話つきのクルマにのった繊維会社の社長が声をかける。人妻は、郊外の社長の邸《やしき》にいき、社長の死んだ奥さんが自分にそっくりなのを知る。そして、奥さんの下着やドレスを着て、そのあと、また脱いで、社長と寝る。

この人妻の亭主は売れない俳優（ロバート・パウエル）だが、コンピューターのプログラマーの就職試験をうけにいき、試験官のオフィスガールとデキちまう。

こんなふうに言うと、どうしようもない作り話みたいだが、それが、わりに自然に描いてある。試験官のシャーリイ・ナイト・ホプキンスなんかも、オフィスガールっぽくて、ふたりのデキかたも、おもしろい。

この映画で、ジャクリーン・ビセットは裸でベッドシーンをやるが、そいつは見たかったですね、となん人かの男に言われた。彼女には、あんがいファンがいるらしい。

「ノース・ダラス40」、CIC配給、テッド・コチェフ監督。アメリカのプロ・フットボールのことを、鶴見和子さんは、「ああアメリカの大相撲ね」とおっしゃった。ニホンの相撲は土俵の上で一対一でやるが、アメリカン・フットボールは、ほんとに集団相撲だな。ニホン人は知らない珍奇な人種をのぞくような興味もあるけど、上役にただちょいと愛想よくできないだけで、ひどい目にあう主人公は、ジンネマン監督「地上《ここ》より永《と》遠《わ》に」以来のパターンだ。

(「小説新潮」一九八〇年四月号)

恋は盲耳

奄美《あまみ》大島の名瀬のフェリー埠頭《ふとう》の近くから、長浜―春日町循環というバスにのった。バスは名瀬市の町なかをはしり、バスの窓の右のほうに、フーテンの寅さんの大きな看板と「神様のくれた赤ん坊」の桃井かおりと渡瀬恒彦の看板が見えた。映画館だなとおもったが、映画館の名前もわからずにバスはその前をとおりすぎた。

バスは町なかをぬけて、橋をわたり、坂道をあがり、団地のなかにはいった。そして、終点になったが、ぼくはバスにのったままで、バスの運転手が、どこまでいくのか、とたずね、ぼくは、映画館があるところ、とこたえ、運転手は、なんとか町かとききかえした。こっちは、なに町だかわかりはしないが、こういうやりとりは、ニホンでも外国でもトンチンカンなことになり、バスの運転手や車掌をなやます。それでぼくは、ただ、うなずいた。

しかし、うなずいたからには、なんとか町のバス停でおりなきゃいけない気がし、だけど、そのなんとか町はわからないんだから、いいかげんにバスをおりた。

ところが、なかなか、映画館が見えてこない。そのうち、川があって、市場があった。ぼくは市場が好きだ。川にかかった橋のこちらの角は肉屋で、黒豚有〼《あります》という木の板がぶらさがっている。橋のむこうも肉屋で、山羊《やぎ》肉あり、の張り紙がしてあった。

黒豚はふつうの豚肉よりも、おいしいのだろうか。ぼくが、はじめて黒豚を見たのは、兵隊のとき、中国の南京《ナンキン》だった。

島山羊あります、と青い草を背景に山羊がたってる看板も、川っぷちにあった。島育ちの山羊の肉は、これまた、島の人たちには、とくべつおいしいのかもしれない。ただ、ペンキの看板の島山羊は、たいへんにイノセントそうで、ほろほろした。

川っぷちの市場のなかをとおり、いくつか、通りの角をまがったりしてるうちに映画館の裏側にでた。バスの窓から見た映画館ではないようだ。

菅原文太主演の「バカ政ホラ政トッパ政」や山下耕作監督「ダボシャツの天」、斎藤武市監督「河内《かわち》のオッサンの唄」の看板がある。あとの二つの映画は川谷拓三が主演だ。

この映画館（名瀬東映）は板壁が青みどりのペンキで塗ってあり、前は、映画館はよくこんなペンキの色だったのをおもいだした。その日は、屋仁《おに》川通りの飲屋をあちこちハシゴして、奄美の黒糖焼酎を飲んだ。

だから、バスの窓から見た映画館にたどりついたのは、翌日の午後で、「名瀬ロマン」と「名瀬文化」という二つの映画館がくっついてるらしく……じつは、それもよくわからなかった……名瀬ロマンのほうは東京ムービー製作の動画「エースをねらえ！」と「ピーマン80」。この映画はれいの香港コメディかとおもったら、居作昌果監督で谷隼人《はやと》、真行寺《しんぎょうじ》君枝、アン・ルイスなどが出演している。

名瀬文化は、松林宗恵《しゅうえ》監督「関白宣言」、さだまさしの弟のさだ繁理が主演。それに、藤田敏八監督、山口百恵・三浦友和主演の「天使を誘惑」、この御両人の絵看板の顔は、なんだか奄美大島には似合わない。

ＩＰ提供「悲愁」、ビリー・ワイルダー監督。この監督は、ニホンではファンがおおい。同監督の「第十七捕虜収容所」はフランク・キャプラ監督の「毒薬と老嬢」とともに、戦後、大好きな映画だった。

ビリー・ワイルダー監督の「サンセット大通り」も有名だ。この映画も、ウィリアム・ホールデンが主演だが、ほかに、かつての大女優のグロリア・スワンソンが引退した大女優の役をやって好演し、この元大女優に執事としてひたすらつかえているのが、彼女の映画をとった名監督で夫でもあったという役のエリッヒ・フォン・シュトロハイム。

フォン・シュトロハイム自身も、実際にかつての名監督で、あんまり名監督すぎて長時間の意欲大作をつくり、製作費をつかいすぎ、その後、監督はやらせてもらえなくなったらしいが、ジャン・ルノワール監督の名作「大いなる幻影」のドイツ軍の捕虜収容所長の将校の役は、オールド・ファンならば、だれでもおぼえている。

この映画の主役はジャン・ギャバンでいい演技もしてるんだけど、さっきも、朝食のとき、うちの女房が、「へえ、あの映画にジャン・ギャバンがでてたの」と言った。それぐらい、脇役のエリッヒ・フォン・シュトロハイムの印象は強かった。シュトロハイムは捕虜収容所長になっているが、貴族の飛行将校で、飛行機が撃墜され、首の骨を痛めていて、ムチ打ち症のひととおなじようなギプスを首にはめている。だから首がまがらず、捕虜のフランス飛行将校でやはり貴族のピエール・フレネーと、「滅びゆく、われら貴族階級のために」なんて乾杯するときも、上半身をカチッとたおして、グラスに口をつけ、首はまげず、そのまま、上半身をうしろに反らして、グラスをあけた。そんな動作も、ぼくたちはワイングラスに焼酎をつぎ、真似したものだ。

「市民ケーン」等の鬼才監督オーソン・ウェルズも、これに似てるかもしれない。オーソン・ウェルズも鬼才すぎて、監督はやらせてもらえなくなり、キャロル・リード監督「第三の男」の第三の男の役で、世界的に有名になった。

この映画の主役はジョゼフ・コットンでオーソン・ウェルズは脇役というわけではないが、顔をだすのは、映画のもうおわりのほうだ。

それでいて、「第三の男」と言えば、オーソン・ウェルズみたいになってるのは、もうけ役だったせいもあるけど、そのもうけ役に、オーソン・ウェルズがりっぱに、それこそ個性的にこたえてるからだろう。

ウッディ・アレンの監督・主演の「マンハッタン」は、きっと評判になるとおもうが、このなかに、「大いなる幻影」のことが、なんどかでてくる。テレビの名画劇場で「大いなる幻影」をやるから、また見るつもりだとか……。

ふつうのアメリカ人はイギリス映画は見るけど……それも、イギリス映画という気持はなくて……ほかの外国映画などは見ない。しかし、ジャン・ルノワール監督「大いなる幻影」は、アメリカ人の一部に熱烈なファンがいるのだろう。また、ウッディ・アレン自身も、「大いなる幻影」のファンにちがいない。

ウッディ・アレンはスウェーデン映画やベルイマン監督のことも、「マンハッタン」のなかでしゃべっていた。ウッディ・アレン監督の「インテリア」を、ぼくは、アメリカ版ベルイマン作品だ、とふざけて言ったが、やはり、ベルイマン監督の作品を意識していたのだろう。

ジャン・ルノワール監督の「大いなる幻影」は一九三七年、昭和十二年に製作され、そのころから、中学生になったばかりのぼくなども、名作の評判をきいていた。しかし、ニホンの検閲がとおらず、公開されたのは、じつに十二年後の一九四九年、昭和二十四年で、「大いなる幻影」という映画は、ぼくたちには、ほんとに大いなる幻影だった。

さて、ビリー・ワイルダー監督「悲愁」は、「サンセット大通り」とおなじ映画界の内幕物、それこそ映画みたいなストーリイで、どんでんがえしもある。しかし、「サンセット大通り」は、まことに映画らしい映画だったが、まるで映画みたい、というのとは、ちょっとちがう。二十八年前の「サンセット大通り」のほうが、ぼくは好きだ。

「悲愁」のなかで、主人公の永遠の大女優フェドーラが、やっと、恋人と電話ではなせたとおもったら、主治医がその電話の代役をやっていた、というところがある。この主治医はヒゲをはやしたおじいさんで、「はて、この俳優は?」とおもってたが、声をきいて、ホセ・ファラーだとわかった。あの底ぶとい声は、すぐわかる。それなのに、いつも、いっしょに暮している主治医の声を、謎の大女優はききわけられなかったのだろうか?　恋はひとを盲目にするというが、耳もわるくするのか?

（「小説新潮」一九八〇年五月号）

テニス・シューズの水兵さん

朝食のあと、いそいで家をでた。花冷えというのか、小雨が降っていて、寒い。三鷹《みたか》に映画を見にいくことにしたのだ。三鷹と言えば、東京の果てみたいな感じがあった。中央線の電車も、荻窪《おぎくぼ》止りか、もうひとふんばりして、三鷹が終点だった。三鷹の駅をおもうと、蒸気機関車の姿が目にうかぶ。

田園調布から三鷹、280円。三鷹駅南口のパン屋でハンバーガーを買う、180円。ほんとは、北海弁当（鮭弁当）なんてのを買いたかったが、きょうは土曜日で、「三鷹オスカー」は、きっと混む。混んでる映画館で弁当をたべるのは、ちょっと気がひける。「三鷹オスカー」は、今週は午前十時半開演だった。「カラマーゾフの兄弟」「罪と罰」「復活」のソ連映画の三本立だ。三本とも、前に見てる映画だが、「復活」のなかのシーンを、いくらかおぼえてるぐらいで、あとは、きれいに忘れていた。ボケるというのも、便利なものだ。おなじ映画を新作とおなじように、なんどもたのしめる。

ロシア映画の三本立というのは、見るのにカクゴがいる。しかも、文芸大作で、三本とも長い。「罪と罰」だけでも、前後編で三時間。

「復活」の「カチューシャの唄」は有名だけど、トルストイの「生ける屍《しかばね》」を、大正六年に帝劇でやったときの「さすらいの唄」も大流行したらしい。〽行こか戻ろか北極光《オーロラ》の下を　ロシアは北国はて知らず　西は夕焼け東は夜明け　鐘が鳴ります中空《なかぞら》に　という歌だ。天下の大詩人北原白秋の作詩で、白秋の流行歌第一作らしい。ロシアははてもなく広い国だから、西のレニングラードは夕焼で、東のカムチャッカ半島は夜明けってこともあるだろうが、鐘が鳴ります中空に　というのがおかしい。まんなかのノボシビルスクあたりで（ほんとは、どのへんがまんなかかもわからない）正午の午砲《ドン》のかわりに、ロシア正教の寺院の鐘でも鳴るのだろうか？

ついでだが、キリスト教の寺院の鐘の音は、遠くできけば、情緒があったりしても、近くだと、耳がつぶれるほどやかましい。だから、寺院の鐘楼に被害者をとじこめて、鐘の音で人殺しをする推理小説もあるくらいだ。

映画のほうだが、さいしょの「カラマーゾフの兄弟」のあとの休憩で、ぼくはハンバーガーをたべ、つぎの「罪と罰」のはじめのほうで、すこし居眠りをした。ぼくのとなりの若い男は、「罪と罰」のあとの休憩でサンドイッチをたべ、「復活」は、ほとんど寝ていた。ロシア映画の文芸大作三本立は、途中で昼寝ぐらいして見るほうがいい。

館内はだんだん混んできた。なにしろ、さいしょの「カラマーゾフの兄弟」を二回やるだけで、一日に四本で最終回になっちまう。かえる客が、ほとんどないのだ。

午前十時半から映画を見て、「三鷹オスカー」をでたときは、午後七時。雨はやんでいて、中央線の電車にのったら、左のほうに、お月さんが見えた。新宿駅で山手線にのりかえ、代々木の共産党本部のところにくると、そのお月さんが赤く見えた。ルナ・ロッサ（赤い月）はイタリア共産党の月か。

東横線の田園調布駅の改札をでると、まん前に月があったのには、おどろいた。左から、うんと右よりになっている。


コロムビア映画「１９４１」。監督は「ジョーズ」と「未知との遭遇」のスティーブン・スピルバーグ。一九四一年、真珠湾攻撃のすぐあとのカリフォルニア州のドタバタぶりの映画。

ニホンの潜水艦がハリウッドをねらうという珍妙なストーリイだが、事実、そのころ、カリフォルニア沿岸あたりまでいったニホンの潜水艦もいた。また、パナマ運河に決死船隊がのりこんで、自爆自沈し、パナマ運河を運航不可能にする計画なんてのもきいた。日露戦争のときの、広瀬中佐の旅順港閉塞《へいそく》のように、というんだから、はなしが大時代がかっている。

この映画のニホンの潜水艦はドイツ製で、技術顧問かオブザーバーみたいなドイツ将校がのっている。ドラキュラ役者のクリストファー・リーがそのドイツ将校で、ドイツ式の厳格さが、よく似合っていた。

しかし、帝国海軍が、太平洋戦争でドイツ製の潜水艦をつかったなど、ニホン人なら苦笑するが、アメリカでは、それでとおる。なにしろ、ドイツの潜水艦のUボートは有名だったし、ニホンにはサムライ精神《スピリット》はあっても、機械はないはずで、だからこそ、ニホンはドイツと同盟をむすんだというわけだ。

ドイツ製の潜水艦はともかく、ぼくは兵隊で中国にいったが、ニホン軍のトラックは、フォードなどがおおかった。同盟国どころか、戦争をしてる相手の国のトラックをつかってるようでは、しようがない。

また、このドイツ製のニホンの潜水艦の海軍軍人たちは、艦長の三船敏郎の足もとはわからなかったが、みんな、テニス・シューズをはいていた。

これは、中国の兵隊はテニス・シューズをはいているというハリウッド映画の約束事からきてるのだろう。中国人は下駄ははかないで、布製の沓《くつ》をはく。それを、ちょうどテニス・シューズのような靴を……と形容したのが、いつの間にか、白いテニス・シューズになってしまった。そして、ハリウッド映画のニホンの場面では、中国のドラが鳴るみたいに、ニホンの兵隊さんも、中国の兵隊さんのように、テニス・シューズをはかされてしまったのだろう。

しかし、いつもくりかえすことだが、潜水艦にしろ、テニス・シューズにしろ、この映画の製作者が無智なわけではない。ただ、ニホンの場面では、かならず、中国式のドラが鳴るみたいに、潜水艦はドイツのUボート、ニホンの水兵さんの靴もテニス・シューズのほうが、アメリカの観客が納得するから、やってるのだ。マジメに研究して、ニホンの潜水艦はやはりニホン製の潜水艦にしたり、ニホン海軍の水兵に皮の靴をはかしたり（鮫《さめ》の皮でもかまわないが）して、観客にウケなかったら、たいへんなことになる。映画は、ぜったいにウケなくてはいけない。

しかし、これは、映画ばかりではない。戦争中、大本営発表はウソっぱちだらけで国民をダマした、と悪口を言うけど、大戦果の景気のいいウソっぱちのほうが、国民にウケたのだ。真実というのは、あまりウケるものではあるまい。新聞の使命は、真実を報道することだというが、新聞の発行部数をへらすのを覚悟で、真実を書くか。

ウソっぱちは、戦争中の大本営発表だけではない。げんに、今でも、いろんなウソっぱちがとおっている。アフガニスタンに進攻したソ連軍の戦車の上で、ソ連兵と現地の人が肩をくんでるテレビ・ニュースをモスクワでやっていたとかきいた。これだって、ソ連兵がアフガンのゲリラにつきまとわれたりしてるニュース場面よりも、ソ連の国民にウケるだろう。また、アフガンには、ソ連兵がくるのをよろこんだ人たちもいたはずで、だから、戦車の上での肩を組みあったシーンも、いちがいにヤラセとは言えまい。

いや、ほんとに、町で、そんなシーンもあったのだろう。つまり、真実という言葉をつかうならば、これも真実ってことになる。

新聞などでも、真実をまげるというのではなくても、説明がめんどくさいので、わかったことにして、はなしをすすめることはあるだろう。めんどくさい説明ははぶいて、ヒトコトで言いなさい、なんて叱られる。ところが、このヒトコトが、たいていウソになるんだなあ。だから、ぼくは、ずばりヒトコトで言うとなんてのには、こたえないことにしている。

「1941」は、太平洋戦争の米軍とおなじ、大物量作戦のドタバタ喜劇で、おもしろく見たが、ぴりっとしたウイットはない。スピルバーグ監督は、「未知との遭遇」でもそうだったけど、物量作戦がお好きなようだ。清水宏という若い海軍士官役の新人が、なかなか熱演していた。

(「小説新潮」一九八〇年六月号)

近ごろの侍は、もう……

　やっと、黒沢明監督の「影武者」を見ることができた。早起きは三文のソン、とおもってるぼくには、早朝九時からの試写など、見れたものではない。それでも、前の夜の酒をひかえて、できれば、早朝試写でも見たいとおもってたら、とつぜん、試写が延期になった。黒沢監督が録音に不満足なところがあったからだとかきいた。なにしろ、黒沢監督は完全主義者だから、と試写の中止まで、宣伝に利用なさったのには感心したが、朝はやく、試写の会場にいった者は、いいツラの皮だ。

　しかし、この完全主義者という言葉にはほんとにふきだしてしまう。映画はインチキなものだ。ぼくは、そのインチキさが好きで、映画を見にいく。黒沢明監督も映画はインチキだと知りぬいてるから、巨匠監督などとよばれるようになった。政治もインチキだ。だから、そのインチキさをうまく利用できないと、大政治家にはなれない。

　ともかく、インチキなものをつくるのに完全主義とはおそれいった。いや、完全主義などというのが、そもそもインチキで、インチキ稼業には、よくあってるのか。

ぼくは黒沢明監督の映画は好きだ。どこかに新手や工夫があるのが、うれしかった。たとえば「蜘蛛巣城《くものすじょう》」では、三船敏郎マクベスが、首に矢を射抜かれて死ぬ場面など、ほんとに、ブスッと矢がつらぬきとおるようだった。「用心棒」では、たしかジェリー藤尾の腕が、刀をにぎったまま、肘《ひじ》のところから、地面にころがった。また人を斬ったり、弓の矢がぶっささったりするときの、あのドスッというような音も、ニホンでは、黒沢明監督がはじめたようなものだ。「椿三十郎」では、三船敏郎と仲代達矢の最後の決闘では、たった一太刀の斬合いで、仲代の胸から噴水のように血がふきだした。

こういうことは、今では、どんな監督でもやっている。しかし、なんでも、はじめてやるのはたいへんなことだ。そして、映画のこんな新手や工夫は、もちろんインチキでそう見せるわけで、ぼくは、そんなインチキさが大好きだった。

渋谷スカラ座で「影武者」（料金1500円）を見る前に、新橋の烏森口のガードの下にある新橋文化で、やはり黒沢明監督の「隠し砦の三悪人」と「椿三十郎」（料金500円）を見た。

「隠し砦の三悪人」では、軍用金の金の延棒を、敵方の警戒厳重ななかを、どうやってはこびだすかというところに工夫があり、「椿三十郎」でも、敵方をひっかけるやりかたに、あれこれ工夫があって、ストーリイをたのしめた。

「隠し砦の三悪人」には上原美佐が、落城した城主の姫君役ででている。上原美佐はこの映画がはじめてで、あとはもう映画にはでない、と言っていたそうだが、あと一ぺんだけ、出演してるのではないか。その映画では、三船敏郎がコルネット吹きの楽士になったような気がするが、ちがう映画かもしれないし、映画の題名もおぼえていない。三船敏郎の楽士の役などめずらしい。

「椿三十郎」では、城代家老の奥方役の入江たか子と、その娘役の団令子が重要な役をしてるのに、こんど見て、気がついた。溝口健二監督の名作「滝の白糸」（昭和八年）あたりから、ぼくは入江たか子を見ているが、この日本美人の代表みたいな女《ひと》が、よくふとったオバさんになってでてきて、なんだかゲテ趣味みたいに、ぼくはおもったが、なかなかの重要人物なのだ。

山本周五郎の原作では、昼行燈《ひるあんどん》みたいにぼんやりとぼけた城代家老（伊藤雄之助）と奥方が主人公で、三船敏郎の椿三十郎は原作にはいなかったんじゃないか、と都筑道夫さんとはなしたりした。

「隠し砦の三悪人」でも、姫君の上原美佐は、金の延棒をはこんでるあいだ、ずっと出ずっぱりだが、姫君というだけで重要な役ではない。ついでだけど、この映画での火祭りのシーンなど、踊りの振りからなにから、まるで、日劇の大舞台だ。こういう無神経さは、黒沢明監督の映画にはあちこちにある。これは、黒沢監督が、おれは映画をつくってるんだ、という気持だからだろう。映画のなかでの工夫や新手は考えるが、今までにない、新しい映画をつくる気は、もとから、黒沢監督にはなかったにちがいない。

ところが、「影武者」には、映画のなかでの新手、工夫といったものも、なかったようにおもう。こんなふうにして、武田信玄らしい人物を鉄砲で撃ちました、と小肥《こぶと》りの鉄砲方足軽が徳川家康に説明するところぐらいが、工夫といったものか。

前の黒沢明監督の映画では、久板《ひさいた》栄二郎や小国英雄、橋本忍、菊島隆三などシナリオ・ライターをあつめて、ストーリイでの工夫をねったようで、くりかえすが、ストーリイをたのしめた。

ところが、「影武者」というのが、そもそも映画的と考えたのかもしれないけど、影武者がいるだけで、ストーリイの工夫がない。

いや、この「影武者」にもたいへんな工夫があり、たとえば、昔とちがい、もうたくさんの馬は集められないと言われていたのに、こんなに、たくさんの馬を集めたではないか、とおっしゃるかもしれない。

しかし、それは、製作のうえでの苦労で、十頭の馬を百頭の馬のように見せる工夫といったものではない。つまりは、映画的インチキの工夫ではなく、工夫のうちにははいらない。

だが、いつもくりかえすことだが、どんでん返しがつづくストーリイなどはめんどくさく、ただ、ほんものの馬がどたどたでてくるほうがおもしろい観客のほうがおおいかもしれず、そうなれば、興行収入のほうではいいだろう。

新橋文化は客席やトイレなども新しく改装し、きれいになっていたが、ガードの下なので、頭の上を国電の電車がゴトンゴトンとおっていく音はかわらない。新橋駅マーケットで買った弁当（４５０円）には、塩鮭のほか、白身の魚のフライ、玉子焼、カマボコ、ゴボウ、煮豆、こんぶ、お新香などがはいっていて、おいしかった。

前は、この映画館は、なにかで時間があいたサラリーマンぐらいしかこなかったが、黒沢明週間ということでか、学生の男のコなどもいて、館内はわりと混んでおり、弁当は、映画のあと、新橋駅前の広場の隅でたべた。

べつの日、これも早起きして、池袋の日勝文化で工藤栄一監督「影の軍団　服部《はっとり》半蔵」と斎藤光正監督「戦国自衛隊」（料金８００円）を見た。うちで朝食をたべてる時間がなかったので、池袋で日替り弁当（５００円）というのを買ったら、焼魚のかわりにチキンがはいっていて、がっかりした。

「戦国自衛隊」は角川映画のうちでは、今まででいちばんましだときいてたし、こんな映画こそは、ストーリイの意外さ、おもしろさで見せるのだろうと期待していたが、ぼくは不満足だった。たとえば、せっかく海上自衛隊の船もでてくるのに、自衛隊員どうしの仲間割れで、その船を沈めてしまうなど、ストーリイの上でもったいない。

しかし、武田方の馬が、のってるサムライごと、つぎつぎにひっくりかえったりするシーンなどは、やってるな、という感じだった。「影武者」でも、武田方のたおれた馬がもがくところなど、ある工夫があったのかもしれないが、人がのってない、たおれた馬じゃ、馬がかわいそうなだけだ。

「影の軍団　服部半蔵」は、はじめのうちは、その映像に感心していたが、まだ子供の四代将軍を誘拐した敵方が、江戸城の北の丸（？）にいる、とわざわざ知らせてきたからには、三重、四重の策をもちいて、待ちうけているにちがいない、というのに、まったく無策なんだなあ。

　また、将軍をとりかえした服部半蔵が、将軍を人質に、天下がひっくりかえる大バクチを打つ、と言いながら、これも、なにもなし。ぼくが見たフィルムのかんじんのところが切れてたのではないか、と、さきに見た女房にきいたくらいだ。どうして、日本映画は、こんなに無策なのか。それとも、無策が近頃の日本映画の流行になってるのか。


（「小説新潮」一九八〇年七月号）

口はパクパク

大森エイトン映画館で、「ドラキュラ都へ行く」と「ファンタズム」「オーロラ殺人事件」の三本立をやっている。朝食のとき、下の娘といっしょになったので、これを見にいかないか、とさそったら、「大森や蒲田の映画館は、一回目のさいしょの映画が途中からはじまったりするからイヤ」と言った。女房も、「そうよ、映画を途中からはじめるなんて、ほんとにバカにしてるわ」と憤慨している。

それをきいて、下の娘は近頃の女のコだからべつとして、女房のやつは、いったいどういう映画の見方をしてきたのか、と頭にきた。

前は（昔は、とは言わない。昔とはなにか、ぼくにはわからないからだ）映画館のさいしょの映画が、途中からはじまるほうが、ふつうだった。そんなこと、ジョーシキよ。また、フィルムの巻がよくいれかわった。あとの巻がさきになり、いやに、はなしがとんじまったなとおもってたら、はなしが、またとんで逆もどりした。

音がなくて、「モノを言わないぞ」と客席からどなったりもした。しかも、それは映画のなかの人物が、口はぱくぱくうごかすだけで、ぜんぜん言葉がきこえないときだ。洋画の場合は、とくにそうだったけど、なにを言ってるんだか、ほとんどききとれないくらいいちいさな音でも、みんなガマンしてきいていた。ツンボ桟敷とは、洋画の映画館のことを言ったのかもしれない。

それくらい、ニホンの映画の観客はおとなしかった。今でも、おとなしいのだろう。映画館の水飲場は、たいてい水がでないかほんとにすこししか水がでなくても、おこらない。

そんなおとなしい映画の観客だが、これだけは、だまっていないことがあった。フィルムが上下さかさまにうつったときだ。べつに前衛的でもない時代劇で、とつじょ人物がさかさまになった前衛的なシーンがでてきたとおもったら、フィルムがさかさまにうつってるのだった。

さて、大森エイトン映画館に電話すると「何日にいらっしゃいますか」とたずねられた。何日とは、どういう意味だろうとおもってたら、日曜・祭日は午前十一時開演で「オーロラ殺人事件」を映画のさいしょから、ほかの日は、十二時開演、途中からはじめるとのことで、まことに親切な電話だった。

つぎの日は日曜だったので、大森エイトンの午前十一時開演に間にあうように池上線の雪が谷大塚から蒲田へ（70円）、蒲田で鮭弁当（550円）を買う。羽田空港にいくときは、蒲田からバスにのるが、やはり蒲田で弁当を買う。どこの空港でも、ふつうの弁当などはあまりない。あっても高い。弁当ひとつ見ても、空港というものが、利権がうずまいてることがわかる。蒲田から大森までの、国鉄の一駅間が100円というのも、おもしろくない。

大森エイトンは、国鉄の大森駅から坂をくだって、ガードをくぐったところにある。このあたりには、前は、ちいさな、きたない飲屋がならんでいた。そんな飲屋で豚の輪精管のヤキトリをくったことがある。輪精管のなかには、豚の精液《ザーメン》がはいっていてなんだか歯にきしきしし、なんの味もなかった。

時間がすこし早かったので、果物屋でグレープフルーツ（150円）を買って、線路わきの、「綱手」の前の小公園で、グレープフルーツをたべた。グレープフルーツはよく冷えていて、おいしい。大森にくると、ぼくは「綱手」で飲む。しかし今は午前十一時前で、もちろん、「綱手」のシャッターはおりている。

コロムビア映画の「オーロラ殺人事件」は、見たいとおもいながら、なぜか見そびれていた映画だった。

「オーロラ殺人事件」の極地の島への調査隊長になるリチャード・ウィドマーク（ぼくは、なぜか、ウィドマークをヴィドマークみたいに、Vの発音をするクセがある）は、今では、ミミズのお化け映画「スウォーム」みたいに顔じゅう皺《しわ》だらけだが、さいしょのころは、つるんとした顔で、ちょろちょろわるいことをするチンピラ役がよかった。デビュー作は、ビクター・マチュア主演の「死の接吻」の脇役だったらしいが、ぼくはおぼえていない。

しかし、二作目の「情無用の街」では警官が主人公だったのに、ギャングの小ボス役のリチャード・ウィドマークのほうがよっぽどおもしろかった。この映画で、ヴィドマークが、ジョージという男をよぶのにジョージィと、語尾をのばすのを、ぼくも真似したものだ。

そのほか、ロンドンを舞台にした「街の野獣」という映画があり、リチャード・ウィドマークはアメリカ人のチンピラで、それに、ぼくの好きなハーバート・ロム、ロムの父親役で、ギリシア人のもうおじいさんのプロレスラーがでてきたりして、泣かせる映画だった。今、しらべてみたら、監督が、「裸の町」などのジュールス・ダッシンなんだなあ。

「オーロラ殺人事件」のべつの主役のドナルド・サザーランドを、ぼくは、よく、エリオット・グールドとまちがえる。どちらも馬面《うまづら》で、動作も口のききかたも、のろーとしていて、それに、二人とも、アルトマン監督の名作「マッシュ」からでてきたからだろう。

「ファンタズム」も、ちょっとかわった恐怖《ホラー》映画でおもしろかった。大森エイトンでは、早朝割引（600円）ではいった。今ごろ、早朝割引のある映画館はめずらしい。

かえりは、大森駅前から渋谷行の東急バス（100円）にのった。このバスは、ぼくの家のすぐ近くをとおる。だから、おなじみのバスなのだが、本門寺のある池上から第二京浜をこすあたりまで、あたらしい路線になっていて、きょろきょろ、うれしかった。


月曜日。前日、大森からのかえりにおりたバス停からバスにのり、奥沢で、目蒲線の電車にのりかえる。目黒からは、東京駅八重洲《やえす》口行のバスにのり、東京タワーでおりた。

東京タワーの真下の特設の映画館で鈴木清順監督の「ツィゴイネルワイゼン」をやってるのだ。この映画館は、まんなかがもりあがった円形ケーキ、あるいは蒙古《もうこ》の天幕(包《パオ》)みたいなかたちをしていて、銀紙でつつんだみたいに、銀色だ。円屋根のてっぺんで、スプリンクラーがくるくるまわり、水をまきちらしている。料金は当日1300円、前売1000円。

「ツィゴイネルワイゼン」は昭和初期のころのことらしい。ぼくは大正十四年生れで大正十五年が昭和元年だから、昭和の年代とぼくの年齢はおなじなのだが、ぼくが物ごころついたときから、ニホンは、どこかでずっと戦争をしていた。

だが、そんなものは、ぜんぜんこの映画にはでてこない。また、原田芳雄の役の男は、もとは陸軍士官学校のドイツ語の教授だったらしいが、現在はなにもやっていなくて、しかも、かなりけっこうな暮しをしている。

現在、陸士のドイツ語教授をやってる藤田敏八も、洋館にすみ、ナイフとフォークをつかった食事などをしており、けっこうな暮しだ。

政治とか経済とか、世の中の不景気とか戦争とかってことは、この映画には、まるででてこないが、それが、ぼくにはうれしかった。

この年、五・一五事件勃発とか満州事変おこる、なんて字幕をいれなくても、この映画には、不安がいっぱいにじみでているし、けっこうな暮しをしながら、けっして、けっこうではないこともよくわかるのだ。

陸士のドイツ語教授役の藤田敏八をほめる人がおおい。おもしろいのは、セリフがたいへんに優しいのだ。赤塚不二夫さんが主演した、にっかつロマンポルノ「気分を出してもう一度」でも赤塚不二夫さんは、「やろうよ、やろうよ」と女のコにせまりながら、その言いかたが、とっても優しくて、おかしかったが……。

（「小説新潮」一九八〇年七月号）

クマさんの店

浅草に映画を見にいく。浅草は、どこでも天ぷらのにおいがする。地下鉄銀座線の浅草でおりて、左てのほうにいくと雷門。右にいくと吾妻《あずま》橋で、隅田川をわたると橋の左にアサヒ・ビールのビヤホールと工場。このビヤホールは、ニホンでもいちばん古いほうのビヤホールだろう。ここのテーブルの板は厚い。

雷門からはいっていくと、仲見世《なかみせ》通りだが、ここは混んでるので、めったにとおらない。公園通りの前をこし、すしや通りを右にはいる。ここは、前は、すしや横丁と言ったかもしれない。有楽町にもすしや横丁というのがあった。戦後は、あちこちにすしや横丁があった。

すしや横丁をぬけると、浅草六区の両側に映画館がならんだ通りになる。六区というのは、たしか、東の隅田川よりのほうから、浅草一区、二区……とわかれていて六区はいちばん西のほうだった。

六区の映画街のはじまりは、左ての角の日本館で、ここは邦画のポルノ映画をやっている。そして、左てに、浅草演芸場。ここでは、大宮デン助劇団が長いあいだやっていた。また、この演芸場のあたりをぶらついてると、たいてい、だれか知ってる役者にあったものだ。浅草演芸場にでてる役者や芸人だけでなく、ここの地下の楽屋にあそびにきてる者がおおくて、そういう連中にぱったりあう。役者でもだれでも、ぼくが知ってる芸界の者は、みんなヒマなのよ。芸能界の人たちのことは知りません。

常盤《ときわ》座は、演芸場のまん前あたりか。今では、トキワ座という文字になって、古い洋画の三本立をやってる。トキワ座のならびは電気館や千代田館だが、どっちかなくなったかな。左ての角がフランス座、一階は寄席の浅草演芸ホールで、ストリップのフランス座は、三階か四階。新宿や池袋にもあったストリップの名門フランス座の名前も、ここだけになった。

この角を左にまがって右ての角に、やはり、ストリップのカジノ座があった。カジノ座でバレエ風の踊りをやったストリッパー、マリア・マリは人気スターだったが、今はどうなったろう。この角を右にまがって、まっすぐいくと、ロック座の裏の楽屋口で、そのすぐ近くの飲屋「福の家」なんかでも、よく、浅草のストリッパーたちにあった。

電気館や千代田館あたりの裏の「峠」でも、よく浅草の踊り子にあった。峠は店をやめてしまったが、峠のママとは、今でも、浅草・千束、猿之助横丁のクマさんの店「かいば屋」で、ときどきあう。

カジノ座の角の道をまっすぐいくと、やはり名門ストリップ劇場の浅草座で、ここには浅草待子というスターがいた。戦争がおわる前の、新宿ムーラン・ルージュのスター、明日待子の名前をモジったものだろう。

カジノ座が浅草座の場所にうつり、ほんのみじかい期間だが、浅草座がカジノ座になっていたときがあったが、今は、映画館にかわっている。しかし、ここは、もともとは映画館で、もとにもどっただけだろう。ひところは、浅草と言えばストリップ、なんてときがあったが、映画館なんかが、ストリップ小屋に変身したのだろう。

戦後、浅草常盤座で、田村泰次郎原作の「春婦伝」を劇団「新風俗」で芝居にしたのを見たおぼえがある。これは、脚本黒沢明、谷口千吉、監督谷口千吉で、「暁の脱走」という映画になり、李香蘭《りこうらん》ではなく、山口淑子《よしこ》の代表作にされている。

ロック座は今でもヌード劇場だ。中映、新劇場、そして、つきあたりが東映の封切館。新劇場では、古い邦画の三本立をやっていて、ぼくは、ときどき、ここにいく。

浅草新劇場にはいったら、高橋英樹と二谷英明が、横浜あたりの埠頭《ふとう》ではなしており、二谷英明はギャングで、高橋英樹が主役だった。もちろん、日活映画だ。吉永小百合がクラブの若いママなのだが、このクラブのホステスや男の従業員の数がとてもおおい。映画全盛時代というのは、こんなことなのだろう。

吉永小百合がぷくんと頬っぺたがまるくて、かわいい、とおもってたら、これまた、今のほそっこいからだつきとはまるでちがう、ふっくらした顔の浅丘ルリ子がでてきた。その父親は滝沢修。カラー映画なのだが、ほぼ単一の赤茶っぽいようなセピア色になっている。タクシーがちいさく、警察のパトカーもちいさい。

主役の高橋英樹が、いよいよ最後になりカンニン袋の緒がきれたといったぐあいに相手にパンチをくらわせるのだが、このパンチがいやにゆっくりして、なんだか撮りかたもへんだとおもったら、高橋英樹はもとプロ・ボクサーで、その強力パンチのため、リングの上で試合の相手を殺しているのだった。

ぼくは、ミステリの翻訳などをやってたが、そのなかには、たしかに相手のパンチは強力そうだったが、なにしろ、そのパンチがゆっくりのびてきて、相手のパンチがこちらの顎《あご》にとどくまでには、すこしいそげば、このロサンゼルスからサンフランシスコまでいけるぐらいで、おれは、相手のスローなパンチを待ちきれず、その前に相手のどてっ腹をけとばしてやった……なんてことは、なんど訳したかわからない。だから、このシーンでは、ついニヤニヤしちまった。

いや、映画を見たあと、表のポスターを見たら、浅丘ルリ子の名前はなくて、共演は笹森礼子になっていた。野村孝監督「激流に生きる男」という題名だったとおもうが、忘れた。

ともかく、猿之助横丁の「かいば屋」にいき、「浅丘ルリ子は笹森礼子って名前だったことがあるのかい？」ときいたら、「失礼だなあ」ととなりにいた三遊亭円龍さんにおこられた。「笹森礼子は浅丘ルリ子とはちがう。そのころの日活のスター女優でね。わたしは笹森礼子が好きで……」

三遊亭円龍さんは、咄家《はなしか》なのに、腕ズモウが強いというへんなひとで、なみのおスモウさんなんかより、ずっと強いそうだ。

浅草新劇場で見た映画は、ほかに、石田勝心監督「昭和ひとけた社長対ふたけた社員」。社長は小林桂樹で社員には、黒沢年男や、なくなった加東大介もいた。

東宝の社長シリーズで、ぼくは、小林桂樹が新入社員で入社するときから、つまりはその前の学生の下宿時代から見てきているが、平社員から、係長、課長、その上はどんなのがあるのかよくわからないけど、子会社の社長ながら、社長になったのはこのときがはじめてのようで、まずはおめでとうございます。と言っても、これは昭和四十六年の映画だそうだ。

もう一本の映画は村山三男監督「あゝ海軍」。この監督は「あゝ江田島」「あゝ零戦」「あゝ陸軍隼戦闘隊」と、あゝの映画がおおい。

ともかく、浅草六区で映画を見ると、かならず、六区をでて、アーケードがあるひさご通りにはいり、言問《こととい》通りをこして、さいしょの角のよこは古本屋、つぎの角が猿之助横丁で、もともと花街のこの横丁をあるいて、クマさんの店「かいば屋」にいって酎《チユウ》ハイ（焼酎ハイボール）を飲む。クマさんは早稲田大学の落語研究会《オチケン》のほんとに初期のひとだが、大学は中退している。そのためか、ぼくや野坂昭如さんなどの大学中退組、この常連の咄家の五街道雲助さんも明治大学中退だし、中退組ばかりがあつまり、チュウハイ飲屋ではなく、中退飲屋ともよばれている。

俳優の殿山泰司さんは府立三商の第一期生なのに中退し、またほかの学校も中退してるが、この「かいば屋」によくやってくる。

殿山泰司さんとは、昨夜、新宿であい、長塚節《たかし》原作、内田吐夢《とむ》監督の名作「土」のはなしがでた。この映画で、主人公の百姓勘次が、年頃になった娘（風見章子）に目をつける村の若者たちを、ひどくおこって追っぱらうシーンがあるが、じつは、この父娘《おやこ》は近親相姦だったということが、当時の時代として隠されていた、とはじめてきいて、ふーん、とぼくはうなった。

（「小説新潮」一九八〇年十月号）

刑事の身内は出るな

名古屋にいくと、いつも、今池《いまいけ》の「貘《ばく》」で飲む。「貘」では、よく、トノさんにあう。新宿ゴールデン街であうトノさんは俳優の殿山泰司さんだが、こちらのトノさんは作家の外村繁《とのむらしげる》さんの息子で、テレビやラジオの録音の仕事をしてるらしい。

俳優のトノさん先輩も名古屋のテレビに出演するときなどは、「貘」で飲む。そして、地元のトノさんとかちあわせることもあるだろう。

名古屋の今池は、東京の新宿みたいなもんだと言う人もいるが、今池は今池、新宿は新宿で、それでいいではないか。

今池には、名古屋駅から地下鉄でいく。そして、地下鉄をおり、「貘」で飲みはじめるのにはまだ早いときは、地下の通路にある今池地下映画劇場で映画を見る。その地上には、洋画や日本映画の封切館もあるのだが、なぜか、ぼくは、地下の映画館にしかはいらない。映画は一本立で、料金は３００円。近ごろは、ポルノ映画ばかりで、このあいだは、「スーパーポルノ・オージィパーティ」ってのを見た。オージィパーティは、オジイ（オジン）どものパーティではなく、乱交パーティってこと。

ポルノ場面はどうってことはないが、俳優や女優のセリフが、セリフっぽくないのが、ぼくは好きだった。主演者のセリフがきちんときまらないと、たいていの人は気にいらないけど、ぼくは、逆に、セリフっぽいのはいやだ。

あたりまえのことだが、競輪や競馬の予想じゃないのだから、女性や男性のあそこに○▲×などつけるのは、もうやめたらどうなのか。外国で映画を見ていて、なんだか……なんだかみたいな感じがし、あ、男女のあそこに○▲×がないのか、と気がつく。ま、そのていどのものだ。そいつを、フィルムをもろにかりかりひっかいたみたいなのまであり、よけい目についちまう。

しかし、外国の映画にでてくる女性のあそこは、もじゃもじゃのヘアって感じではなく、アンヨの根もとにぴったりくっついた（はなれてたらお化けだけどさ）三角の毛皮《ファー》のきれっぱしみたい。

名古屋の今池は、ずっと前は、名古屋ミュージック、その地下のアングラ劇場などでも、ぼくは舞台にでてたことがあり、近所のアカデミー劇場なんて三本立の映画館にもよくいった。今池地下映画劇場をでて、「貘」にいくと、まだ客はおらず、ママがカウンターで夕食をたべていた。色白で、ふっくらした顔だちのママの夕食は、ゴハンはなく、日本酒のお銚子二本に、たいていお刺身をたべる。「貘」のママの夕食を、ぼくがよく見てるのは、それだけ早く、「貘」に飲みにいくからだろう。なにしろ、ぼくは、テレビ局の仕事がおわってくる人たちなんかとちがい、ヒマだもんなあ。

　ジョイパック配給「チェンジリング」はたいへんおもしろかった。ぼくはオカルト映画はあまり見ない。気持がわるいからだ。おまけに、たいていはなしがバカらしい。はなしがバカらしく、しかも気持もわるい映画を見るのは、アホくさい。しかし、この「チェンジリング」はちょっとちがう。どうちがうかは、どうか、ご自分でごらんになってください。

　主演はジョージ・Ｃ・スコットだ。「パットン大戦車軍団」でアカデミー主演男優賞の受賞をことわったこの俳優がでる映画は、だいたい、ぼくは信用している。「パットン大戦車軍団」は大作で、だから、彼にもアカデミー主演男優賞がまわってきたが、スコットはこの名誉ある賞をけとばし、それ以後は、いわゆる大作映画には出演していない。

　マイケル・ケインがでる映画も、「探偵スルース」など、わりとおもしろく見てきた。しかし、こんどのＣＩＣ配給「アイランド」はしようがなかった。だいいち、つぎつぎに船が遭難する魔の海域に、まだ子供の息子をつれていくというのがこまる。

　危険なところに、たいてい、なぜかグラマーな女といっしょにいき、女があぶない目にあうたびに、男がなんぎをする映画ぐらいつまらない映画はない。

ところが、もっとつまらないのは、テレビの刑事物などで、その刑事の身内や恋人などが事件にからまるやつだ。ニホンの刑事は、そんなにしょっちゅう、身内や恋人が事件にまきこまれるのか。刑事物テレビのはんぶん以上ぐらいが、身内がらみで、まったくうんざりする。

有名なヴィスコンティ監督の「ルードウィヒ」。バイエルンのルードウィヒ二世を演じたヘルムート・バーガーは、たいへんにすばらしい演技だったかもしれず、また若く美しく、りりしい王が、身も心もむしばまれていき、歯も虫歯でやられたようで、ぼろぼろとくろずんでくるさまなど、さすがヴィスコンティ監督の名演出とほめる人もおおいだろう。

しかし、同監督の「イノセント」もそうだけど、ぼくは王様や貴族のなやみみたいなものは、とくべつ反感もないが、さっぱり興味がない。これは反感があるよりも、映画を見ていて、それこそ、もっと興味がないのではないか。

ロマン・ポランスキー監督「テス」も昔のイギリスの田園風景がかなりほんものっぽくても、おもしろくなかった。だいいち、テスという女性が、あんまりかわいそうすぎる。トーマス・ハーディの原作の「テス」はそれこそ世界的、そして、今でもこうして映画になるぐらいだから、たいへんなロングセラーだ。みんな、かわいそうな女性のはなしが、それほど好きなのだろうか？　ぼくがベストセラーなどに縁がないのも、そんな小説が書けないからか？

カントリー・ウエスタンのスター歌手ウィリー・ネルソン主演の「忍冬《すいかずら》の花のように」にもこまったなあ。主人公が興行の旅をしてるあいだに、女性ボーカルのコとデキちまって、デキちまったものはしかたがないが、それが女房にバレると、ステージで浮気をわびる歌をうたってる。

ニキータ・ミハルコフ監督の「機械じかけのピアノのための未完成の戯曲」は、チェーホフの短篇のモチーフをいくつかあつめて映画にしたそうで、昔のロシアの田舎のたいくつさまでがみずみずしく描かれてるみたいだが、なぜか、そのみずみずしさに気持を洗われるというところまではいかない。

ロバート・レッドフォードが刑務所長になる「ブルベイカー」は、わりとおもしろい映画だった。アーカンソー州のある刑務所で実際にあったことを書いたというノン・フィクションを原作にしてるそうだが、この映画で、銃をもち、囚人たちを監視してるのも、みんな囚人たちで、看守というものは一人もいないようなのだ。看守が一人もいない刑務所など（所長のほかに、事務の職員は一人だけいた）大びっくりだけど、いくら映画でも、こんなことはつくれない。やはり、実際に、そんな刑務所があったのだろう。

大森一樹監督「ヒポクラテスたち」はあんがいおもしろかった。ある医科大学の最終学年の六年生たちが、臨床実習にまわってるはなしだ。もとキャンディーズの伊藤蘭もそのひとりで、伊藤蘭が秀才の医学部学生では、かわいすぎるのではないかという議論もあったが、ノッポで顎《あご》のあたりにニキビの跡がありそうな主役格の古尾谷雅人をはじめ、みんな素人っぽく見えながら演技がうまいんだよなあ。あんまりうまくておどろいたけど、ぼくは心配にもなった。若いひとたちが演技がうまくて、心配してるのは、ぼくぐらいのものか。

いわゆる助演の大人たちも、それぞれおもしろく、俳優鈴木清順もおかしかったが、手塚治虫さんの医学部教授は、なんともよく似合ってるようにおもった。だって、手塚治虫さんは患者は診たことはないかもしれないが、ちゃんとした医学部出身で医学博士でもある。

もっとも、だから、手塚治虫さんが医学部教授にぴったりというのは短絡で、やはり手塚さんの演技力だろう。げんに、ぼくはあるテレビ映画で作家の役をやったが、てんで似合わなかった。いや、おまえ、それでも作家のつもりでいるのかって？

（「小説新潮」一九八一年一月号）

せんちめんたるオジン

下の娘が赤い顔をし、鼻をくしゅん、くしゅんやっている。風邪ぎみだったのに大塚の鈴本キネマにいき、「狂い咲きサンダーロード」「高校大パニック」「ブラック・エンペラー」の三本立を見たら、頭がぼーっとして、熱がでたという。

この三本とも、若い人たちのあいだでは評判になった映画だが、「狂い咲きサンダーロード」でも、暴走族どもが暴走するのはかまわないけど、やたらに会議をするのにはおどろいた。

「ブラック・エンペラー」というのも暴走族の名前だが、「池袋・ブラック・エンペラー」と「栃木・ブラック・エンペラー」が、ただいっしょに暴走するというのではなく、定期的なミーティングにも、なるべく出席するようにしよう、なんてシーンがあるらしい。そんなとき、およそ学級委員（昔は級長と言った）なんかにはなれそうもないグレあんちゃんが、学級委員みたいなことをやってるのがおかしい、と娘は風邪の熱で顔を赤くして、わらっていた。

こんな映画を、三本もつづけて見れば風邪も暴走し、熱もでるだろう。しかし、娘は、この三本の映画がおもしろいとも、またつまらなかったとも、言わなかった。

　ＣＩＣ配給、パラマウント映画「フライングハイ」。見ているうちに、あれあれとおもった。前に、ハワイのホノルルのローヤル#2劇場で「旅客機《エアプレーン》」を見た、と書いた（＊本書不収録）、そのおなじ映画なのだ。

　外国映画のニホン題名が、原題名とはちがうのは、あたりまえみたいになってるけど、原題名そのものが、かわっちまうというのはめずらしい。めずらしいが、皆無ってことはない。ほんのときたまだが、こんなことがある。

　この映画のAIRPLANEという原題名も、AIRPLANEと言えば、ただヒコーキってことで、あんまり平凡すぎるとおもってたのだが、やはり、AIRPORT（大空港シリーズ）のパロディ題名だったらしい。それで、AIRPORT側とモメて、もうAIRPLANEで宣伝してしまってるアメリカ国内とロンドンのほかは、「フライング・ハイ」という題名にしたのだそうだ。

　そんなわけで、ぼくはこの映画を二度見てしまったのだが、二度目のほうが、もっとおもしろかった。

　この映画はポスターからおかしくて、旅客機が悶《もだ》えて、身をよじり、よじりすぎて機体が輪になってほどけず、その輪のあいだから、野郎のデチ棒のさきっちょみたいな機首が（野郎のアレは、キ首《シュ》ではなくてキ頭《トウ》という）にょっきりのぞいてるのだ。

　この映画のおしまいのThe Endは昔風の花文字で、昔なつかしいギャグを、ジェット旅客機のなかでもう一度、という意味もあるのかもしれない。

　オーストラリアのシドニーの映画館で見て、この欄にも書いた、ピーター・セラーズとシャーリー・マクレーンの、いかにもアメリカ的なお伽話《とぎばなし》「BEING THERE」は、「チャンス」というニホン題名で、富士映画で配給されるようで、話題になるだろう。

　メトロ映画、CIC配給の「ニューヨークの恋人」も、お伽話映画で、あんがいおもしろかった。「ニューヨークの恋人」なんてニホン題名で、だれがお伽話映画だとおもいますか。しかし、ぼくもお伽話映画が好きなようでは、オジンになったんだなあ。オジンはセンチメンタルだからさ。


「古都」なんて映画の題名は、あんまりふつうすぎて、さっきのAIRPLANEみたいにふしぎな感じだが、パロディ映画でもなさそうだし、と古都ではなく、トコトコでかけていったら、山口百恵引退映画なんだってさ。しかも、川端康成原作、市川崑監督なのだ。

「古都」はみんな、ちゃんとした演技をしてるとほめられるかもしれないが、なにしろ、京都が舞台で、京都弁の節《ふし》がつく。この節にあわせたような、超スロー・テンポの映画のようにおもえた。これが、あの市川崑監督の映画か、とびっくりしたが、悪口を言ってるのではない。映画監督が、それこそガラッとかわった映画をつくることがあるのには、いつもおどろいてる。モノカキは、とうていそんなことはできない。

古都・京都からニューヨークにはしる。「古都」の試写は、一時から見たが、上映時間は二時間五分、ニューヨークが舞台のメトロ映画「フェーム」は、CICの試写室で三時十五分からはじまる。その間、わずかに十分。もっとも芸術座などがある東宝本社試写室から、リッカー・ビルのCIC試写室までは近い。しかし、エレベーターを待ち、下におりるあいだの時間さえも計算しなくてはいけない。さいわい、「フェーム」の試写には間にあった。

「フェーム」の監督は「ミッドナイト・エクスプレス」の監督のアラン・パーカーだそうだ。この監督は、コドモばかりのギャング・コメディ映画「ダウンタウン物語」をつくったひとではないのか。あの映画は、ぼくは大好きだった。それが、陰惨なトルコの監獄が舞台の「ミッドナイト・エクスプレス」を監督し、こんどは、ニューヨークのマンハッタンに実際にあるという、芸能高校の新入生が卒業するまでの四年間を撮っている。

歳をくったから、作風がかわった、なんてことではない。映画監督は、まことにエネルギッシュに、まるでちがった映画をつくる。「フェーム」は、ニホンでも評判になるだろう。しかし、十六、七歳の高校生とは、やはり、オジンはつき合っていけない。ぼくたちせんちめんたるオジンはガキに逆もどりしてるみたいだが、ガキどうしの敵対心もあるのだ。

　高林陽一監督「ザ・ウーマン」は江戸時代の文化年間のある女義太夫をとりまくはなしだが、それに「ザ・ウーマン」なんて題名をつけたことからも、ニホン人観客にたいしては、なにかカクゴがあったのだろう。

　ところが、べつに珍奇なところもない。珍奇なところも見たかった……べつに期待はしてなかったが……ぼくには、ただふつうの映画におもえた。

　増村保造監督「エデンの園」はイタリアが舞台の映画で、ニホン人はでない。この映画では、誘拐の身代金の受け渡しに、ちょっとひねったところがあり、そんなちょっとがあれば、ぼくはうれしくなる。もっとも、これは、イタリアの誘拐事件でほんとにあったことかもしれない。

　だが、この映画は、まだほんとに若い男のコと女のコの恋物語だ。ただ、はなしが甘い。甘い恋物語、という意味ではない。はなしのつくりかたが甘い。

　イタリア映画は、ニホン映画ほどではなくても、ほかの国の映画にくらべると、はなしのつくりかたの甘い映画が、ちょいちょいある。たとえば、泣かせをねらい、それがミエミエといったぐあいだ。

「チャンス」も「ニューヨークの恋人」もお伽話で、子供のためのお伽話には残酷なのがおおいが、大人のお伽話は、どうも甘くなる。だが、お伽話の甘さを知っていて、それで映画をつくってるからこそ逆に、甘味をおさえようとする努力がある。

東映・中島貞夫監督「さらば、わが友　実録大物死刑囚たち」はおもしろかった。中島監督は「日本の首領《ドン》」とかいった大作を撮っていたが、ああいう、色つき、あるいはオドカシ映画なら、ほかの監督でも撮れる。

ぼくとしては、やはり、この「実録大物死刑囚たち」みたいな、おちついて、しずかで、色を消した映画を、中島貞夫監督につくってもらいたいけど、ぼくが好きな映画はウケないからなあ。映画監督にウケない映画をつくってほしいなんて無理な注文だ。

東映・鈴木則文監督「忍者武芸帖　百地《ももち》三太夫《さんだゆう》」。アクション監督千葉真一とタイトルにある。鈴木監督はれいの「トラック野郎」シリーズを撮っていたが、あれはおもしろいのもあったけど、どなりすぎの映画だった。百地三太夫はいかがわしい忍術使いのはずで、そのいかがわしさをもっと……。

（「小説新潮」一九八一年二月号）

骨こそイノチ

映画・演劇やコンサートなどの情報誌に浅草トキワ座の三本立映画のなかに、「五人の斥候兵」の名前がでていた。昔の映画が再映されることはあるが、「五人の斥候兵」はきいたことがない。

それで、さっそく、浅草トキワ座に電話すると、「五人の斥候兵はでていません」という、すまなそうな返事だった。「五人の斥候兵」のフィルムを、だれかがもっているというので、浅草トキワ座で上映しようとしたが、そのフィルムをまわしてみると、古くて、ひどいフィルムで、客に見せるようなものではなかった、といったことだろうか。

そのほか、あれこれ想像して、これまた、たのしんでいる。

「五人の斥候兵」は昭和十三年日活作品で田坂具隆監督。昭和十三年といえば、中国の戦争のはじめのころだ。小杉勇が部下おもいの隊長になる。中隊長ぐらいだっただろうか。陸軍士官学校出のさっそうとした若い中隊長ではない。小杉勇は重厚な演技の俳優とほめられた。東北出身で訛《なま》りがぬけずマジメ人間がよく似合った。

この映画は、隊長の小杉勇が陣中日誌を書き、そのナレーションの東北訛りがじつによかった。宮沢賢治の弟さんが兄の賢治の詩をよんだレコードがあったが、その東北訛りも、まことによかった。

小杉勇は日本映画ではじめての美男でない二枚目スターだと言われた。昭和四年内田吐夢監督の「生ける人形」、おなじ昭和四年溝口健二監督「都会交響楽」ではっきり大スターになった。

昭和五年の「この太陽」は小杉勇の大ヒット作とさわがれた。原作は牧逸馬。林不忘のペンネームで「丹下左膳」を書き、谷譲次のメリケン・ジャップ物で売りだした大流行作家だ。脚本・監督は村田実、日活自慢のスター、夏川静江、入江たか子、島耕二などもでている。

「この太陽」を、ぼくは、広島県のもとの軍港町呉のタイシュウラクという映画館に母につれられていって、見た。小学校一年か二年生のぼくには、さっぱりおもしろくない映画だったということだけをおぼえている。

たぶん、このとき、いっしょに見た映画で、寝台列車の映画があった。新婚旅行の若い夫婦、結婚後なん年かたって、ケンカばかりしてる夫婦、老人の夫婦などがおなじ寝台車のなかにいる。ところが、真夜中に、ひどく夫をなじる妻の声がして、また、れいの夫婦がケンカをはじめたのかとみんなおもったら、新婚の花嫁さんの寝言だったという映画だ。ともかく、この映画のほうが、よっぽどおもしろかった。

　この映画の題名はわからない。たしか松竹映画で「花嫁の寝言」というのがあるが、この映画ではないようだ。

「五人の斥候兵」は手元にある本では昭和十三年ベストテン第一位と、同五位となっている。これは、キネマ旬報のベストテンでは一位でも、映画之友、あるいは日本映画などでは、三位、五位だったりしてもふしぎではないということだ。また、各映画批評家によって、順位がちがうのもあたりまえで、どの映画雑誌のベストテンは、この映画批評家、あの映画批評家の採点は、と予想をたててそれが当ると、自慢したりした。でも、ぼく自身は、ガキのときから、なにかの順序をつけることなどはきらいだった。

　ところが、戦争がひどくなると、みんなのベストテンが、きれいにそろってきた。たとえば、昭和十七年の山本嘉次郎監督の「ハワイ・マレー沖海戦」などは、だれもかれも、ベストテン第一位だった。全国民心を合わせて、というのはこわい。戦争でなくても、今からでも、そんなことがおきやしないかと心配だ。

　小杉勇は名優の名が高かったが、戦後は東横映画や日活の監督になり、じつにたくさんの映画を撮っている。それも、つまらない娯楽作品と批評家には評判がわるかったが、重厚な演技の名優とほめられるよりも、たくさんの映画の監督をさせてもらったほうが、本人はたのしかったかもしれない。

小杉勇と言えば、島耕二の名前が頭にうかぶのは、もうだいぶ年輩の方々だろうか。島耕二は小杉勇とおなじときに日活に入社し、昭和二年の内田吐夢監督第一回作品の「競争三日間」の主演をやっている。

だが、小杉勇は「人生劇場」「限りなき前進」「真実一路」「路傍の石」「土」などで、それこそ名優の評判をとったが、島耕二はスターだけど、そんなことはなかった。

ところが、島耕二は月給五百円のスターから、月給二十五円の助監督になり、演出の修業をし、やがて、石川達三原作「転落の詩集」、尾崎一雄の芥川賞作品「暢気眼鏡《のんき》」や息子の片山明彦をコドモの主役に宮沢賢治の「風の又三郎」を、また下村湖人「次郎物語」など名作の監督をしている。

「暢気眼鏡」は宝塚スターだった轟《とどろき》夕起子《ゆきこ》と杉狂児の主演で、金のない小説家夫婦がちいさな借家の玄関に風呂桶をおき、お湯にはいるシーンなど、おぼえておられる方もおおいだろう。ただの喜劇俳優だとおもわれていた杉狂児のめずらしい佳作品でもあった。

島耕二は、昭和四十三年ごろまで、じつにたくさんの映画の監督をしている。

浅草トキワ座の「五人の斥候兵」が見れないのなら、というわけでもないが、蒲田につかつの三本立を見た。藤本義一原作の「好色つれづれ」を映画にした「好色花でんしゃ」。脚本にも藤本さんの名前がある。大映映画「悪名」シリーズなどの、藤本さんの脚本は、とくに会話のテンポがよく軽妙でおもしろかった。息子がサラ金で借金をし蒸発して、父と息子の嫁とが、その借金をかえすため、温泉場などで父娘《おやこ》で花電車（シロクロ・ショウ）をしてまわる映画だ。父は南方英二、息子の嫁は鹿沼えり、渡辺護監督。「ドキュメントポルノ　舌技に泣く」。高橋伴明監督、朝霧友香、下元史朗主演で、すこしヒネってあったりして、おもしろい。

「あそばれる女」。小沼勝監督、主演の風間舞子が、むりやりいじめられてるようでかわいそうだった。ぼくは、浅草の千束の「かいば屋」や上野などで、舞子とはなんどか飲んでいる。美人なのに、いくらかすっとんきょうで、よくわらう女のコだ。そんな舞子をあんなにいじめるなんて……。舞子のポルノ映画は、はじめて見た。

イスラエル映画「恋のチューインガム」。高校生映画「グローイング・アップ」の第三作だ。この映画のクレジット（タイトル）は英語だし、ニッキイという女のコがでてきたとき（この映画にもでてる）男のコが「きみの名前は？」ときくと、ニッキイ、とこたえたときのくちびるのうごきははっきり、英語ふうのニッキイだったので、この映画はイスラエル版と英語版があって、英語版では、いわゆるアテレコではなく出演者が英語でしゃべってるのかな、とおもっていた。

ところが、どうもおかしいので、この三作目を見たあと、ガイジンさんにきいてみたら、やはり吹き替え（その外人さんはダビングと言った）とのことだった。

ニッキイは英語のニックネームなので、くちびるのうごきが音と合ったのだろう。

高校生たちのガキ映画なのに、ぼくがこのシリーズが好きなのは、イスラエルという場所のものめずらしさと、時代が古い設定になっていて、ぼくにはなじみの、アメリカの古いポピュラー・ソングがでてくるからか。

ピーター・イェーツ製作・監督「目撃者」もおもしろい。この目撃者という題名はふしぎだったが、あとで納得がいった。テレビの女性ニュース・キャスターになるシガーニィ・ウィーバーのホネには色気がある。

バストやヒップのふくらみぐあいよりも、ぼくは女優さんのからだぜんたいのホネかげんに興味があるようだ。ところが、ニホンのあるホネ美人の女優さんと劇場の楽屋の廊下でぶつかったときは、ほんとに全身にホネが刺さるようだったけど、アメリカの女優などはホネホネしていても、あんがいあるところには、たっぷり肉《み》がついている。

（「小説新潮」一九八一年九月号）

自由を我等に

前に、大映の「悪名」シリーズの藤本義一さんの脚本がおもしろかったと書いたが、おなじ大映でも、田宮二郎主演の、「犬」シリーズではないか、と読者の方からお手紙をいただいた。そのとおりで、こんなわかりきったことを、どうしてまちがえたのか、あいすみません。しかしお手紙がなければ、そのままになっていたことで、ありがとうございます。

また、ヴィスコンティ監督の「ベリッシマ」の監督の役に、監督自身がでてるけど品がない、なんて悪口を言ったが（＊本書不収録）、「ファビオラ」などの作品で有名なブラゼッティ監督が監督の役をやったので、これもまちがえた。よけいな悪口などは言わないほうがいい。

ベルリンからパリにきた。パリでも、昼間はバスにのり、映画を見て、夜は酒を飲んでいる。

ただし、酒のほうは、ビールからワイン、シュナップス（ドイツ焼酎、ブランデーもこのなかにはいる）からカルヴァドスなどにかわった。

カルヴァドスは、フランスのカルヴァドス地方のリンゴ焼酎だが、レマルク原作のベストセラー映画「凱旋門」にも、このカルヴァドスがよくでてきたけど、どんな飲物なのか、だれも知らない。それで、カストリ焼酎になにかを混ぜて、カルヴァドスとさけびながら飲んだりしたものだった。

パリのバス停には「男性は太めがお好き」という映画の大きなポスターがでていた。ほそい、すらっとした女と腕をくんであるいてる男が、パイオツや腰のあたりなど、ぷりんぷりんにもりあがった女をふりかえってるポスターだ。監督も俳優もぼくの知らない名前だった。

地下鉄《メトロ》のホームの壁には、イヴ・モンタンとカトリーヌ・ドヌーヴの顔に、大型拳銃のどかっとでてるポスターがあった。題名は、直訳すると「武器の選択」みたいなことになる。

ぼくは、学校通り《リュ・デ・ゼコール》のホテルにいたが、この通りが、サン・ミッシェルの通りにでたところに映画ビルがあって、劇場がたしか四つあった。ここで、「ド・ウィッテ」という少年を主人公にした、ぼくが知らないなにかの賞をとった、たぶんポーランド映画や、ジュリエ・ベルトの「雪」なんて映画を見た。「雪」は麻薬がからんだ男女のはなしで、これは、ニホンにも輸入されるかもしれない。

モンパルナッスのあたりにも映画館はおおく、あれこれ映画を見たんだけど、じつは忘れてしまった。おぼえてるのは、ベルリンの映画館にも、そんなのがあったが、入口と出口がちがうことだ。

じつは、ぼくがいたホテルのとなりにも映画館があり、ポルノ映画を製作中の映画を見た。意欲作のようだったが、撮影風景なんてのは、どうしても安易にながれる。

おかしなことに、この映画館のねえちゃんに、ぼくは好かれてしまった。いくらかふっくら型のねえちゃんだ。このねえちゃんが、ぼくが通りのむこうをあるいていても、とびだしてくる。

これはなみたいていのことではない。ぼくとこのねえちゃんは、たしかにデキているとニホン人の連中もおもってたくらいだ。なぜ、映画館のパリねえちゃんがそんなふうになったのかわからない。

「コミはもうろくして、パリで見た映画のことを、ほとんどおぼえてないように、女と寝たことも忘れてるんじゃないの」とある女のコにひやかされた。

女房は会社勤め、亭主は家庭で育児、みたいな映画も見たが、これは、ジャン・ルウ・ユベール監督の「L'ANNÉE PROCHAINE SI TOUT VA BIEN」（＊邦題「パリ風亭主操縦法」）だったかもしれない。

パリにもチャイナタウンがあり、そこで中国粥《がゆ》をたべたかえり、プラース・ディタリに、インドのサタジット・レイ監督の映画の、額に赤い印をつけ、オペラグラスをもってる女と、剣をもった男のポスター「チャルラータ」があった。

本数のおおいポルノ映画館もあちこちで見かけたが、おもしろいポルノ映画はほんとにすくないので、敬遠した。

月曜日から金曜日までは、ほとんど毎日映画を見にいき、かえってきたら、寝ころがって本を読み、酒を飲みだす。そんなふうなので、なにかを書くのは、土曜と日曜ぐらいで、ぼくもとうとう日曜作家になった。

ルイス・ブニュエル監督は、フランコ政権になり亡命していたが、一九六〇年にスペインにもどり、「ビリディアナ」をつくった。この映画はきびしいシナリオ検閲をうけたが、パリで編集、完成された映画は、一九六一年のカンヌ映画祭でグランプリをもらったけど、スペインでは上映禁止、ブニュエル監督はスペインにはかえらず、そのまま、またメキシコに亡命したのではないかとおもう。

修道院にいるビリディアナは、正式の修道女になる前に、田舎にいる大地主の伯父のところにいき、ここで、ま、いろんなことがおこる。ブニュエル監督は、それを、じっくり、執拗にえがく。こういうねばっこさは、ニホン人の監督にはすくない。黒沢明監督の「蜘蛛巣城」ぐらいだろうか。この映画も原作はシェークスピアのマクベスだ。

カンヌ映画祭でグランプリをとった作品のために、また亡命しなきゃいけないというのは、皮肉だが、外国ではめずらしいことではない。ちいっとマシな者は、たいてい、いっぺんぐらいは亡命している。

「ビリディアナ」で、また、メキシコに亡命したブニュエル監督は「皆殺しの天使」をつくった。この映画は、オペラを見にいった上流階級の連中二十人ばかりが、夜食をたべるために、ある邸《やしき》にくるのだが、一部屋からでられなくなる。金しばりにあったようになったのだ。ＳＦ映画ではない。

まったく超現実的なことのようだが、ぼくはこの映画の寸評で、実際におこったことではないか、と書いた。

なんの理由もないのに、みんな、その部屋からでていけないみたいに、ぼくたちはおかしなことに金しばりになっている。夏が暑いニホンで、なぜ、みんな、背広を着て、ネクタイをしめ、会社にいかなければいけないのか？　その理由は、みんながそうだから、という理由しかない。だったら、みんなでそんなバカなことをやめてしまえばいいではないか。この映画でも、みんなが部屋をでれないので、みんなが部屋をでられないというのだろう。

つまりは、亡命できない連中だ。しかしフランコ政権下で亡命した人たちは、ピカソやチェロのカザルス、ブニュエル監督などめぐまれた者だと言うかもしれない。まして、ニホンは島国で、脱獄がたいへんに困難だったサンフランシスコ湾のアルカトラズ島刑務所に、全国民がいれられてるようなものだ、とおっしゃるだろう。しかし、あの戦争中の統制のひどいときでもココロの亡命をした人たちはいた。たいへんに自由な精神をもった人、ないしは、ごくすなおな戦争ぎらい、また、ただのなまけもの、なまけものは、ふつうの勤勉な連中とは足なみがあわず、聖戦完遂なんてしんどくて、アホらしかった。

だけど、今のニホンには亡命するどころか、自由があふれすぎている、などと言ってる者は、ほんとのアホか、権力者の側の者だろう。映画ひとつを見ても、あのボカシはなんだ。大島渚監督の「愛のコリーダ」も寺山修司監督の最近作「上海異人娼館」もプリントしたのは、フランスではないか。つまり、ブニュエル監督の「ビリディアナ」とおんなじだ。しかも、「ビリディアナ」はカンヌ映画祭グランプリが一九六一年だから、二十年前のことになる。そして、ニホンでは、この二つの映画ともちゃんとしたかたちでは見られない。あきらかに亡命映画だ。ポーランドのアンジェイ・ワイダ監督の「約束の土地」にもボカシがあった。ポーランドでもそういう画面が撮れるのに、なぜ、ニホンではいまだにボカシを、とつくづくなさけない。

(「小説新潮」一九八二年十二月号)

ひかり座まで百メートル

中野駅南口でおりると、左てに「ひかり座」の大きな絵看板がでていた。でも、そこには映画館はなく、「ひかり座まで百メートル」と書いてある。絵看板の下をとおり、そのむこうの通りにはいっていく。アーケードの商店街などではなく、三十年前の中央沿線の駅前通りといった感じだ。でも、映画館らしいものはない。むこうから、ひょこひょこやってきた若い男に、「映画館は?」とたずねる。こういう場合、ネクタイをしめ、胸を張ってる紳士などには、けっしてきかない。

若い男は、「あっち」と自分のうしろをゆびさし、「つぎの通りにでたら、こっち」と腕を右にまわした。あっち、こっちでタダの百メートルというのは、不動産屋の広告なみじゃないの。

「ひかり座」はあっちのこっちの通りの角の二階だった。藤井克彦監督「女新入社員5時から9時まで」、朝比奈順子、吉沢由紀、三崎奈美。アメリカ映画の「9時から5時まで」のパロディみたいなものだが、吉沢由紀がコピイ機の上でおさえつけられ、あそこのコピイができるところなどもおかしい。

三崎奈美は助平《すけべえ》なワル部長の奥さん役だが、夫を会社にたずね、犯されて、「オ×××がしたい」とむりやり言わされる。あとになって、三崎奈美にあったとき、きいたのだが、藤井克彦監督がこのオ×××が言えず、女優たちにむりに言わされ、赤くなって、ちいさな声しかでず、「カントク、もっとはっきりオ×××と……」みんなにからかわれたそうだ。

夫の会社にやってきた妻が、夫に犯されるというのもおかしい。妻の三崎奈美は和服姿でなかなかの美人だった。和服姿は、なぜか美人でないと似合わない。

ひかり座は四本立で、ほかに、渡辺護監督「愛人日記　濡れた亀裂」、竹村祐佳、亜希いずみ、川原ユキ。宮嶋利明監督「ポルノ最前線　感じて濡れて」、珠瑠美《たまるみ》監督「銀座ネオン街　女の絶頂」、水月円《まどか》、亜希いずみ、高崎隆一も女をとっかえひきかえ大奮闘。珠瑠美はポルノの有名女優だが、二カ月に一本ぐらい映画を監督してるそうだ。製作・脚本は木俣堯喬《きまたあきたか》。木俣さんは軽演劇の大先輩で、息子の和泉聖治は、今評判の「オン・ザ・ロード」の監督。

死んだジョン・ベルーシ主演の映画をまた見た。マイケル・アプテッド監督「Ｏｈ！ベルーシ　絶体絶命」。シカゴの「サンタイムズ紙」の特ダネ記者とロッキー山脈で絶滅が心配される白頭鷲《はくとうわし》を観察している若い女性の鳥類学者という組合せは現代的みたいだが、あんがいと古い型のラブストーリイだ。

「レイダース」の脚本や「白いドレスの女」では監督もやったローレンス・カスダンのオリジナル・シナリオだそうで、前二作にも古さがあった。映画らしいおもしろい映画をとおもえば、古いおもしろい映画をお手本にすることになるのだろう。

ウルリッヒ・エデル監督「クリスチーネ・F」。この映画は実在の少女の「われらZOO《ツォー》（動物園）駅の子どもたち」という手記が原作になってるらしい。十三歳から十四歳になる少女が麻薬中毒で売春をしていたのだ。

去年の夏、ぼくが西ベルリンにいたときこの映画が評判になってるのをきいた。前にもZOO駅の近くで、あれこれ映画を見たことは書いたはずだ（＊本書不収録）。ぼくがいたペンジオン（ペンション）はZOO駅のすぐそばだったし、あのあたりで、この映画が評判になってもあたりまえだろう。ZOO駅のトイレや駅前のぼくがバスのパスを買った小屋や、クールフールステンダムの地下鉄のホームなども、この映画にはでてくる。地下鉄の駅には改札がなく、だから地下鉄のホームをとおりぬけてあるいたりしたこともおもいだした。

クリスチーネ・FはZOO駅のよこから62番のバスにものるが、このバスはななめに西北にはしって北上し、西ベルリンの町の北東のはしのれいのベルリンの壁のそばまでいく。クリスチーネは、どこで、62番のバスをおりたのだろうか。ついでだが母親は彼女のことをクリスティアーナとよんでるようにきこえた。

ジャン・クロード・ロード監督「面会時間」。どこの町のことだろうとおもったらカナダ映画だった。主役のマイケル・アイアンサイドは、前には「スキャナーズ」を見ただけだが、こんども迫力があり、きっと大物スターになるだろう。主役の犯人が異常者なのがこまるが、ひさしぶりのサスペンス映画で、最後に意外な展開もある。

池田満寿夫《ますお》監督「窓からローマが見える」は、どうして、こんなに絵葉書みたいな画面がでてくるのか。いっそテッテイ的に絵葉書でいこうときめたのだろう。中山貴美子が、昔風の言葉だと小妖精《ようせい》みたいなかわいいお顔をするのもこまる。しかし、前作の「エーゲ海に捧ぐ」よりはおもしろく見た。

ロバート・ゼメキス監督「抱きしめたい」。題名におそれをなしていたが、あんがいおもしろかった。アメリカでのビートルズさわぎの映画だ。製作が「未知との遭遇」や「レイダース」のスティーブン・スピルバーグで、型どおりのおもしろさをわりとおもしろく見せる。寝台の下からビートルズの足だけが見えるシーンがあったが、あの四人の声はビートルズに似てるのか。ビートルズ学にくわしい人にききたい。

ジュスト・ジャカン監督「チャタレイ夫人の恋人」。D・H・ロレンスの原作はちがうとおもうが、この映画を見るかぎりでは、不能な主人をもった貴族の奥さんに出あった森番の男がいい面《つら》の皮で、とんだめいわくといった感じだ。でも、そんなふうにこの映画を見たぼくが不幸なのだろう。この映画も画面がきれいすぎる。この森番の原名はたしかゲーム・キーパーで、昔の玉突屋にはゲーム係というネエちゃんがいたけど、これは狩猟係ってことらしい。

ニキータ・ミハルコフ監督「愛の奴隷」。ロシアで革命軍と反革命軍とがあちこちで戦っていたころの南ロシアの映画ロケ地の映画。撮影中の映画の題名が「愛の奴隷」で主人公の女優が革命意識に目覚めて、愛の奴隷みたいな精神のドレイ状態から脱していく、みたいなことが解説には書いてある。また、主役の女優は革命派のために危険なこともやったりするけど、この映画をそんなふうに見たら、ぼくはつまらない。

南ロシアの汗ばむような太陽の下で、撮影はだらだらつづいており、監督はワインを飲んでは葉巻をふかし、食べすぎ、飲みすぎでふくらんだお腹《なか》を気にして、ひとりで木にぶらさがり、ずりおちたりしている。

ちっこい子供が二ケ、ちょろちょろしてるとおもったら、これが主役の女優の子供だったり、無声映画だからいいようなものの、かん高いへんな声の俳優がいたり、監督はこの映画ができなきゃ、それもいいかもしれない、なんてぶつくさ言ってるし、ぼくには、この映画のだらけっぷりがおもしろかった。それに、子持の女優がかわいく、声もかわいい。

「底抜け　再就職も楽じゃない」。ひさしぶりに見る監督・主演のジェリー・ルイスが、あたりまえのことだが、だいぶオジさんになっていた。あいかわらず、つぎからつぎにヘマをやるのだが、あんなことは映画だけかとおもったら、ぼく自身が不器用なので、あせるとあれぐらいのことはやる。

ルイスは義兄のコネで郵便局ではたらきだすが、これが試験期間《プロベーション》で、そのあいだの成績がわるいと採用にはならない。ぼくはミステリばかり訳してたので、プロベーションというのは、執行猶予中の保護観察期間の意味しか知らなかった。いや、この映画では英語の単語をひとつ勉強しただけです。

リチャード・T・ヘフロン監督「探偵マイク・ハマー　俺が掟《おきて》だ!」。あのミッキイ・スピレーンのおなじ原作で、戦後、ミステリ・ブームがおこったさいしょのころ、中田耕治さんの「裁くのは俺だ」という翻訳がある。

第二次大戦がえりのタフな私立探偵マイク・ハマーがベトナム戦争がえりになってるが、こんなのを時代のせいというのか。

（「小説新潮」一九八二年六月号）

辰味丼五五〇円

うちをでて、左のほうにあるきだした。右てならば、東横線の田園調布駅で、渋谷新宿あたりで映画を見るときは、こちらにいく。

左ては池上線の雪が谷大塚駅で、映画の試写は銀座あたりがおおいから、この駅から五反田にでて、国鉄で新橋か有楽町でおりる。新橋駅からは駅前ビルのヘラルドや兼坂ビルのコロムビア、ヤクルト・ホール、銀座通りのヤマハ・ホールやガス・ホール、高速道路地下のＴＣＣ試写室にもいく。

有楽町駅からは、京橋のワーナー、プレイガイド・ビルの東宝東和、銀座文化六階の東宝東和第二試写室、東映本社、東宝本社、スエヒロ本店前の中村ビルのユニ・ジャパン、リッカー・ビルのＣＩＣなど。

ところが、この日は、雪が谷大塚駅から五反田方面とは反対の蒲田行の電車にのってしまった。そして、蒲田の映画館をぶらぶら見てまわったが、たいてい、もう見た映画ばかりなので、すこしあるいて、京浜急行の蒲田駅にいき、浦賀行の電車にのり横須賀中央駅でおりた。

駅前に「レイダース」と「U・ボート」の二本立の映画の看板がでていたが、「レイダース」は二回、「U・ボート」も見ている。

それに、せまい歩道があるけないくらいたいへんな人ごみなのだ。横須賀の港祭りの最中で、スノー・ボールやリンゴ・ボールなんてのを露天で売ってたり、スモモ・ボールというのもあった。一回一〇〇円と書いてある。昔の夜店のベッコウ飴《あめ》みたいに、まわりの氷をこわさずに、きれいにスモモを抜きとったら、もう一回できるのだろうか。

やっとのことで、港祭りの雑踏をぬけだしたら、バスがきたので、のった。横浜市の金沢八景にいくバスだった。このあいだには、やたらにトンネルがある。金沢八景では、色とりどりのリュックをしょった小学生が、ぞろぞろ列をつくってあるいていた。今でも、金沢八景は潮干狩で有名なのだろうか。バス料金一九〇円。

金沢八景から、こんどもバスで磯子駅へ。磯子駅の前は陽があかるく、のどかで、がらんとしている。ところが、その前日、やはりあかるいまっ昼間、ナイフをもった男が、とつぜんあばれだし、なん人かの人たちをナイフで刺したり切ったりしたことをあとになって、ぼくは知った。

磯子駅前の食堂で、辰味丼というのをたべた。コーンビーフにカマボコ、玉ネギなどを玉子でとじて、親子丼みたいになっている。五五〇円。金沢八景から磯子駅までのバス代は、ぼくは一二〇円はらったが、ほかの乗客は一五〇円だったようで、これもおかしい。

磯子から横浜駅までは一四〇円。堀割川にそって、バスがはしる。ぼくはこの川が大好きだ。いつだったか、やはりバスできて、この川（堀割）ぞいの道をあるいたことがある。すごく寒い日で、川風がつめたかった。しかし、こんなところにはなんの用もないのに、どうして、寒い日に、川っぷちをあるいたりしたのだろう。

横浜駅近くにも、見たい映画はなく、綱島行のバスにのる。このバスは子安台あたりから左にまがって坂をあがり、高台をはしる。ながめのいいバスだ。ぼくは、高速道路などはとおらない市内バスをのりついで、東京のぼくのうちから滋賀県の米原まで、とぎれとぎれ、二十日ぐらいかかっていった。鈍行列車の旅どころか、バスですごくまわり道をしたり、あるくほうが、よっぽど早い、と悪口を言われてる。その第一日目にのったのが、この綱島から横浜駅のバスだった。

綱島からは東横線で田園調布にきた。九〇円。結局、この日は映画は見なかった。

有楽町の映画館で「風と共に去りぬ」をやっていた。この映画は一九三九年（昭和十四年）に製作されたものだそうだ。去年の夏、西ベルリンにいったときも、この映画をやっていた。ある映画が、こんなにも長いあいだ上映されているのは、たいへんめずらしいことだろう。

ジョン・ミリアス監督「コナン・ザ・グレート」。有史以前の物語だそうだ。ぼくは西洋の歴史物、チャンバラ映画にはヨワい。おもしろく見たのは「スパルタカス」ぐらいだろう。しかし、悪玉の教祖的王様が変身するところはおもしろかった。また、この映画のおわりのほうは、「地獄の黙示録」のおわりのほうによく似ている。製作・提供は大プロデューサーのディノ・デ・ラウレンティス父子で、この大金をかけた大作でも、たくさんの観客が見にくることに自信があるのにちがいない。つまり、ぼくはおもしろくなくても、この映画をおもしろく見るひとは、たくさんいるのだろう。

ブルース・ペレスフォード監督「渚のレッスン」。高校生の女のコと男のコとの映画なのだが、ぼくは首をひねりながら、この映画を見ていた。たとえば、海水浴場《ビーチ》があって、男のコたちは、女のコとあそぶときのほかは、ただひたすら、サーフィンをやっている。そのビーチに、じつにたくさんの人がいるのだ。こんなに人がいるビーチは、アメリカでは、映画でも見たことがない。それに、学校では、女のコたちが、おそろいのブルーがかったスカートをはいたりしている。制服だ。

れいの「グローイング・アップ」でも高校生が制服らしいものを着ていて、へんだなとおもったら、イスラエル映画だった。しかし、この映画は吹替えでなく、ちゃんと英語をしゃべってるし、と首をひねってたわけだが、オーストラリア映画だとわかった。

遠くにビルも見える、人がたくさんいるビーチは、シドニーのビーチだろう。ぼくもそのビーチにいったはずだけど、ニホンの夏のはじめ、シドニーの街のショウウインドウにウィンターセールの札《ふだ》がぶらさがってたときで、ビーチには水着をきた人などはいなかった。しかし、サーフィンをやってる者はいた。オーストラリアはサーフィン王国だ。

シドニー・ルメット監督「未知への飛行」。アメリカの核戦略爆撃機が安全照合装置の故障とソ連の妨害電波のためとかで、もうどんな命令もうけつけず、ただ爆撃目標のモスクワにむかう。大統領（ヘンリー・フォンダ）がじかに、ひきかえせ、と無線でうったえても、大統領の声は敵に真似されることがあるから、と前もっての指令どおりに、爆撃機はすすむ。

今、アメリカで大流行の恐怖《ホラー》映画なんかより、もっとこわーいはなしだ。シドニー・ルメット監督とヘンリー・フォンダには「十二人の怒れる男」という名作があり、アメリカ映画のなかでも、忘れられない映画だろう。「未知への飛行」は一九六四年の作品だそうだが、どうして、今までニホンでは公開されなかったのか。黒白画面のしっかりした映画だ。

東陽一監督「ザ・レイプ」。強姦された女性の心の痛手なんてことを、めんめんと撮られたらしんどいな、とおもってたが、その女性（田中裕子）が告訴し、裁判になったので、ホッとした。脅迫されたり、ひどい目にあったりしても、警察には知らせずモタモタする映画やテレビがおおすぎるからだ。警察に知らせないのは、それなりの理由があり、また、警察にはたよらず、自分ひとりの闘いとして闘いぬくところにドラマがある、なんてつもりだろうが、そんな理由で、なっとくのいくのはほとんどなく、そういうドラマは、ぼくはまるっきりおもしろくない。

この女性だって、裁判でちゃんと闘ってるし、また、これも自分ひとりの闘いだってことにはかわりはない。ただ、この女性が告訴にふみきったのは、強姦した相手の男がはっきりわかっていて、しかも、のうのうと、おなじ勤めさきではたらいており、そんなふうだと、いつ、また強姦されるかわからず、ひとりでいるアパートに、へんな電話がかかってくるし、へんな物音もする。だから、こわくってしようがなく、警察に知らせたのだろうが、こわくってしようがなく、という言葉はでてこない。主役の田中裕子は「北斎漫画」では芝居のやりすぎみたいなところがあったが、おなじ女優さんでこんなにもちがうのかとおどろいた。

（「小説新潮」一九八二年七月号）

松竹直営天ぷらソバ

東急・池上線の雪が谷大塚から五反田へ（80円）。都営地下鉄線で浅草へ（210円）。地下鉄から裏通りにあがってくると浅草特有のにおいがする。天ぷらのにおいもまじっているのだろう。浅草には天ぷら屋がおおい。二、三日前、うちの下の娘は浅草にいって、天ぷらをオカズに天丼《てんどん》をたべたそうだ。

吾妻橋の通りにでると、路上で四つ竹を売っていた。竹を割ったのを、両手に二つずつ、てのひらではさんで、カチカチ拍子をとるやつだ。赤く塗ってあった。今では、四つ竹なんて、ほとんど見かけない。

雷門をくぐり、左の裏通りにまがる。長谷徳《はせとく》という履物《はきもの》屋さんの店さきにワラジがぶらさがり、板割り草履《ぞうり》があった。西日本のほうでは八つ折り草履とも言う。草履の底に二センチぐらいの厚さの板がついていて、八つに割れていたかどうかは知らないが、よこに割れ目がとおっており、あるきやすい。ぼくもよくはいた。旦那や紳士のはくものではない。

こちら側からいって、六区の入口の左には浅草日本館、「あんた痴漢ネ」「犯しの手口」「開いて覗《み》てよ」。そこの角をこして、右てに浅草ロキシー、「悶《もだ》える女　バースト・スクリュー」「バイブレーション」。スクリューは船のスクリューとおなじ英語だが、ファックの意味もある。発音はスクルーに近く、ニューヨークには、スクルーというポルノ新聞があった。今でもあるかもしれない。そのおとなりが浅草トキワ座。ならんで東京クラブ、「007　私を愛したスパイ」「ピラミッド」「狼たちの午後」。通りのむこう側は松竹演芸場に浅草松竹で、ここでは封切の深作欣二監督「道頓堀川」。主演の元芸者・元二号さんの松坂慶子とアクション映画で売出中の真田広之が、約束どおりなかよく、ちいさなアパートで暮すようになれば、相愛のお二人にはわるいけど、映画としてはこまったことだと心配してたら、うまくオチがついた。この映画は、ほかのことも、あれこれちゃんとオチがつき、ぼくは感心し、うらやましかった。ぼくの書くものは、オチがつかないどころか、はなしもふらふらして……。

このとなりの角は、下が浅草演芸ホールで、上が浅草フランス座。もとは、あちこちにあったヌード劇場のフランス座だけど、現在では東京でここだけかもしれない。

おむかいの角は浅草中映ボウル。そのお二階はロマンで「失神　女の喘《あえ》ぎ」「暴行集団　スケ狩り」「団地妻　おとし穴」。そのとなりは浅草で二つきりのヌード劇場ロック座で「外人ヌードVS選抜ヌード大会」だそうだ。通りの右側は浅草東宝、「南十字星」

「刑事物語」。オーストラリアとの合作映画だという「南十字星」で、若い法務将校が、オーストラリア軍の捕虜の将校の武勲をたたえ、英雄は英雄らしく死刑にならなければいけない、なんて言うんで、ヨワったよ。

浅草東宝のとなりあたりから、たしか場外馬券売場で、映画館は通りの左側にしかない。浅草花月は「日本の仁義」「仁義の墓場」「若親分あばれ飛車」。浅草名画座は「セックスロード　痴漢69号線」「犯し魔暴行監禁」「衝撃マントル！　淫室密写」。浅草中映は「スカイエース」「ケマダの戦い」「紳士泥棒　大ゴールデン作戦」。浅草新劇場は「明治血風録　鷹と狼」「濡れ髪喧嘩旅」。市川雷蔵は、浅草ではまだ生きている。「青島《チンタオ》要塞爆撃命令」、加山雄三も若い。浅草世界館「緊縛白衣拷問」「猟奇初体験」「ポルノ最前線　感じて濡れて」。

六区の通りのつきあたりに浅草東映「鬼龍院花子の生涯」。土佐の高知の侠客《きょうかく》の親分だと自任している男のはなし。ダメなヤクザならかまわないが、侠客なんてのは、ぼくはカンケイない。大げさなこと、ギンギラ好きな人にはむいてる映画か。

浅草東映のとなりの浅草日活はアンコール週間だそうで、「花と蛇」「東京エマニエル夫人」「天使のはらわた　赤い教室」。東映の地下のパラスは「インモラル・ポルノ」「ディープマシーンⅡ」「スペシャル・マシーン」。もとはストリップ小屋で浅草待子などがいた浅草座のあとの浅草シネマも洋画のポルノ三本立。

六区の通りをもどってくる。通りのまんなかに、ちいさな手押し車のアイスキャンデー屋がいる。ぼくたちが子供のころはアイスケーキと言った。浅草松竹にくっついた立喰いソバ屋で天ぷら（かき揚げ）ソバをたべる、220円。松竹直営と書いてある。近ごろ、ぼくは立喰いソバに凝《こ》っている。安いものにばかり凝るようだ。松竹本社の入口のよこの立喰いソバ屋も、階上《うえ》には東映本社がある丸の内東映の立喰いソバ屋もなくなって、これまではなかった浅草松竹の立喰いソバがあらわれた。

以上、映画の看板と映画館のキップ売場を見ながら、六区をあるいたわけで、たとえば、浅草東映のとなりの浅草日活なんて言ったが、東映の二階かもしれず、それにとんでもないまちがいもあるだろう。浅草のことになると、たいへんにうるさい人がいるので、はやばんにあやまっておく。

結局、浅草トキワ座で映画を見た。「あ、野麦峠　新緑篇」。これは三原順子が主演だが、東宝撮影所に「野麦峠」の主演の大竹しのぶをたずねていったことがある。おなじ山本薩夫監督で、女工さんたちの数がおおく、セットが大きいのにおどろいた。大竹しのぶは、あってはなしてみても、ふつうは、息をはきだして、しゃべるものだけど、息をすいこみながらはなすというふうで、それがもう地になっている演技みたいだった。息をすいこむようにしながらはなす人は噺家《はなしか》にもいるし、めずらしくはないが、これもマンネリになるところ。「網走番外地　荒野の対決」。石井輝男監督、嵐寛寿郎や河津清三郎がでてくる。つまり、なんだか時代劇っぽい。大原麗子も娘役としてはおわりのほうか。江崎実生監督「逃亡列車」。石原裕次郎が鉄道部隊の少尉。終戦になったあとも撃ち合いがつづき、ぶっこわれた機関車を修理し、砂糖でつくったコークスなどを燃料に逃げだす。今の中国東北地区、もとの満州のはなしで、ぼくは中国の湖南省にいたが、終戦のあと戦闘をするなんてしんどい目にあわなくてよかった。カラー映画なのに、赤茶けた一色になっている古い映画だが、十朱幸代《とあけゆきよ》は今とあんまりかわらない。こんなにかわらない女優さんはめずらしいのではないか。

トキワ座をでると、夕暮どき、六区の通りは、人どおりもまばらだ。六区の映画館を見てまわり、トキワ座にはいったときは通りにはいくらか人もいて、土曜日のせいかな、それとも、浅草六区ににぎやかさがもどってきたのかとおもったが、そのほとんどが、場外馬券を買う人たちだったようだ。今はもう場外馬券売場はしまっている。

六区の通りをいき、浅草東映の右のほうから、アーケードのあるひさご通りにはいり、言問《こととい》通りをこして、千束通りの二つめの角を左にまがる。歌舞伎俳優の市川猿之助の家がここにあったとかで、猿之助横丁とよばれてるしずかな通りだ。おなじ浅草でも、映画街の六区のまわりや、もとの瓢箪《ひょうたん》池のあたりなどとは、まるで感じがちがう。

この猿之助横丁のクマさんの店「かいば屋」でグレ酎を飲む。この店にくる連中にはグレたやつがおおいので、この連中が飲む焼酎までグレてきて、グレ酎……というのではない。でかいグラスに焼酎をどくどくっといれて、それに、グレープフルーツ・ジュースをたらしこむのだ。焼酎をソーダで割った酎ハイもそうだが、グレ酎はすいすい飲めるのでいけない。この夜も、グレ酎を四杯飲んで、それから新宿へ。「かいば屋」でわるい飲仲間にあってしまったのだ。

新宿ゴールデン街でチンボツ。翌日、初夏のあかるすぎる日差しに、二日酔の目をしばしばさせながら、新宿ローヤル映画館の前までくると、リチャード・マーカンド監督の「針の眼」をやっていた。この映画は、たしかまだ見ていない。ところが、通りのむかいのレストランの板前さんに声をかけられ、ローヤル映画館には入らず、板前さんが揚げていた天ぷらをもって、うちにかえった。浅草の天ぷらに新宿の天ぷら……。

（「小説新潮」一九八二年八月号）

夏の日のダブリン

アイルランドのダブリンで、毎日、映画を見ている。ぼくのホテルは、シティ・センターとよばれてる繁華街《ダウンタウン》のまんまんなかにあり、人どおりのおおいメイン・ストリートのサボイ映画館に、さっそく、あるいていった。五、六分しかかからない。

この大通りの名前は、ふつう、ニホンではオコネルと書く。しかし、ぼくの耳にはオカノときこえる。第二次大戦のとき、ヨーロッパ戦線で活躍したというハワイの二世部隊の二〇一部隊の映画があった。この映画で、白人の下士官《サージャン》が、日系人ばかりの兵隊たちにうんざりしてると、オカノという少尉が赴任してくると言われ、アイルランド野郎でも、ニホン人よりはましだとよろこんでたら、日系の岡野少尉で、がっかりするシーンがあった。

オカノ通りのサボイ映画館には五つの劇場があり、第一劇場は「アニー」。この映画の予告編は、ロサンゼルスのハリウッドや、このダブリンでも、ほんとに、なん十回見ただろう。予告編づかれをしてしまった。子役の女の子が歌って踊って、たっしゃな芸を見せるミュージカルなんて、ぼくにはむかない。

第二劇場は「ドラゴン殺し」というディズニーの子供映画。第四劇場はチャールズ・ブロンソン主演の「狼の挽歌Ⅱ」、第五劇場はヘンリー・フォンダとキャサリン・ヘップバーンのれいの「黄昏《たそがれ》」で、もう見ている。

第三劇場は「ニューヨークからの脱出」というタイトルで、これはおもしろそうなので、二ポンド八〇ペニーのキップを買ってはいったら、恐怖《ホラー》映画で有名なジョン・カーペンターが監督ではないか。こいつは、ひろい物だとよろこんでると、トウキョウで見た「ニューヨーク1997」だった。

つぎの日は、ぼくのホテルとおなじアベイ通りのアデルフィ映画館の第四劇場でニホンでも評判のジャック・レモン主演のチリで軍事クーデターがおこったときの実話にもとづくという「ミッシング」を見た。ジャック・レモン主演の映画はひさしぶりだが、もう彼も恋はできないようだ。軍事クーデターで行方不明《ミッシング》になった息子をさがす父親の役で、かなしい映画だった。

アデルフィ映画館は、クリント・イーストウッド主演の「ファイヤーフォックス」など、ほかの三本は、みんな見た映画なので、翌日は、二、三〇メートルはなれたカーゾン映画館の第二劇場で「だまし合い」という独仏合作映画を見た。ドイツ人の新聞記者が主人公で、ドイツ語をしゃべるときは英語の字幕がでるが、アメリカ人のカメラマンがはなすときは、字幕はでない。動乱のベイルートが舞台だ。ラブ・ロマンスがからんだ、つまらない戦争映画のことを、昼間は戦争をして、夜はダンスをしてるような映画だというけど、この映画のベイルートは、昼間は街の通りもにぎわってるが、夜になると、やたらドンパチはじまる。ただし、だれがだれと撃ちあってるのか、さっぱりわからない。

アデルフィ映画館の第一劇場が「スター・トレック2・カーンの復讐《ふくしゅう》」（＊邦題「カーンの逆襲」）にかわった。宇宙戦艦の艦長《キャプテン》は耳のかたちから顔つきまで悪魔ふうなのだが、もちろん善玉だ。悪魔面《づら》の善玉ってのもいるんだなぁ。

ダブリンのシティ・センターのまんなかを流れているリフィー河の北岸のオデオン映画館の第二劇場で「ハービー、バナナにいく」という川獺《かわうそ》が主人公のディズニー映画を見る。この日は日曜日で、映画館は子供ばかり。ダブリンは子供のおおい町だ。もっとも、劇場のシートのうしろ二列ぐらいの人数だった。ほかの映画を見たときも、観客はほんとにすくなく、午後二時ごろから開場する劇場にはいっていくと、ぼくひとりで、ほかはだれもいないことが、なんどかあった。

「ハービー」ではお化けのフォルクスワーゲンがでてきて、大活躍をする。幽霊カーの映画はほかにもあったが、みんな悪役だった。このお化けフォルクスワーゲンはイタズラはするけど善玉だ。

カーゾン映画館の第一劇場で「天国からのお金《ペニーズ》」。デニス・ポッターズ製作・監督のミュージカル映画だ。ところが、へんなストーリイで、レコード屋をやってる亭主が朝おきて、女房を抱こうとして、ことわられるシーンからはじまる。この男が車でセールスにでかけ、乞食《こじき》みたいなアコーデオン弾きの男にあったり、若い小学校の女の先生に一目惚《ぼ》れしたりする。この若い女の先生は、男の赤ちゃんができ、学校をやめ、男のいる町にでてきて、金がないので、ストリート・ガールになったあと、夜の通りで男にあう。男は、べつの目が見えない若い娘に「あんたほどきれいなガールはいない」なんて言う。ところが、この娘がれいのアコーデオン弾きの乞食にぶつかり、乞食の男は、自分が食べていた豆かなんかの缶詰をすすめるんだけど、娘は「はなして!」とさけぶ。そして、どうやら、アコーデオン弾きは娘を殺してしまったらしく、ごていねいに、そこにおちていたタバコの空箱についていた指紋から、レコード屋の男が殺人犯として逮捕され、絞首台に立つ。でも、ま、最後はハッピイ・エンドでいこうよと、はなやかなフィナーレになる。

オカノ通りのサボイ映画館のむかいのカールトン映画館の第三劇場で「秘密警官その他のダンス・パーティ」というイギリスのボードビル(寄席)の映画を見る。コミカルな歌も、漫才も漫談もさっぱりわからない。ただ、三人の男がでてきて、チャチャチャを歌いながら、バストとあそこに長方形の紙をあて、ストリップ・ティーズの真似をするのはおかしかった。自分の紙で自分の胸やあそこをおさえるだけでなくて手をよこにのばし、おたがいに、となりの者の胸やあそこをかくす。ところが、そうやってるうちに、はしの男の紙が一枚とんでしまい、つぎつぎにかくしていくのだが、かくしきれないところが一カ所でてくる。それで、一枚の紙をはんぶんに切り、二枚にして、なんとか間にあわせるが、また一枚、紙がふっとんでなくなり、はんぶんに切った紙を、またまた、はんぶんにやぶりそれもなくなって……といったぐあいだ。蝶ネクタイをしめ正装をした三人の紳士がそれをやるので、よけいおもしろい。

ここまで書いて、オカノ通りのレストランで三ポンド八〇セントのランチをたべ、カールトン映画館の第二劇場で、ジーン・ハックマンとバーブラ・ストライサンド主演の「オールナイト・ロング」を見た。ストライサンドは亭主がいるのに、夜、ハックマンの息子がやってきたり、父親のハックマンとも寝たりしている。亭主は消防員で夜勤がおおいのが、あとでわかった。こんなふうに言うと乱れてる映画みたいだが、ジーン・ハックマンとバーブラ・ストライサンドのオジさんとオバさんの純愛映画のようでもある。主人公のハックマンが本社から格下げでスーパーマーケットの夜勤のマネージャーになり、リモコンの模型ヘリコプターをとばして、上役をおそうとき、「地獄の黙示録」でヘリコプター部隊がベトコンの集落を襲撃するシーンとおなじワグナーの「ワルキューレ」の曲をながす。

この劇場は二本立で、もうひとつの映画は「メルヴィンとハワード」。だれもいない砂漠をひとりでオートバイをふっとばしてる男がいる。オートバイがひっくりかえり男は地面にたおれ、うごかなくなる。この男がかなりのオジンなのだ。夜、このあたりを小型トラックでとおりかかった男がオジンをたすけ、町（リノ？）まではこんでやり、金はないかと言われ、なけなしの小銭をわたす。

この男は女房に逃げられ、女房はリノのストリップ小屋みたいなところで踊ってるが、カリフォルニア州のほかの町にうつったあと、男とヨリをもどし、子供も二人になる。その女房がテレビのクイズで一万ドルの賞金が当ったりするけど、また女房は逃げだし、男は二人の子供がいる女と結婚する。男はガソリンスタンドをやっており、ところが、とつぜん、遺産がころがりこみ、大さわぎになる。男が砂漠でたすけたオジンが大金持のハワード・ヒューーズだったというわけだ。メルヴィンは男の名前。美談の映画ではない。

（「小説新潮」一九八二年十月号）

女私立探偵の性生活

ダブリンの繁華街のオカノ通りまで、ぼくが泊ってるホテルから五〇メートルぐらい。そして、左にまがって、やはり五〇メートルほどで、ダブリンの繁華街のまんなかを流れてるリフィー河、オカノ橋をわたると、左手に入口がせまい映画館がある。ここで「ドレイ」と「女私立探偵の性生活」というのをやっていた。日曜日は午後二時半から、とキップ売場にかいてある。この日は祭日で、二時半近くになると、五、六人の男が映画館の入口のそばにぼんやり立っていた。ぼくもこの映画館があくのを待ってるのだが、オカノ橋の上で、川のなかの魚を見おろしたりしながら、ちらちら、映画館のようすをうかがってるけど、映画館はあかない。

二時半はすぎ、二時四十分になり、懐中時計の針は三時をこした。映画館の入口あたりにいる男は、しょっちゅう顔ぶれがかわってるようだが、そのなかに、おなじきいろいシャツの男がいて、じっと立っている。この男はヒマなのかしんぼう強いのかとあきれてるうちに、三時半になった。それで、ぼくもあきらめることにし、最後に一度、映画館の入口にいったが、開館のようすはなかった。もう、きいろいシャツの男の姿もなく、だれもいなかった。

ダブリンでも見る映画がなくなった。新聞の映画の広告をたんねんに見ると、ひとつだけ、おもしろそうな映画があった。題名は「THE GODS MUST BE CRAZY」。キリニイというところの映画館でやってる。それで、キリニイはどこかとホテルのボーイにきいたら、列車でいくところだ、とこたえた。そんなところに、昼間からやってる映画館があるのだろうか？

でも、ともかくキリニイにいってみることにした。ヒマなんだもの。ただし、列車の本数はすくない。リフィー河岸から8番のバスにのる。このバスはドン・リオーリという港町をとおりこし、ダルキイにいく。ドン・リオーリはダブリン湾の南のはしで毎日、大型カーフェリーがブリテン（イギリス）のホリヘッドとのあいだをかよっている。バスがドン・リオーリの港のそばをとおるとき、ちょうど、そのカーフェリーが、左右から、まるく港を抱きかかえた長い堤防のあいだをはいってきた。

バスは港のむこうのはしから右にまがり丘をあがる。高いところから見おろすと港をとりかこんだ堤防の弧の張りざまがみごとだ。港のなかにならんだヨットが海鳥が群れてるようでもある。

ダルキイのバスの終点は、ちいさな町の中心みたいなところだった。服装もけっしてわるくない若い女性が、バス停のそばにうずくまっている。酔っぱらってるらしい。

ダルキイには用はない。バスの終点までいってみただけのことだ。映画館があるはずのキリニイには、ドン・リオーリの町からバスがでている。しかし、ドン・リオーリまでひきかえさなくても、途中で、キリニイ行のバスにのりかえられないものか。

バスの車掌に相談すると、運転手がこたえ、ここでおりて、あのバス停から、キリニイ行のバスにのって、とおしえてくれた。

ダブリンのバスはたいてい二階建てだが、キリニイ行のバスは平屋で、車掌もいない。バスの窓からの風景が田舎っぽくないのがふしぎだった。いわば郊外の住宅地だ。キャッスル・ホテルなんて、古風だがりっぱなホテルもある。

ただし、映画館などはありそうもない。バスは丘をのぼり、丘をくだりかけた樹々がおおい坂道の途中が終点だった。乗客はぼくひとりしかいない。「このあたりに映画館はないよねえ」ぼくは言い、運転手はわらった。「映画館はない」

おなじバスで、ドン・リオーリの町にひきかえし、バスの運転手は、町なかのバス停で、「そこを左にまがったら、映画館があるよ」とおしえてくれた。その映画館ではディズニー映画の「白雪姫」をやっていた。でも、新聞の広告にあったキリニイの映画館は、いったいどこにあるのだろう？　架空の映画館の広告が新聞にのるはずがない。じつは、ぼくも、こんなところに昼間からやってる映画館があるのかとおもいながらやってきて、それにしても、昼間も夜も、映画館などまるでありそうもない場所で、自分でも苦笑した。

ドン・リオーリの町から、こんどは7番のバスでダブリンのリフィー河岸にかえる。そして、前日の祭日に、待ちぼうけをくわされた、オカノ橋のむこうの映画館にいく。

映画館のせまい入口は人気《ひとけ》がなかったが、あいていた。客席にはいって、びっくり。ほとんどいっぱいなのだ。こんなに混んでる映画館は、ほかにはなかった。ところがみなさんのお目当てらしい「女私立探偵の性生活」は、性生活のカケラもない。助手の男がさかんにせまるのだが、いつも、フラれている。ただ、やたらに強い女私立探偵である。男が、悪者たちに、頭に拳銃をつきつけられ、喉《のど》にはナイフをあてられ、いくら強い女私立探偵でも、どうやって、その男をたすけるのかとおもったら、つぎのカットでは、もうたすかっていた。この映画のほんとの題名《タイトル》は「女私立探偵の性生活」ではあるまい。くりかえすが、性生活はまるでないんだもの。この映画のタイトルはカットされ、また、ダブリンでもブリテンでも、映画のはじめに、映倫審査にとおったというタイトルがあり、そこに映画の題名もでてるのだが、この映画には、それもなかった。あきらかにインチキ見世物で、あきれるより、おかしかった。「ドレイ」もしようがない映画。

さて、幻のキリニイの映画館でやってるはずの「THE GODS MUST BE CRAZY」は、あとでオカノ通りの映画館で見たが、日本題名の「ブッシュマン」で、前に東京で見た映画だった。

ダブリンからリバプールにきて、空港でのったタクシーの運転手に、バーと映画館に近いホテル、と言ったら、映画館のまん前のホテルにつれていってくれた。しかし繁華街の中心から、ほんの五〇メートルぐらい坂をあがっただけで、しずかなところだ。ホテルも十九世紀のなかばからのちゃんとしたホテルで、値段も高くない。

ホテルの前の映画館はスタジオ系だった。ブリテンの映画館には、ほかにオデオン系、ABC系、クラシック系がある。マンチェスター行の列車がでるライム・ストリート駅の裏のほうのオデオン第一劇場で劇画を映画にした「コンドルマン」を見たが、これに歌うクジラの短編マンガがついていた。歌うクジラは、ついにオペラ歌手になる。

ダブリンのオカノ橋のたもとの映画館で祭日に待ちぼうけをくったが、ブリテンでも、映画の開館時間には手こずった。ロンドンのレスター広場《スクエア》のそばにあるシネマ・センタ（CENTA）で、三時開演となってるので三時五分前にいったら、表のドアがしまっている。そして、三時にドアがあき、キップを買って客席にはいったら、もう映画をやっていた。こんなことは、なんどかあったが、これは、ま、時間どおりでマシなほうだ。

レスター広場《スクエア》（長方形）に近いピカデリー広場《サーカス》（円形）の角の映画館で、日曜日、二時半開演と書いてあるのに、二時四十分、二時五十分になっても、表のシャッターがあかない。ダブリンのれいの映画館のことがあるので、また待ちぼうけをくっちゃたまらないと、映画館の前の通りをはしってる19番のバスにのってぶらついて、また、ピカデリー広場《サーカス》にもどってくると、角の映画館はやっていた。ぼくが見切りをつけたすぐあとに、あいたのではないか。しかし、もう四時ちかくになっており、翌日、ここで映画を見た。

「それは宇宙からきた」と「黒い沼の生き物」の二本立。立体映画でメガネをかけて見る。古い映画だ。それで三ポンド。ロンドンの映画館でもいちばん高いほうだろう。地下の映画館で、階段に映画館のオッサンが、でかい図体でどたっと寝てやがる。階段に寝るというのは、ニホンではあまりないことだ。「黒い沼の生き物」は、だいぶ前に、「大アマゾンの半魚人」という題名でニホンではやっていた映画なのかな。

（「小説新潮」一九八二年十一月号）

Ⅳ　昭和末年前後…

この章は『コミマサ・シネマ・ツアー』（早川書房、一九九〇年）に収録されたものです。

池袋の映画館

練馬に引越したので、映画館がいくつもある、いちばん近い町は池袋になった。うちから地下鉄有楽町線の氷川台駅までは六、七分。ただし、ぼくは両足ともしびれてるし、ふらふらあるくから十分ぐらい。

氷川台駅までの道のそばには、いまでも畑があったりして、「東京ふるさと野菜はここでとれます」なんて看板がたっている。女性のぶっとい足のことを練馬大根とわる口を言ったものだが、大根畑はなくて、たいていキャベツか正月まえは葉牡丹。

氷川台から池袋までは地下鉄で十一、二分か。池袋の東口にでる。西武デパートと直角に広い通りがのびている。この通りは、もとはチンチン電車の都電がはしっていた。その池袋駅前終点のちかくに、池袋文芸坐の前身の人世坐があった。作家の三角寛《みすみかん》が経営し、独自の映画のプログラムを組んだ。ここで、五味川純平原作、小林正樹監督の『人間の條件』を一部から四部まで見たことがある。『人間の條件』は三篇六部で、ぜんぶで九時間三十分。ぼくが見たときも六時間半はかかった。

朝からずーっと見て、夕方、人世坐をでて、そのすぐ裏通りの飲屋で飲みだしたが、あんまり長く映画を見つづけて、頭がぼーっとしてるままに酔ってきて、まことにへんなぐあいだった。となりに、もとは警視庁刑事だというオジさんがいたが、酒にほとびたような顔で、ぼくとあれこれおしゃべりをした。

戦後二年目ぐらいは、池袋東口のこのあたりはバラックの大飲屋マーケットだったが、進駐軍のブルドーザーが、ほんの二日ぐらいで、すっかり空地にしてしまった。いま、新宿ゴールデン街は地上げ屋がはいって話題になってるが、ここがきれいな空地になるのには、まだ二、三年はかかるだろう。進駐軍のやることは地上げ屋などのくらべものにならない。

もとの都電通りからななめ左にはいった通りをいくと、シネマサンシャインの映画館ビルがあって、一番館から五番館まで映画をやっている。一番館は『ラストエンペラー』、二番館は『マスカレード／甘い罠』、三番館は木下恵介脚本・監督『父』と松山善三脚本・監督『母』、四番館は『フライング／飛翔』で、歌手から競艇の選手になる若い女のコとその仲間たちのはなし。曽根中生監督。企画・製作・レース場面の監督は横山やすし。ボートに興味のないぼくは、やはりがまんして見た。五番館は『ゾンビ伝説』、この映画は実話だというが、実話と称する映画は、たいていまことに非実話的で、この映画もそうだった。ただし、死んだはずの者が町の人ごみをあるいてたなんてことは、ときたまあることだろう。

五館とも映画料金は一般一五〇〇円、大、高生一三〇〇円、中学生一二〇〇円、小人一〇〇〇円。料金表のよこに、「座れます」と書いてあった。

もとの都電通りから浅草、西新井駅行などのバスがでている。通りの反対側は渋谷行のバス。どのバスにもなんどものったが、西新井駅行のバスは荒川をこえて、西新井大師のよこもとおり、かなりの遠足バスだ。

西武デパート、パルコの前をすぎ、明治通りに面した池袋日勝《にっしょう》文化は『潮風のいたずら』。主演のゴールディ・ホーンは女のコの新兵の映画『プライベート・ベンジャミン』で一躍有名になり、このシリーズのテレビは、ほかの若い女優で、いまでもアメリカではやっている。しかし、『プライベート・ベンジャミン』はだいぶまえの映画で、ゴールディ・ホーン主演の女性特別護衛官『プロトコール』でもこの映画でも、彼女のほんとの歳がくすぐりの材料にされている。歳にしては、若い女のコっぽい役をやるからか。

池袋日勝映画は『父』と『母』。池袋日勝地下は『ザ・本番〈アイドル歌手篇〉』『ザ・本番〈湘南のお嬢さま〉』『裏・本番〈陶酔ビデオクィーン〉』。ここは一般九〇〇円、学生七〇〇円。

おなじ池袋東口パルコのならびの池袋スカラ座は吉田喜重監督、松田優作、田中裕子主演の『嵐が丘』、ぼくは民話風の映画も熱演型もきらい。池袋ジョイシネマ1は『死海殺人事件』、アガサ・クリスティー原作の一連の殺人事件映画のなかでは低調。昨日見てきたうちの娘も退屈したと言っていた。

日勝系映画のさきの角をまがると、キャバレーなどの路地。ヌード劇場「ミカド」もある。ここにストリッパーをたずねてきたことがあるが、それがだれだったかおもいだせない。

その路地のつぎの角を右にまがって、すこしいくと、人世坐が引越してきて名前をかえた池袋文芸坐。二日替りでスーパー・アクション・シリーズだそうだ。『レモ／第1の挑戦』『ターミネーター』『テキサスSWAT』『ハートブレイク・リッジ　勝利の戦場』『タワーリング・インフェルノ』『狼たちの午後』『ファイヤーフォックス』『ブルーサンダー』『WANTED（ウォンテッド）』『愛と復讐の挽歌』『プレデター』『コマンドー』など。

おとなりの文芸坐地下は文芸坐2と名前がかわっている。この映画館にはよくきた。たいへんに混む映画館で、たいてい午前十時ぐらいからの第一回から見た。今週は山本政志新人監督の『ロビンソンの庭』、来週からは深作欣二監督の『仁義なき戦い』シリーズを二週にわけて五本上演するらしい。もとは、ここは料金も安かったのに、いまは一般一五〇〇円。「ぴあ」などの情報誌をもった者が学生とおなじ一三〇〇円というのも、この映画館らしい。

文芸坐のテケツ（キップ売場）の窓口の下に異色演芸大会という、ちいさな看板がでていた。落語界の革命児立川志らく、ご存知美人講釈師神田紫、青年浪曲師国本武春。

文芸坐2からもどってきて文芸坐の角を右にまがると、つきあたりに線路にそってほそ長い公園がある。屋台がおいてあったり、うすよごれた公園だが、ぼくにはしたしみがある。その公園の地下道よりのはしが四面塔稲荷大明神。大明神にしてはちっぽけで、これも古びてよごれたお稲荷さんだ。

ぼくは池袋でもテキヤの易者《ろくま》をやってたことがある。そのときは、たいていこの西口・東口の地下道の両方の入口近くで人を集めた。なつかしい地下道だ。そのころ、池袋西口には三角マーケットというのがあった。せまく長い三角形のかたちをしていたのだろう。北海道の小樽駅前にも三角市場がある。この三角マーケットでも、ぼくはテキヤをやった。

いま、池袋西口にはたくさん大銀行があるのは、どういうことだろう。西口の芳林堂書店にもよくいく。三菱銀行の角をまがり、池袋シネマ・ロサとシネマ・セレサをさがす。大衆酒場やキャバレーなどがある通りだ。

もとは、池袋西口のパラス座とかいう名前の映画館で東映ヤクザ映画の三本立をなんども見た。そして、映画のかえりには花見小路なんてところの飲屋で酎ハイを飲んだ。浅草などの下町以外では、酎ハイがめずらしかったころだ。

ロサ会館の裏のほうの二階に池袋シネマ・ロサ、地下にシネマ・セレサはあった。シネマ・ロサは『復讐のモンスタートラック』と『殺しのイリュージョン』『ハンバーガー・ヒル』。やはり朝鮮戦争で、ポークチョップヒルと米兵たちがよんでいた、つまらない小山《ヒル》をおたがい犠牲をだしながらうばいあう無益な戦闘の映画があり、たいへんによかったが、この映画は新兵教育がおもになっている。

シネマ・セレサは『ニューヨーク・バンパイア』『戦慄殺人／ローズマリー2』とスピルバーグ監督の『1941』、太平洋戦争がはじまったこの年の暮れのカリフォルニア沿岸のドタバタさわぎの映画。日本海軍の潜水艦があらわれるのだが、ドイツ製のUボートで、ドイツ将校の顧問がのっていて、艦長は三船敏郎。水兵さんたちがなぜかテニス靴をはいている。ハリウッド映画では中国兵はみんなテニス靴をはいており、ニホン兵もこれに見習ったのだろう。ハリウッド映画ではニホンの場面がでると、ジャラーンとドラが鳴る。あのドラは中国のものなのになあ。

ロサ会館のよこをすぎ、西口一番街ってところをいくと、串焼酒蔵「弁慶」なんてところがある。牛レバー刺し・にんにく添え三八〇円。馬刺四八〇円。かつをたたき四八〇円。富山名産ほたるいか・さしみ四八〇円。まぐろぶつ三八〇円。まぐろ山かけ四三〇円。これは小鉢のなかに大根おろしが盛りあげてあって、その頂上にマグロのぶつがのっかっている。東京の下町あたりでしかなかったものだ。牛肉煮込豆腐鍋四八〇円。

牛肉たたき・和牛四八〇円。

この飲屋のとなりは内科・産婦人科の医院で、ななめむかいは「クリスタル」というソープランド。

池袋西口からは板橋の日大病院行のバスがでている。ぼくは日大病院に通院してるので、地下鉄有楽町線の千川からこのバスにのる。途中、病院近くに水道タンクというバス停がある。池袋西口からは中野行のバスもあり、このバスがいく通りのそばにも大きな給水塔がある。ここのバス停の名前は中野哲学堂で、みんな大きな給水塔を哲学堂だとおもってるらしい。

東口の池袋サンシャインシティー—渋谷駅東口のバスは、毎日のようにのったりしたけど飽きない。このバスは学習院下で早稲田—三輪橋《みのわばし》の都内でひとつのチンチン電車のよこをはしる。

つい先日、うちの娘ととなりに住む画家の野見山暁治がならんであるいてるのにあったが、池袋の「ささ」にふたりで飲みにいくとのことだった。「ささ」は池袋のびっくり地下道《ガード》の近くにある。びっくりガードという名前はおもしろい。やはり東口と西口とのあいだの地下道だ。ずっとまえは、このガードをたくさん馬車がとおり、馬糞がごろごろしていたという。どれくらいまえのことか。


（「ハヤカワ・ミステリ・マガジン」一九八八年五月号）

上野の映画館

きょうは上野に映画を見にいこう。さて、上野にはどうやっていくか。早稲田大学の裏のほうから上野にいくバスがあった。あれはいいバスだった。バスにもいいバスとわるいバスがある。

まず地下鉄有楽町線でうちの近くの氷川台から池袋へ。なるべくバスにのりたいが、これはしかたがない。池袋から渋谷行のバス。千登世《ちとせ》橋をとおり、学習院下で都バスをおり、早稲田行の東京でただ一つのチンチン電車にのる。きいろい電車だ。昔のカレーライスみたいなきいろい色。昔のカレーライスないしライスカレーには水のコップのなかに、ぺこんぺこんにまがりそうなアルミのシャジ（匙）がはいっていた。

この電車は早稲田—三ノ輪橋で、上野にいくのには三ノ輪橋までこの電車にのるのがスジだろう。この電車は、途中、昔は王子の狐がでたかもしれない飛鳥《あすか》山や尾久《おぐ》をとおり、三ノ輪につく。この三ノ輪橋の電車の駅の建物が古びていい。この電車はもとは王子電車と言ったが、その王子電車の文字が駅の建物の外壁に穴ぼこだけになって残ってるのなんかもおもしろい。

　そして三ノ輪にくれば、まえからよくかよった「中里」で飲む。煮込みが評判の飲屋だ。煮込みの上にばさっとかけるネギ、酎ハイ。

　しかし、きょうは反対方向の電車にのってしまった。面影橋、早稲田。電車賃は一四〇円。早稲田からバスにのる。上野公園行と上野松坂屋行の二つのバスがある。さきにきたバスを見すごして、つぎのバスを待つなんてことは、ぼくにはできない。上野公園行のバスがさきにきた。

　通りのむこう側はスーパーの稲毛屋。このバス通りの裏のほうにコンクリートの川になってしまった神田川があって、橋をわたると関口の芭蕉庵。

　芭蕉庵のほうに川ぞいの道をいくてまえのすこし高くなったところに、ちいさな神社と大きな銀杏《いちょう》の木があって、まわりの雑草のなかに白粉花《おしろい》があるのを、つれの女のコが見つけ、その黒い実をぱちんとわって、なかの白い粉みたいなものを（それが白粉《おしろい》なんだろう）ぼくの鼻の頭につけてくれたことがある。オジイの鼻に白粉花のしろい粉。

　鶴巻町、江戸川橋、石切橋、大曲《おおまがり》、伝通院前。バスの運転手は、でんずういん、と言った。このあたり安藤坂。富坂上、春日一丁目、真砂《まさご》坂上。泉鏡花の有名作「婦系図」に真砂町の先生というのがでてくる。この近くの帝大のドイツ語の教授だ。映画では古川緑波がやったことがある。真砂町の先生の娘が高峰秀子で主人公の男にほれる、新派の舞台では有名な「湯島の別れ」の湯島をバスはとおる。この場面は原作の「婦系図」にはない。(湯島) 天神下の交差点、上野広小路、バスは左にまがり、不忍《しのばずの》池のよこが終点だった。

不忍池のふちをあるく。夏近く、青い水草がいっぱいはえている。冬がくると、この水草が褐色に枯れて、そのあいだにかくれるように鴨がいる。

戦後、東大にいってたころは、上野で国鉄をおり、不忍池をこす道をとおって、裏門、医学部のほうから学校にいったりした。この道の池のまんなかあたりには弁天様をまつった弁天島があり、そのころの上野はパンパンがたくさんいて、このせまい弁天島も、パンパンでいっぱいのことがあった。それで、パンパンの重みで島が沈む、とぼくは言ったりした。第二次大戦で、連合軍のノルマンディー上陸作戦のまえは、アメリカからのおびただしい軍需物資の重みでブリテン島が沈む、と書かれたりしたのをモジったのだ。

不忍池の湖畔をはなれ右にまがったら、とたんにけばけばしい映画館だった。看板だらけでけばけばしいが古びてもいる。上野スター座『レディ・スタリオン／淫蕩の森』『ダブル・ピストン／双子の下唇』、その階上の日本名画劇場は『白衣を汚す』、オークラ映画専属三条まゆみ主演。高中流水の名前も見える。一本立で四〇〇円。おなじく階上の世界傑作劇場は『縄と男たち』『仮面の誘惑』、これはホモの映画だろう。こういう映画のジャンルができたことは、まえから知っていた。ここは上野では新しい映画街で、まえはよくきたが、日本名画劇場や世界傑作劇場が、こんな日本名画や世界傑作映画をやってるのはなさけない。

上野公園下の噴水の前の通りにでると、上野オークラ『本番ONANIE・指戯』『かいかん責め』『SEX暴走』、上野パーク『ゾンビ伝説』、上野地下特選劇場『モンド・セクシャリス／倒錯の魔界』、上野についたとたん、わーっとポルノ映画におそいかかられたようで、びっくりした。

噴水のところをわたると、上野山下交番。ぼくがテキヤの子分だったころ、この交番の青クリとなんどかやりあった。青クリとは青い腕章をまいた交通巡査のこと。そのころは、ところによって露店が許可されていたが、国鉄の御徒町駅から松坂屋の角までは露店出店区域外で、ぼくたちテキヤは抜け場所《しょば》とよんでたが、それを交通巡査が取締にきて、うちの組のぼくと同年の政ちゃんなどは、いつも青クリに体あたりして、そのあいだに、ほかのテキヤの連中はサンズンをたたんで逃げた。上野山下交番の青クリには背が高くて、なかなかケンカに強いのがいた。

広小路の通りの西郷銅像下の公共便所もなつかしい。西郷さんの銅像のところからおりてくる広い石段の下でも、ぼくはテキヤの易者《ろくま》をやってたことがある。そのとき、石段の下の反対側にいる片腕の威勢のいい南無妙法蓮華経の乞食となかよくなり、乞食が客からもらったオニギリを、またぼくがとりあげてたべたりしていた。その乞食はたいていちいさな男の子をつれていて、商売《ばい》がおわると、この公共便所でさっぱりした服に着がえてたのだ。

このあたりは、おそらくニホンでもいちばんパンパンのおおかったところで、ときどき米軍のMPとニホンの警察のパンパン狩りがあった。いや、もう、そのそうぞうしさ。パンパンたちはなんとか走って逃げようとし、わめき、さけび、つかまってGMCの大型トラックにのせられると、ありったけの声でMPと警察のわる口をがなりたてた。占領下の当時、あれだけひどい米軍のわる口は、パンパン狩りのときしかきけなかった。

地下の京成《けいせい》上野駅。いまでも西郷さんの銅像下の石段には似顔エカキがならんでる。上野東急は大作の『シシリアン』、上野東映『極道渡世の素敵な面々』、JR動物園口のほうにいく通りの上野東宝は高倉健主演『海へ―See You―』、上野松竹『椿姫』『橋』、上野映画『ザッツ・ロマンポルノ　女神たちの微笑み』『ザ・本番〈OL採用試験〉』『ザ・本番〈女子大生篇〉』『ザ・本番〈夫婦生活篇〉』、上野名画座『人喰族』『人間解剖島／ドクター・ブッチャー』、こわい映画ならともかく、やたら血がドバドバでる汚い映画はこまる。また実録めいた映画はたいていヤラセがみえみえで、ていどがひくい。上野セントラル『ウィーズ』『想い出のデキシー・レーン』。

広小路の通りをもどってきて鈴本演芸場。寄席はすくなく噺家はうんといる。ここも権威あるものになった。昼の部のいちばんしまいに、五街道雲助さんの名前があった。浅草・猿之助横丁のクマさんの店「かいば屋」で雲助さんとは、よくいっしょに飲んだ。

上野には、「蓮玉庵」や「藪蕎麦」など、有名なそば屋があるが、いつか、上野でめずらしくウドンをたべたら、ウドンが一本しかはいっていなかった。長い長い一本だった。これも有名な店かもしれない。

路地の奥の本牧亭《ほんもく》。上野にしかないものといったら本牧亭だろう。講談の定席《じょうせき》だが、きょうは義太夫大会だった。鈴本演芸場は料金一七〇〇円だったが、本牧亭はいくらかとおもったら、きょうは入場無料。

本牧亭のつきあたりは居酒屋「大国館」。酒（二級）一合九〇円。生ビール三五〇円。酎ハイ二〇〇円、小エビ唐揚げ三〇〇円、カエルの唐揚げ六五〇円。

上野にくると湯島の天神下の「赤ちょうちん」で飲む。店の主人の町田さんとは、この店ができるずっとまえからの知りあいだ。大衆酒場で店は広く、二階の広間で会をやったりするし、いろいろ、たべるものがたくさんあるのがいい。ぼくは飲みながら、あれこれ、ちょいちょいたべるのが夕食だ。

酒二〇〇円、ビール大三八〇円、酎ハイ二二〇円。ダルマ焼酎で、西日本では有名な焼酎だ。とくべつうまい焼酎、と町田さんは自慢する。

モツヤキ一本八〇円。この店でも煮込みがよくでて、二五〇円。若い人たちにはポテト・フライ二〇〇円が人気があり、冷奴は二五〇円。たいてい、ぼくは女のコと「赤ちょうちん」にいき、串カツやヌタなども注文して、ふたりで、わりとよくたべて酎ハイを飲む。

かえりも、不忍池のそばから早稲田行のバスにのったが、くるときとはちがうコースでうれしかった。

バスは不忍池をぐるっとまわり、水族館、横山大観記念館という古い木造の家も見えた。根津神社、千駄木本通、団子坂下、駒込稲荷坂、駒込三業入口、この三業にはまだ芸者がいるのかなあ。

千石三丁目に、「オレンジ50うまかあ料理・こって牛」という看板の飲屋があった。護国寺正門前でバスをおりる。古いおせんべ屋や餅菓子屋なんかがある。護国寺は大きなお寺だ。門前町の名残りなのか、「安心酒場・やっこ」。このあたりは講談社のほうしか知らなかった。

上野の西郷さんの銅像のところからおりてくる石段の下で、人《じん》をたくさん集《し》める易者《ろくま》をしていたときは、落した客を、借りていた聚楽の三階の料理店の離れにつれていった。四階はダンスホールだった。そのころは聚楽は四階までだったが、上をつぎたしてるのに気がついた。

(「ハヤカワ・ミステリ・マガジン」一九八八年六月号)

浅草の劇場

池袋に浅草行のバスが二つあるのを知った。珠子さんという女性と、いっしょに浅草にいこうと待合せしたのだが、バス停がいきちがいになったのだ。

二つのバス停を、おたがい、いったりきたりしてたらしい。そのあいだ、すごい人波にもまれて、酔ったようになった。シアトルからかえってきたばかりで、東京の盛り場の人波は、なにかのパレードにはいりこみ、人の洪水におしながされているようだった。人波にも酔う。

池袋パルコ前からのバスにのる。西巣鴨のでっかいヤッチャ場（豊島青果市場）、巣鴨駅、ここの刺抜き地蔵では、テキヤのころ、ときどき商売《ばい》した。

団子坂、千駄木、道灌山下、西日暮里駅前、三ノ輪駅前。たぶん吉原のお女郎さんの、身寄りがなくて、引きとる人がいない遺体を葬った投込寺。

樋口一葉が住んでいた龍泉《りゅうせん》、吉原のとなり町だ。千束、もとの松竹国際劇場の通りでバスをおりる。

浅草六区。昭和初期はニホン一の興行街、盛り場だったこの通りも、ここ二年ぐらいで、うんとかわってきた。かつては、六区の通りの両側にならんでいた映画館の古い建物を取りこわしだしたのだ。

まだのこってる古い建物の映画館の東京クラブの前で、ニック・ボーノフが待っていた。東京クラブでやってる映画は『火龍』『死霊の棲む館』『クリエイター』の三本立。外国オバケ大会。

ニック・ボーノフはイギリス人だが、じつにきれいな、ぼくにはわかりやすい英語をはなす。イギリス人の英語はクセがあって、ぼくは苦手だ。ところが、ニックの英語はすいすい、ぼくの耳にはいり、こちらもしゃべりやすい。珠子さんも、わりとむつかしいニューヨーク市大をでていて、英語はじょうずだ。三人で英語をしゃべる浅草の一日になった。

東京クラブのとなりの常盤座は、いまは内部改装中だが、近く復興するらしい。常盤座は、浅草興行街の名門だった。

戦前のことは知らないけど、あとでは浅草六区の主流となったストリップの、終戦後すぐのはるかな神話時代に常盤座で「モデルと若様」というのがあり、これがストリップのはじまりだという人もいる。

若様が裸婦のモデルにポーズをさせて絵をかいているというシーンだ。モデルは客席にたいしてうしろをむいていて、だから、客席からはモデルの背中とお尻しか見えなかったとか、あそこは風船でかくしたとかきいている。

軽演劇の空気座の大ヒット「肉体の門」（田村泰次郎原作）を浅草では常盤座でやったし、おなじ田村泰次郎原作の「春婦伝」も、ぼくは常盤座で見た。

そのころは常盤座は軽演劇の小屋で、芝居が二本に歌と踊りとコントのバラエティが一本。そのバラエティのなかに、ハダカがでてきた。まだ、ストリップとかヌードとかいう言葉がニホンではなかったころだ。

「モデルと若様」はべつとして、浅草のさいしょのハダカはヘレン滝。ぼくとはなかのいい正邦《まさくに》乙彦さんが渋谷の道玄坂劇場から引きぬいてきて、常盤座の舞台にたたせた。

そのときに、ハダカさんがうごかないで、うごく方法を正邦乙彦さんは考えた。このひとは、目玉の松ちゃんの忍術映画で、子役でからだがちいさいからと、蝦蟇《ガマ》のなかにはいってたこともある。サイレント映画のときからの役者さんだが、あれこれ、きみょうなアイデアを考える。

ハダカさん（モデルともよんだ）がうごいたため、渋谷のもと東横デパートの東京フォリーズでは警察にひっぱられた、と常盤座のひとたちは考えてたようだ。東京フォリーズのハダカはヘレン滝よりもまえ、新宿・帝都座の額縁ショウのつぎで、このとき、ぼくも東京フォリーズにいて、警察にいった。額縁ショウは裸婦（と言っても、乳房をだしてるだけ）の活人画で、うごかない。

　さて、正邦乙彦さんが考えた、モデルがうごかないで、うごく方法とは、モデルをブランコにのせたのだ。これなら、たしかに、うごかないでうごく。

　ヘレン滝がのったブランコが、客席のほうに、ぶらーんとゆれると、大入りの観客がわきにわいたそうだ。

　そのころは、ハダカをやってるのは、浅草でも常盤座のヘレン滝だけで、ほかの踊り子みんながハダカを毛ぎらいしていた。そんなこともあって、ヘレン滝はへべれけになるまで飲み、舞台にアナをあけるようになり、そのアナをうめたのが、のちのストリップの女王ジプシー・ローズという有名な伝説がある。

　ジプシー・ローズはセーラー服に下駄をはいて、トコトコ、常盤座の楽屋にやってきたらしい。でも、ジプシーから直接きいたことだけど、セーラー服はまちがいないが、下駄ではなく、サンダルだったそうだ。正邦乙彦さんはジプシー・ローズのマネジャー兼ダンナさんになる。ジプシー・ローズはストリップの別格の大スターだった。

　常盤座が内部改装のため閉鎖になるまえは、古い洋画の三本立で、トキワ座と片カナになっていた。こんど復興したあとは、もとの常盤座にもどるらしい。

　唐十郎の台本で、緑魔子主役の芝居を常盤座でやったことがある。このときは、通りに長い人の列ができていた。近ごろはさびれてる六区の通りで、めずらしいことだった。

常盤座のまたとなりのもとの金龍館の浅草松竹は山田太一原作、大林宣彦監督の『異人たちとの夏』、浅草東映は深作欣二監督、吉永小百合主演の『華の乱』と『疵〈きず〉』、浅草東映パラスは明石家さんま、大竹しのぶ主演の『いこかもどろか』、どれも話題作だ。

東京でたったひとつのボードビルの小屋だった松竹演芸場はなくなったが、寄席の浅草演芸ホール、おなじ建物のフランス座へ、エレベーターであがっていく。

フランス座はロック座とならんで、浅草の名門ストリップ小屋だった。いろんなストリッパーやコメディアンが、ここの舞台にでた。小柄できびきびして、トランジスタ・グラマーと言われた浅草ローズをおもいだす。

戦争中の対米軍放送の東京ローズは有名だけど、おなじ東京ローズという名前のストリッパーが三人はいた。

ロック座は永井荷風が楽屋にあそびにいってたらしいが、羽根扇を二つもって、ひらひらとあそこをかくしてた、ファンダンスのヒロセ元美（じつはバタフライをしてるのだが、羽根扇《ファン》のひらひらがうまく、なにもはいてないようだった）、ほっそりしたからだつきのメリー松原、なくなった伴淳三郎が舞台にでてたのを見たこともある。

ロック座は楽屋口が六区の裏の路地で、このすぐよこにさくら肉（馬肉）をだす飲屋があって、浅草の作家や踊り子などと、よく飲んだ。

いま、フランス座では、まえからの知り合いの佐山淳さんが支配人をしている。佐山さんの奥さんは花魁《おいらん》ヌードで有名な浅草駒太夫だ。

フランス座では、ちょうど奈加友美が舞台にでていた。肌の白いヌードさんだ。赤みがかったライトの光は、その白い肌をよけい、しっとり白くうつしだす。

「これからベッドにはいります」とフランス座の人が言った。べつに、舞台にベッドがあるわけではない。最後のオープンになるってことだ。

ところが、奈加友美が出ベソ（客席のなかにつきでた花道）のはしにしゃがんでも、観客がわいわいさわいだりはしない。まことにおぎょうぎよく、しずかなのだ。

ずいぶん昔のことだけど、地下鉄の田原町の駅のわりと近くに美人座というストリップ小屋があり、ここの入浴ショウは有名だった。

石けんの泡でいっぱいの木製の風呂桶にストリッパーがはいっていて、その風呂桶にはコロがついており、出ベソにしいたレールの上をすべってくる。

すると、出ベソの両側、いわゆるカブリツキにいる客が風呂桶に手をつっこんで、ストリッパーのからだにさわる。

ストリッパーは「キャア！」と悲鳴をあげ、大げさに、客の手をはらいのけ、そのたびに、石けんの泡が四方にとびちって、オジさんの禿げ頭にぺったりくっついたりし、それを見て、みんながどっとわらい、とまことににぎやかだった。

ストリップがめずらしく、浅草でストリップを見ることは、一日のオマツリだったころのことだ。

浅草のストリップは昭和三十（一九五五）年あたりから衰微してきたというから、ずいぶん昔のはなしだ。

いまの観客には、ストリップはオマツリではない。しずかに、おとなしくストリップを見ていても、あたりまえのことか。奈加友美はキモノ姿の日舞。

つづいてアズサ・マリはデコルテふうの衣裳の洋舞。ただし、このデコルテふうの衣裳が、胸のファスナーをひらくと、かんたんにパイオツ（乳房）がでてくるのが、おかしい。

まえの奈加友美のときから、珠子さんもいっしょに見ている。女性が客席から見てるなど、フランス座では、たいへんにめずらしいことだろう。

日舞も洋舞も、さいごのベッドにはいると（オープンになると）べつにちがいはない。香港ヌードとかベトナム・ヌードなんてのもあったが、これもオープンになると、みんなおなじ。


（「ハヤカワ・ミステリ・マガジン」一九八八年九月号）

浅草六区の映画館

べつの日曜日、池袋からべつの浅草行のバスにのった。まえのは巣鴨駅まわりで、これは王子駅まわり。

池袋をでて新田堀、鮎《あゆ》の天ぷら最中《もなか》という看板をだした和菓子屋がある。いったい、どんな最中だろう。浜松にうなぎパイというのがあって、こわごわたべてみたら、べつに、うなぎの味がするわけではなく、パイのかたちがうなぎに似てるのだそうだ。しかし、ほそ長いパイではない。

滝野川。バスは渋谷、新宿からきた明治通りをいく。お花見で有名な飛鳥山《あすかやま》、王子駅。そのさきで、明治通りは右にまがる。

むかしむかし、阿部定が男のデチ棒を切りとった待合のあった尾久《おぐ》、田端新町、新三河島駅前。荒川四丁目、あまり高級でない菓子の問屋があるという大関横町。

三ノ輪。ここで左にまがって、吉原大門のほうへ。芝の増上寺は大門《だいもん》。吉原は大門《おおもん》。吉原大門のななめ前のさくら肉屋。あかぎれか火傷《やけど》に効くという馬肉のあぶらを売ってたなあ。ガマの油ならわかるけど、馬のあぶらってのはおかしい。

馬道通りから言問通りにはいって、浅草寺《せんそうじ》病院、浅草観音裏。バスをおり、ひさご通りをいく。独自のブレンドのウイスキーとソーダを冷やしておいて、氷はつかわないハイボールの「甘粕」。いつだったたか、このハイボールを飲みながら、オデンの鰯玉をたべたなあ。浅草豆の「但馬屋」。

浅草東映は『疵〈きず〉』を続映している。主演はヤクザ役でウケている陣内孝則。SCAR FACEと英語の副題がついている。これは、アル・パチーノ主演でリメイクもある、有名なアメリカ映画『暗黒街の顔役』の原題名。

もとはストリップ劇場浅草座の浅草シネマは『ナイト・ジュース／獣たちの寝室』『マンスローター交換台の令嬢』『TABOO SEX／恥情』の洋画ポルノ三本立。

浅草新劇場は石原裕次郎、浅丘ルリ子主演の『夜霧のブルース』、野村孝監督は日活娯楽映画をたくさん撮った。『喜劇　男の泣きどころ』フランキー堺、太地喜和子、春川ますみ主演。『無宿（やどなし）』勝新太郎、高倉健主演。

浅草名画座にはいることにする。料金一〇〇〇円。アメリカのシアトルでは、封切館で五・五ドルだったのにくらべると、ニホンの映画料金は高い。

『緋牡丹博徒　花札勝負』、主演のお竜さん（藤純子）は矢野という姓で、九州弁だったのをおもいだした。ただし言葉だけで、土地の訛《なま》りはない。藤純子をわるく言ってるのではない。そのていどでいいってことになったんだろう。お竜さんがあんまり訛っちゃおかしいとかさ。高倉健、小池朝雄、老親分の嵐寛寿郎。アラカンさんはなつかしい。監督は加藤泰。この監督のヤクザ映画は有名だった。

『ダウンタウンヒーローズ』、山田洋次監督。早坂暁の原作は自伝ふうのものだ。四国松山の旧制高校。戦後の旧制高校は知らないので、ちょっと興味があったが、あまりおもしろくない。薬師丸ひろ子、中村橋之助主演。

『現代やくざ　人斬り与太』、深作欣二監督、菅原文太主演。安藤昇がいい。この映画でも、「刑事コロンボ」の声の小池朝雄がだいじな役をやっている。

寒くなると、浅草の映画館では甘酒を売っていた。ブリキの盥《たらい》みたいなもののなかに湯をいれ、牛乳壜の大きさの甘酒がはいっていて、練炭であたためていた。

そのほか、名物のおセン（ベイ）にキャラメル。映写中に、おセンをバリバリやられると、耳ざわりでこまった。

新しくできる映画館は、みんな一階だけだが、もとは、映画館は二階席があり、二階のほうが料金が高いこともあった。

浅草の映画館は大きく、二階だけでなく、三階まであったりして、これが満員で、ぎっしり席がうまっていると、たいへん壮観だった。天井桟敷から映画を見てる人がいたのだ。

しかし、戦後だいぶたってからの浅草の映画館は、すっかりさびれて、二階、三階の観客席は頭上高く、ぐるっととりまいてるだけで、がらんと人影はなく、異様な光景だった。

そして、古い三本立の映画を見てると、足もとをかすめて走りぬけるものがあった。よくふとった、でっかいネズミだ。

そんな映画館がひとつひとつ、取りこわされていく。六区の映画街にロクシイという大きなビルもできた。いま、老人ホームも建造中だという。

浅草六区のなかで、いちばん古い建物は、東京クラブと改装中の常盤座ともと金龍館の浅草松竹だろう。この三館はつながっていて、建物の上のほうは西洋のお城ふうで、なかなか味がある。

いまは、人どおりがすくないことで有名な浅草六区だが、この日曜日は、六区の通りにいっぱい人がいた。場外馬券場にきた人たちだ。浅草名画座でも、競馬新聞を見てる人がおおかった。

ほかに浅草世界館は『Ｔｈｅえれくと』『ギャルトリオ濡れたいの』『恐怖のエクスタシー』のポルノ映画三本立。

イギリス人のニックと待合せした東京クラブは『エルム街の悪夢３／惨劇の館』『ウィーズ』『弾丸刑事ニック＆フランク』、ニホン題名はわるいが、この映画は刑事二人のやりとりが漫才みたいで、おもしろい。

浅草名画座をでて、ひさご通りをもどり、言問通りをこして、千束通りをいき、猿之助横丁にはいる。だいぶ昔に歌舞伎役者の市川猿之助の家があったところだ。

この横丁のオデンがおいしい「さと」にもごぶさたしている。「かいば屋」もひさしぶりだ。この店の主人のクマさんは三月になくなった。

クマさんはからだが大きく、よく飲む男だった。いつだったか、クマさんのうちにいくと、新聞紙でくるんだ一升壜のウイスキーがでてきた。酒屋でウイスキーの一升壜を新聞紙につつんでくれたのを、めんどくさいから、そのままにしてたのだ。一升壜のウイスキーというのもノンベエらしい。

そいつを、まるっきり割らずに、コップのふちまで、なみなみと注ぐ。まだ昼すぎで、くらくなるまでに、一升壜のウイスキーはからになった。

「かいば屋」はいま、クマさんの奥さんがやっている。大きな飲屋ではないが、客でいっぱいになった。その日、クマさんの墓にまいってきて、かえりによったという三人の常連の客もいた。

「峠」のママもきた。「峠」は浅草六区の喫茶店だった。いつも、六区のどこかの小屋の踊り子がいたものだ。役者さんもよくきていた。

もともと喫茶店だろうが、ここで、ぼくはジン・ソーダを飲んだ。そして、この店のポテト・サラダはとくべつおいしかった。ぼくはポテト・サラダが大好きだ。

しかし、「峠」のママはリタイアし、店はしまってしまった。またひとつ、浅草六区のいきつけのところがなくなったのだ。

この夜、「かいば屋」であった「峠」のママは元気そうだった。そして、甘く煮た豆をぼくにおみやげにくれた。大きな豆で、ぼくたちがコドモのころ、お多福豆とよんでた豆かもしれない。

「かいば屋」のつき出しは海苔せんべいに白滝とえのき茸を煮たもの。ゆで玉子とトリ皮を醬油で煮たのもたべる。

茹《ゆ》でた落花生もでてきた。落花生は炒るのがふつうだが、茹でることもある。アメリカ南部では、茹でるのがふつうだとおもってるところもあるし、静岡県でも茹でる。

静岡県の富士市のストリップ劇場にでてたとき、劇場の二階の客のすくないキャバレーで、あるとき、ホステスの女のコがもってきた殼つきの落花生が濡れていた。客がビールをこぼした落花生をそのままだしたのかとおもってたら、そのホステスのコがわけをはなした。

そのコは富士山のすそ野のほうに家があり、近くの畑をかりて、畑仕事をしており、落花生もつくっていて、それを、「きょう掘って、茹でてきたのよ」と言う。

まだ若いコなのに、一軒家にひとりですみ、畑仕事をしてるらしい。そのとき、はじめて、茹でた落花生をたべた。

横浜の中華街をあるいてたら、通りのはしに七輪《しちりん》をおき、鍋にお湯がはいって、それにちいさな笊《ざる》をのせ、笊のなかに落花生があった。茹でた落花生だ。

「かいば屋」でだしてくれた茹でた落花生は、糸のようなほそい根に、五つ六つ、いっしょにぶらさがっていた。こんなのを見るのははじめてだ。

この日、千葉県の友人が畑から掘ってもってきた落花生で、まだ土がついていた、とクマさんの奥さんは言った。茹でた落花生は、とれたてでないといけないようだ。

季節の栗御飯が炊けてきた。ぼくは味噌汁だけをたべた。茄子と茗荷の味噌汁だ。黒塗りのいい器にはいっている。おいしい味噌汁だった。

この猿之助横丁は、もとは花町だったらしいが、いまはとても静かだ。それでいて、なにかひっそりと色っぽい。

「かいば屋」の主人のクマさんが生きてたときは、ぼくはまず一杯飲んでから、近所のお風呂屋さんにいった。

焼酎ブームで酎ハイが流行《はや》るまえは、酎ハイが飲めるのは下町だけで、「かいば屋」でも、ぼくは酎ハイを飲んだ。ここには、炭酸ではなく、グレープフルーツ・ジュースで焼酎を割ったグレ酎もあって、ニックや珠子さんときたときも、これを飲んだ。グレ酎なんて、焼酎がグレてるみたいで、おかしい。

（「ハヤカワ・ミステリ・マガジン」一九八八年十月号）

さよなら新宿ロマン

池袋の西武デパートのむかい側から、新宿西口行の西武バスにのる。東京のバスは、距離がみじかい学バス（JR高田馬場駅から早稲田大学正門前など）のほかは、たいてい一六〇円。

このバスは明治通りを千登世橋までいって、右に坂をあがる。明治通りがななめ下になり、バスの窓の高さの並木の銀杏の葉が、青みがかかったみどりときいろに、よじれて燃えたっている。

学習院、目白駅、左にまがって山手通りをいく。中落合あたりは、古びた石垣、かげの濃い樹々もある。中井駅、東中野駅、奥ふかい氷川神社。中野坂上《さかうえ》、成子坂下。

新宿西口、青梅街道のむこうにヌードのOS劇場の看板が見える。バスをおり、西口をすこしうろうろしたが、新宿西口には、いまは映画館はないらしい。

新宿駅前の小ガードの西口出口の近くから大ガードのほうに、すこし坂になっている、せまい路地があり、両側にガラスケースに料理の皿をいれたメシ屋がならぶ。サバ塩焼定食三八〇円とかさ。飲屋もある、この路地をションベン横丁とよぶ人もいる。

路地のまんなかあたりの角の飲屋は、うなぎカブトとうすれた字が見える。うなぎもカブト（頭）だけで、カストリやバクダンを立飲みした、終戦後からの飲屋だ。いまは、みんな腰掛けて飲んでおり、昼間なのに、どこかのオバさんが酔っぱらって、オダをあげていた（声高にしゃべっていた）。

戦後、ぼくは新宿西口のテキヤの子分で、ぼくたちは安田組のマーケットと言っていたこの路地で、よく飲んだし、進駐軍の残飯をいっしょくたにして大鍋で煮た栄養シチューを、よろこんでたべた。

栄養シチューをたべていて、なかなか噛みきれない肉のきれっぱしだな、とおもったら、コンドームだったりしたこともめずらしくなく、おそろしいたべものみたいだが、なにしろ進駐軍の残飯だから、脂がぎらぎらして、その名のとおり栄養がありそうで、ほかのニホンのなさけないたべものよりも、ぼくは好きだった。

新宿で、戦後のあのゴミゴミ雑駁な雰囲気が残ってるのは、このションベン横丁ぐらいか。ここを抜けて、大ガードをくぐり、新宿歌舞伎町の長方形のせまい広場（？）をまんなかに、ぐるっと映画館がとりまいてるところにいく。

ここに、戦後さいしょにできた映画館は地球座で、新宿駅からかなりはなれたところに、ひとつだけ、ぽつんとこの映画館の建物があった。あとは、ほとんどが焼跡の空地だったのだ。新宿駅前からこの歌舞伎町の映画街にかけての新宿の町のいまの混雑ぶりとは、まるでちがった世界の光景だった。

新宿コマ劇場の地下にも、映画館は二つはあるし、こんなにたくさん映画館があつまってるところは、ニホンじゅうでも、ほかにはあるまい。ということは、世界でもいちばん映画館が密集してるところか。

そのなかでも、ぼくが新宿ゴールデン街で飲みすぎてチンボツした翌日、よく見にきたのが、ミラノ座新館四階の名画座ミラノで、料金は三〇〇円ぐらいの一本立だった。ここの観客は学生ふうの若い男女がおおく、清潔そうな連中だ。いまはシネマミラノと名前がかわって、『ウエスト・サイド物語』をやっている。料金一五〇〇円。

コマ劇場の前に二列で三組も、たいへんな行列ができていた。こんなにたくさんの行列は、まえは、美空ひばりの出演のときなんかに見たが、はて、だれの舞台かとおもったら、藤田まことの公演だそうだ。コマ劇場の裏のお風呂屋の歌舞伎湯にもよくいったが、とっくになくなってしまった。

本屋の紀伊國屋のよこ裏にある新宿ローヤル劇場にもよくいった。チンボツ場所のゴールデン街にわりと近いからだ。ここは二本立。地下で、いくらか汚いのは、ぼくにはむいている。客の出入りがおおく、混んでるみたいでも、やがて腰かけられる。この週は『八十日間世界一周』と『マネキン』の二本立。マネキン人形のほうが、生きてる若い女性よりもエロチックに見えるのがねらいだろう。

新宿駅中央口近く、三越デパートの裏てになる新宿武蔵野館は、古い伝統のある映画館だった。有名な活動弁士で、トーキーになってからも、舞台、映画、ラジオで大活躍の徳川夢声も専属だったことがあり、東京市内でもハイブロウな洋画専門館。戦後の武蔵野館は二階にアベックの席があった。ここで『緑色の髪の少年』という、ふしぎなアメリカ映画を見たのをおぼえている。

地下に武蔵野ダンスホール。この映画館の裏に和田組マーケットがあった。国鉄の線路までの、大きな汚い、雑然とした飲屋バラックだ。カストリ、バクダン一杯三〇円。新宿の古い飲屋は、もとは和田組マーケットに店があったという人がおおい。

いまは武蔵野館ビルで、映画館は七階。名取裕子が二役主演の『妖女の時代』をやっている。名取裕子がまるっきりそっくりの双子の姉妹の役だ。こんなによく似てる姉妹だと、なんどもいれかわり、どんなこともできる。どんなことでもあり得る、Anything can happen. というのを、おもしろがる人もいるだろうが、ぼくは、たいへんに気にいらない。

『妖女の時代』は戦争にはカンケイないが、戦争のときは、まったくひどいもので、平時では考えられないことがおこった、と事件の謎を戦時中にもっていく映画や小説も、戦争をダシにして、戦争中ならAnything can happen.というのが、おもしろくない。なんでもおこり得るなど、ストーリイの自殺ではないか。『妖女の時代』の遠藤周作さんの原作は、こんなふうではないようだ。

新宿武蔵野館から甲州街道のほうにあるいていくと、右側にどちらもポルノ映画の新宿国際と地下の国際名画座。すこしさきの左側のロッポニカ新宿は金澤克次監督の『首都高速トライアル』、主演の大鶴義丹は唐十郎のジュニアだそうだ。コドモみたいな唐十郎に、映画の主演をやるような息子がいたとは、おどろいた。

新宿駅南口の陸橋を左におりたところに、甲州街道に面して、新宿第一劇場があった。大きな劇場で、浅草国際劇場が戦災で天井なしの、まわりの壁だけの残骸になってたとき、ここで、松竹歌劇もやった。歴史的な大劇場だったが、戦後がおわるころ、この劇場もなくなった。

このわりと近くの新宿昭和館では、『疵〈きず〉』と『またまたあぶない刑事』『行き止まりの挽歌／ブレイクアウト』の三本立。この映画館地下もよくいった。大学の階段教室みたいな、傾斜が急な客席で、たいてい、酔っぱらいのオジさんがいた。このすぐそばに新宿のドヤ街があり、そこの住人だろう。ドヤ街のほんとにせまい路地の奥の「おそめ」なんて飲屋でもよく飲んだ。ドヤの住人でさえこないような、パンスケとヤクザ者の巣だった。しかし、色川武大さんはきていて、さすがにりっぱ。

新宿昭和館はもとはヤクザ映画の三本立だったが、やはり時代のせいでかわったのかとおもったら、その前週も前々週も、古い東映ヤクザ映画の三本立だったそうだ。新宿昭和館地下は『愛人妻／あぶない情事』『不倫の罠／満熟』『別れの不倫』、ポルノ映画の題名はおもしろい。

伊勢丹デパートの前をすぎ、名物の追分だんごのむこうの新宿東映パラスは『ミッドナイト・ラン』。東映パラス2や東映パラス3にもときどきいった。

明治通りの伊勢丹のむかい側の新宿スカラ座は『3人のゴースト』、新宿ビレッジ1は和田誠監督『怪盗ルビイ』、ぼくは好きな映画。新宿ビレッジ2はエディ・マーフィ原案・主演の『星の王子ニューヨークへ行く』、マーフィの黒い顔がつやがよく、ひかってる。若いかがやきか。

おとなりの新宿ロマンは東京だけでなく、ニホンでもいちばん古い映画館。浅草の映画館よりも古いらしい。九州の飯塚の嘉穂劇場など、もとは芝居小屋だったところは、もっと古い劇場がのこってるかもしれないが。

新宿ロマンは大正時代に建てられたとかきいた。外部は改装してるが、内部は古びた石造り、二階にバルコニーがあり、三階も客席。

各階にひろい、ゆったりしたトイレがあって、すべてがおうようだ。支配人の石井保さんとしゃべってると、昭和六年という年代がでてきた。五所平之助監督のニホンでさいしょのトーキーができた年だ。この年あたりから、新宿ロマンは本格的な活動写真館になったのだろうか。

この長い歴史のニホンでいちばん古い映画館が八九年の一月に閉鎖になる。最後の映画はジェームズ・B・ハリス監督、ジェームズ・ウッズ主演の『ザ・コップ』、この二人でつくったプロの第一回作品だ。

ロサンゼルス市警ではなく、カウンティ（郡）警察の刑事のはなし。ハードボイルドがねらいの映画だろうが、ドタバタ、やたら見得をきるようなハードボイルドでなく、リアルにもっていこうとしている。犯人がいるかもしれない家にはいっていくときの、主人公の刑事のくどいほどの用心深さにも、それがあらわれている。

あんまり仕事熱心で、刑事の女房は子供をつれて別居するが、そのあたりもべたついてはいない。

しかし、あまさもハードボイルドのかくし味、たとえばハメットよりチャンドラーのほうが好きという人には、そっけない映画かもしれない。ぼくは好きだけどさ。

新宿ロマンは、お別れのイベントも計画している。にぎやかなサヨナラ・パーティーを！


（「ハヤカワ・ミステリ・マガジン」一九八八年十二月号）

自由が丘・大井・蒲田

東玉川に三十五年間いた。田園調布のとなり町。奥沢もとなりで、緑が丘、自由が丘とつづく。

ぼくの家は東横線の田園調布と池上線の雪が谷大塚のちょうどまんなかあたり、どちらもあるいて十二、三分だった。

田園調布はとくべつなところで、東横沿線でも駅前にパチンコ屋がないのは、ここぐらいだろう。もちろん映画館もない。

しかし、そのとなりの多摩川園には遊園地のなかに映画館があり劇場もあった。戦災で焼け残った劇場はたいへんにめずらしかったが、戦後になって、この劇場は火事にあって焼けてしまい、遊園地そのものもなくなった。

雪が谷大塚にも、洋画と邦画の映画館が二つもあった。洋画は古い三本立で、よく雨が降っていた。古い映画は、画面に雨だれのような線が上下にできるのだ。

自由が丘はこのあたりでは大きな町だから、三軒ぐらい映画館があった。南風座は駅ちかくの大きな映画館だった。原作獅子文六、吉村公三郎監督の『南の風』という映画があった。昭和十七（一九四二）年の作品だ。佐分利信、高峰三枝子、水戸光子といったメンバーで、笠智衆のオーバーな演技がおもしろかった。笠智衆は小津作品などでは、一本調子みたいな演技で、それが地みたいにおもってる人がおおいが、ひょうきんで達者な演技もできる俳優さんだった。

自由が丘のほそ長い商店街の二階に、ちいさな映画館ができた。いま流行《はや》りのちいさな映画館のはしりだった。

そして、武蔵野推理劇場も有名だった。数日前にいってみると、きれいなお店の建物に建てかわり、名称も自由が丘武蔵野館となり、お店の二階にあがっていた。ビリー・ワイルダー監督の名作、ゲーリー・クーパー、オードリー・ヘプバーン主演の『昼下りの情事』をやっている。もとは二枚目のあかるいフランスの俳優モーリス・シュバリエがヘプバーンの父親役ででてるのがおもしろい。

目蒲《めかま》線の小山台《こやまだい》には映画館が二つならんでいて、どちらも三本立。それをハシゴして、計六本の映画を見たなんてこともめずらしくなかった。二軒目の映画館をでると、もうすっかり夜になっていて、駅近くの飲屋で飲んだりした。

蒲田にも、よく映画を見にいった。イトーヨーカドーの四階に、映画館が二つあり、毎週のように映画を見にきた。西小山の映画館がなくなったあとだ。

大森で、ぼくが見ていた映画館はなくなり、かわりに、西友にキネカ大森1、2、3がある。これは新しいタイプの映画館だ。

いまは、ぼくは練馬の早宮《はやみや》に住んでるので、数日前、うちからあるいて六、七分の地下鉄有楽町線の氷川台から池袋にでて、都バスにのり渋谷にいった。このバスには、しょっちゅうのっている。そして、多摩川にかかった丸子橋にいく東急バスにのりかえた。どのバスも料金は一六〇円。

このバスは大橋をへて、三宿《みしゆく》で左にまがり、自衛隊中央病院のよこをとおる。大橋のほうにおりていく坂の左てには、中将湯の工場があり、このあたりをとおるときは、いつも漢方薬くさかった。大橋には馬肉屋があったが、だいぶまえになくなった。

観光営業所を右にまがってバスはすすむ。学芸大附属高校、放送大学学習センター。春には校庭に桜が咲く。田園調布の桜並木、とくに雪が谷大塚駅近くでは、道の両側の桜の木が頭の上で交差し、桜の花のアーチをくぐっていくようだった。しかし、こういった桜もほとんどなくなった。東玉川のぼくの家の庭にも桜の木があったが、女房が一年ぐらいかかって、ちいさなノコギリできった。女性は桜の木の毛虫をきらう。

環状七号線の通りをこして、都立大学、緑が丘、奥沢、東玉川、雪が谷大塚となるのだが、緑が丘でバスをおり、自由が丘まであるいた。

そして、自由が丘武蔵野館を見たあと、通りのむこうの熊野神社の境内で、うちからもってきたサンドイッチをたべた。すぐそばに水飲み場があってたすかった。

電車で田園調布へ。駅前から東急バスで六間道路《ろっけん》をいく。田園調布の駅の近くにパチンコ屋も飲屋もなかったが、六間道路にはいくつか飲屋があって、よく飲みにいった。屋根がかたむいて、ぺんぺん草がはえ、「なにかたべるものはないかい?」ときいたら「玉子がある」とこたえ、しかし、「生玉子でいい?」とおずおず言った女性がいた飲屋もあった。ここも田園調布なのだ。しかし、その女性はまだ若くて、気だてのいいコだった。

中原街道を右にまがって下り坂、東調布公園、ここにプールがあって、泳いだかえりの上り坂は自転車ではつらかった。自由が丘はもちろん、西小山あたりの映画館でも自転車でいくのが、いちばん早い。築地の松竹セントラルの無料のキップをもらったので、中原街道で五反田へ、品川、田町、新橋とはしって銀座をぬけ、築地についたら、そのキップを忘れてきたのに気がついたこともあった。

道々橋《どどばし》八幡、久が原出世観音。居酒屋「万木」、池上、矢口の渡し。多摩川の矢口の渡しに江戸川の矢切りの渡し、どちらも、この渡しで神奈川県、千葉県と他国にいく。池上線の蓮沼駅。この近くにも映画館があって、ときどきストリップをやっていた。

都立大学の映画館も映画とストリップをやったりしてたが、トイレのにおいがして、かなしいストリップだった。ここで、口から火を吹く人間ポンプを見たことがある。これまた、かなしいコントをやってるオジさんが、人間ポンプ先生、とやたらに敬語をつかって紹介したのもかなしかった。

蒲田のイトーヨーカドー四階の映画館で映画を見たあとは、すぐ近くの大衆酒場「さかりや」で飲んだり、蓮沼駅までもどってきて、駅裏のもつ焼「一平」や「天竹」で飲んだりした。スナックの「ポケット」もある。そして、池上線の電車で雪が谷大塚にきて、東玉川の家にかえったものだ。

蓮沼には手造りの大黒飴もある。消費税は加算してない、もとのままの値段だそうだ。大井町行の東急バスにのる。池上駅までもどるかたちで、本門寺前、大田区役所、山王、大森駅、鹿島神社前、大井三叉。大森山王は田園調布なんかよりもっと高級住宅地だ。

大井武蔵野館1は一階で『ダイ・ハード』とシュワルツェネッガーが主演の『プレデター』をやっている。

大井武蔵野館2は二階でどちらも安部公房脚本で勅使河原宏監督の『おとし穴』と『砂の女』、一般料金は一二〇〇円だが、六十歳以上はシニアで八〇〇円。大阪新天地の映画館にも老人料金があったけど、ニホンでシニア料金ではいったのは、ぼくははじめてだ。

『おとし穴』は井川比佐志、田中邦衛、佐々木すみ江、矢野宣などの出演。みんな若い。

かなり手のこんだストーリイでいくらか盛りだくさんだが、おもしろい。昭和三十七（一九六二）年のそのころでも、こんなストーリイができた。いまは後退してるのではないか。ストーリイの奇抜さなど、おもしろがらないのは、テレビ呆けの観客の頭がついていけないからか。

佐々木すみ江がいやにでかい。大女みたいなひとではないのに、舞台や画面では大きい。井川比佐志はあんまりかわってないが、田中邦衛はほっそりしてノッポに見える。『砂の女』はニホン映画のなかでも名作のひとつだろう。ニホン映画によくあるべとついた人情的なところがなくて、からっと知的で、それでいてねちっこい。岸田今日子には一世一代の役だろう。一九六四年の作品。

この映画には英語の字幕《スーパー》がついていた。ニホン国内で英語字幕のニホン映画を見るのははじめてだ。シニア料金のほうは、三日後に浅草の中映劇場で二〇〇円安くしてもらった。

大井武蔵野館2で映画を見たあとは渋谷行の東急バスにのった。大井町へ商店街をバスがはしりだしてすぐゼームス坂上。神戸にもジェームス山があるが、ニホンでは外国人名の地名では、たいへんにめずらしい。東京でも、ここ一カ所だけだろう。しかし、ゼームスはニホン訛りで、ゼームズの方が近いのではないか。

品川銀座、「雨後筍食堂」というのがある。大崎駅のところで山手線をこす。環状六号線、大崎広小路、右にいくと荏原青果市場、目黒不動、かむろ坂下。「磯銀」という飲屋があって、スタッフ募集、店長のおすすめホッケ、なんて書いてある。飲屋もスタッフの時代になったのか。

東京共済病院にポーラが入院してたことがある。ポーラはニホンにいる外国人だけがかかるという難病だった。東横線中目黒駅、つきあたりは大橋の氷川神社。道玄坂を下りかけて、すぐバス専用道路。終点は東急デパートの二階で、こんなところにバスターミナルがあるのを知ってる人はすくない。

月曜日から金曜日までは、見る映画があるときは、毎日、試写を二つ見る。いつも言ってることだが、見たい映画ではない。まえから見たいとおもってた映画など、一年のうちにわずかしかない。

そして、土曜と日曜は試写がないので、町の映画館にいったり、バスにのっている。ごらんのとおり、やたらにバスにのる。ぼくはバス病で映画病のようだ。

外国の町にいても、昼間はバスにのり、それこそ、見る映画があるときは映画を見て、夜は地元のビール、ワイン、ジンを飲んでいる。アルコール病もはいるんだな。

渋谷から池袋も、また都バス。明治通りをはしるのだが、なんどものって、当然あきあきしてるけど、環状七号線のバスよりはいい。

（「ハヤカワ・ミステリ・マガジン」一九八九年五月号）

横浜の映画館

横浜駅で相模鉄道の電車にのり、三つめの駅の天王町でおりる。すこしあるくと、淀んだ川があった。帷子《かたびら》川というらしい。帷子は生糸・麻でつくったひとえものだそうだが、ふしぎな名前の川だ。

帷子川にかかった天王橋をわたって三分ぐらいで、通りの左てに横浜ライオン座がある。昔はライオン座ないしライオン館という映画館があちこちにあったのだろうか。ライオンというあだ名の総理大臣もいた。いまはライオン宰相なんてよばれてる政治家はいない。

横浜ライオン座は表から見ると、いかにも古風だが、ガランとした古風さというのはわるくない。なかにはいると、客席がうんと広く、しかもあかるい感じだ。浅草の三本立映画館にはよくいくけど、こんなに清潔であかるい感じではない。浅草のほうが観客がガラがわるい。

じつは、横浜にもかなり汚くて、観客も港ではたらく風太郎《プータロウ》みたいなのがおおい映画館があった。ヨコギンといった。横浜橋市場のせまい通りのまんなかあたりにあった映画館だ。こういうところで、たとえば高倉健サン主演の『昭和残侠伝　唐獅子牡丹』なんて見てるとグッときて、なんてのはおセンチすぎるか。

　ヨコギンへは阪東橋からいった。いまは地下鉄もとおってるが、阪東橋にはあれこれ縁がある。だいいち、阪東橋をわたって、右にはいると横浜セントラルがあった。ストリップの名門だ。しかし、浅草がストリップのブロードウェイとすると、ここは横浜だし、オフ・ブロードウェイを気取った。ブロードウェイの大スターも、オフ・ブロードウェイから階段をのぼりだすように、ここがふりだしの有名なストリッパーもなん人かいた。伊吹マリもそうだし、ストリップの女王といわれたジプシー・ローズも、ごく初期にここにでている。

　また、横浜セントラルは関西ストリップ発祥の地だった。なんどもくりかえすが、関西には関西ストリップはない。ただのストリップだ。関西以外の土地で、はじめて関西の名がつく。関西ストリップとは、下のほうも脱いで見せるやつのことだった。

　横浜セントラルにいくには、横浜駅西口から、たしか6番の電車かバスでいった。この電車かバスは関東学院のある丘にのぼり、坂をくだって左てに初音町の赤線、麻薬中毒《ペーチュウ》の巣といわれた黄金町をとおって、阪東橋をわたり、チンチン電車は浦舟町が終点だった。

市場の名前にもなっている横浜橋にはギリシア・バーがある。まえは横浜に入港する船にはギリシア人の船員がおおく、このひとたちのバーだ。船がはいると、うんとにぎやかな夜もあり、よこに一列になって、肩で腕を組みあう、れいのギリシアのダンスをしたりした。

なんにでもオリーブ油をつかうギリシア料理、サラダ。白い大理石のカケラみたいなギリシアのチーズ、フェタ。水をいれると白く濁る、強い酒ウーゾ。バーの名前もアポロとかスパルタなど、ギリシアふうだった。

横浜セントラルにもよくいったが、西陽《にしび》があたる楽屋は、夏はうんざりするほど暑かった。この楽屋で、ちいさな化粧壜に水をいれ、窓ぎわにもっていって、ふってあるいてる役者がいた。ほかの者がふしぎがり、「いったい、なにをやってるんだ?」ときいたら「へえ、ニシビトリ美顔水」とこたえたという。

西陽とりをニキビとりにひっかけたわけだが、ニキビとり美顔水など、いまの人たちはもう知らないだろう。しかし、これは横浜セントラルにストリッパーだけでなく、コント役のコメディアン(ぼくたちは役者と言った)がでてたころの、戦後とよばれてた時代のことで、古めかしいおかしさがある。

ただし、このはなしはよくできすぎていて、夏の西陽にあてられて、頭がおかしくなり、実際にそんなことをやった役者もいたかもしれないが、ジプシー・ローズの旦那兼マネジャーで、横浜セントラルの文芸部長もしていた正邦乙彦さんあたりがつくったはなしかもしれない。文字で見るよりも、言葉できくと、もっとおかしい。ばからしいナンセンスで、ぼくは気にいっている。

ジプシー・ローズは昭和四十二（一九六七）年、山口県の防府《ほうふ》で死んだが、正邦乙彦さんは、いまもさかんに駄ジャレを連発したりしている。正邦さんはもとは映画の二枚目スターだけど、浅草の舞台にもでていたし、ほんとに軽演劇っぽいひとだ。夏になると、正邦さんは喘息《ぜんそく》で入院する。横浜の病院からきた手紙のおわりに、こんなことが書いてあった。

永井智子女史は私のガマ喘息を隠し芸と称し、年中行事と笑っております。その隠し芸もソロソロ、ネタ切れの季節なので、退院間近、矢張り『自雷也』はお盆映画ですネ。

ニホンの活動写真のさいしょの大スターは、目玉の松ちゃんこと尾上松之助だろう。彼はいろんな役をやったが、忍術物は映画にむいていて、『自雷也』なんて映画では、大ガマの上に立って巻物を口にくわえて、ムニャムニャと忍術の印をむすぶ。

すると、大ガマの口から白い煙がむくむくとでてきて、ガマもろとも忍術使い（忍者ではない）の姿が消える。正邦乙彦さんは子役で、初期の活動写真にでていて、コドモでからだがちいさいからと、このガマのなかにはいらされたりした。発煙筒をたき、ガマの口から煙をだすためだ。大ガマとは言っても、せまいガマのなかにしゃがみこんで、たいへんに煙ったく、それで喘息になった、と正邦さんは言う。もっとも、これまた、はなしができすぎており、正邦さんもお歳をとり、毎年、夏になると喘息で入院してるのは事実だけど、喘息が子役のときのガマのせい、というのは正邦さんの創作かもしれない。軽演劇っぽい人というのは、ただ舞台だけでなく、しゃべったり、やったりすることが、すべてアチャラカっぽいのだ。くるしい喘息までもアチャラカにしてしまう。

そのアチャラカ気分にこたえて、病院を見舞った永井智子さんは、正邦さんの喘息を隠し芸などと言ったのだろう。しかし、病気を隠し芸と言うのは、すごいジョークだ。もうアチャラカ気分なんてものではなく、アチャラカ精神といったところだが、太平洋戦争になるずっとまえから、日本精神とやらにおどかされてきたので、せめてアチャラカぐらいは、精神に汚染させたくない。

さて、横浜ライオン座は三本立で、『男たちの挽歌Ⅱ』。香港とニューヨークが舞台で、香港のフィルム・ノワールと宣伝している。いわゆるアクション映画だが、香港の娯楽映画の俳優さんたちは演技はうまいかもしれないけど、芝居が臭い。そういう演技が一般にはウケるからだろう。劇画の主人公が映画の人物になったらしい男が、ニューヨークの自分のレストランでマフィアの二人組とやりあうところなど、まことに臭い演技で、背筋がチリチリした。こんなのがウケるんだから、こまる。しかし、香港のアクション映画としては、ま、ましなほうだろう。

『その男、凶暴につき』、話題になったビートたけしの主演、監督映画。いままでの映画よりも、もっとひどいハードボイルドをねらったのだろう。なんでも新しいことをやろうとするのは、ぼくは好きだが、この映画はすっきりしない。ほんとにひどいことの映画でも、いきいきした映画になってれば、すっきりするものだ。コミックな展開から、それこそひどくなっていくのも、よくあることで、これも気になる。顔のクローズアップなど、ほんのわずかだが長いのも、わざとやったことだろうが、どういう意図なのか。監督は北野武となっていた。ビートたけしの本名か。

『どっちにするの。』、原作赤川次郎、脚本監督金子修介。この映画などは新しい。つまり、横浜ライオン座は封切館につづく二番館というわけで、こういった映画館は、いまはめずらしい。浅草新劇場や浅草名画座にしても、総天然色なんてことを売りものにしてる古い映画の三本立だったりして、浅草にも二番館はない。料金一二〇〇円。

ライオン座の近くには、保土ヶ谷すばる座という映画館もあってポルノ映画をやっていた。相模鉄道天王町駅のそばには、入九というスーパーがある。イリキューと読むらしい。

つぎの土曜日、横浜の黄金町にいってみた。ここには横浜東映名画座があり、『その男、凶暴につき』などの三本立。むかいあった横浜日劇は洋画の三本立だが、一本はポルノ映画がはいっている。ポルノの洋画三本はしんどいけど、たまには一本くらいならいいかもしれない。ポルノの傑作にめぐりあえるとうれしいが、なかなかない。

京浜急行の黄金町駅から右にいくと太田橋、そして、なつかしい阪東橋。あの、ぼくがごひいきで、でもなくなってしまった、横浜橋市場のなかのヨコギン映画館もすぐそばではないか。

しかし、もっとまえから縁のあった横浜セントラルの跡は、いったいどこなのか。高速道路の入口みたいなのもできかかっていて、さっぱり見当もつかない。

いつものクセで、バスがきたので、ついのってしまう。久保山、関東学院がある霞ヶ丘から坂をくだって、阪東橋をこす、ぼくがよくのったバスだろう。

浦舟町、千歳橋、中村橋、天神橋、根岸橋、左てに長い堀割（川？）が見え、海にでるモーターボートなどが舫《もや》ってる。横浜でも、大好きなところだ。このさきの杉田の劇場が少女歌手美空ひばりの初舞台だときいた。そのとき、ぼくのほんとになかのいい友だちが、杉田の劇場を手伝っていた。

横浜は伊勢佐木町や、いまでは横浜駅西口のほうが、映画館がおおいが、これはみなさんごぞんじなので、割愛する。


（「ハヤカワ・ミステリ・マガジン」一九八九年十月号）

渋谷の映画館

地下鉄有楽町線の氷川台から池袋にでて、渋谷行の都バスにのる。明治通りをいくバスだ。もとはチンチン電車がはしっていて、電車がなくなったあとは上に電線はあるが、下にはレールがないトロリー・バスだったこともある。アメリカ西海岸のシアトルなどでは、まだ、こんな代物が活躍しており、トロリー・カーという。

練馬に住みだしてからは、池袋にでて、しょっちゅうこのバスにのる。山手線の電車で渋谷にいくことはない。バスは時間があてにならないが、ヒマな者にはいい。

雑司が谷小学校前。この裏てに鬼子母神がある。がらんとした境内で、新宿から池袋にあるいてくるときは、いつもこの境内をとおりぬけたものだ。

千登世橋から、学習院下へ坂をくだる。たったひとつ残った都電荒川線が坂とならんではしってる。この電車にのり、王子をとおり三ノ輪にいくのは遠足みたい。三ノ輪では「中里」という飲屋で酎ハイを飲む。

新田裏《しんでん》。ここからは新宿ゴールデン街が近い。ゴールデン街でチンボツした翌日は、新田裏をとおり、よく銭湯にいった。伊勢丹デパート。千駄ヶ谷小学校。ここのななめ前の東京市民教会の牧師を父がやってるときに、ぼくは生れた。わりとそばの原宿もまるっきり淋しいところだったらしい。近くの町といえば渋谷か。生れたときから、ぼくは渋谷に縁がある。

東郷神社はいまが大祭。宮下公園を右へ、終点。渋谷駅前の人混みにはうんざりする。ころころした若い女のコのおおいこと。西武デパートA館とB館のあいだの通りにはいる。たくさんの人の列ができていて、えんえんとそれをたどっていったら渋谷パレス座の前にきた。

映画が斜陽と言われだしてから長い年月がたっている。パレス座につづく人の列は、ほとんどが若い男女だが、この連中が生れるまえから、映画館はさびれていた。

ところが、長い長い映画不況のあとでも、映画館の前にこんな長い列ができることがあるのか。ぼくは奇跡を見るおもいだった。

やってる映画は『君は僕をスキになる』、この映画は見てるはずだが、さっぱりおもいだせない。山田邦子が主演のひとりだが、若い男女に人気があることやものを、コンピューターでまとめてつくったという映画か。そんなものをワンサと見にくる連中とは……なんてわる口を言うことはない。その連中のほうが、よっぽどぼくなんかを無視している。

この日は祭日。歩行者天国の道玄坂をぶらぶらあるきだす。坂の左ての東宝の封切館がなくなっている。ここは上にスカラ座とかいった洋画の封切館があり、地下は洋画のセカンド館で昭和二十二年から、ここにはかよっていた。

中国から復員し、東大にいきだすと同時に、ぼくは渋谷のいまの東急デパート東横店の四階にあった東京フォリーズという軽演劇の劇場の舞台雑用をはじめたのだ。

そして、この劇場が火事で焼けると、すぐ近くの松濤町の米軍の将校クラブのバーテンになった。佐賀のお殿様のもと鍋島侯爵の邸で、その宏大さはあきれるほどだった。

ともかく、こんなふうに、渋谷とはあれこれ縁がある。おまけに、ぼくは東横線の田園調布駅でおりる東玉川に長いあいだ住んでいて、毎週のように、渋谷にでて映画を見た。

渋谷東宝の地下の映画館には観客席に大きなコンクリートの柱が二本あり、昔は映画館はたいへんに混んだものだが、この柱のすぐうしろの客席だけ空いていた。それで、しめたっ、とおもって座ったら、柱が前にどでーんとあって、スクリーンはぜんぜん見えない。すごすご立ちあがったが、カッコわるいことだった。

渋谷東宝のあったところは工事中だったが、そのかわりみたいに、ななめ前に渋谷松竹セントラルがあり、『バックマン家の人々』をやっている。アメリカのふつうの家庭のあれこれ、といった映画だろうか。もっとも、映画のなかのふつうの家庭で、実際のところはわからない。無理がなく、ドラマづくりをあまりしてないのが気にいった。

　同じザ・プライムの六階のシネセゾン渋谷では『Ｋ－９友情に輝く星』をやっている。サンディエゴの刑事とパートナーの警察犬の映画。この題名はパロディか。深夜《レイト》ショウは『ストレート・トゥ・ヘル』、まっすぐ地獄へ、と。ものすごい題名だが、これははっきりパロディ映画。しかし、パロディはそのもとになるものがわかってないと、おもしろくない。それだけの知識がニホンの観客にあるかどうか。映画好きの人はよろこびそうな映画だ。

　道玄坂をのぼって、右ての百軒店にはいる。ここの坂のさきに、まえは映画館がむかいあってならんでいた。黒沢明週間なんてのをやってたのをおもいだす。映画館通りのつきあたりはストリップ劇場で、舞台がいちばん高く、客席が前のほうからだんだん低くなる、ふしぎな劇場だった。

　いまは映画館もなにもない。それどころか、いやによこに長い無粋な建物がたっている。そして、百軒店の映画館がなくなるころから、坂の上り口に、道頓堀劇場というストリップ小屋ができた。いまや伝説のストリッパーになった一条さゆりがここに出演していたときたずねていったのは、もう十年ぐらいまえか。だとすると、この劇場も新しくない。

　道玄坂をおりてきて、ＪＲ線のガードをこした左てには、線路の土手と平行に飲屋の列があった。ここの「鶴八」はオデンがおいしく、早川書房の関係者たちが、しょっちゅう飲んでいた。

さいしょに、ぼくを「鶴八」につれていったのは都筑道夫さんで、なくなったＳＦの作家でやはり早川書房の編集をやっていた福島正実さんや、いろんな翻訳者など、いつも顔をあわせていた。

この飲屋の列は、ＪＲ線の土手とは反対側に川がながれており、「とん平」という映画の人たちがあつまる飲屋などは、窓の下がすぐ川なのに、飲んでる常連に川の名前をきいても、だれも知らない。それどころか、この飲屋の列にも名前はなかった。べつに名前はなくても、飲むのにもさしつかえないからさ。しょんべん横丁と言う者もあったけど、ずっとあとで、のんべえ横丁という看板がたった。しょんべん横丁とのんべえ横丁とでは、しょんべん横丁のほうが汚らしい、と飲まない人たちはおもうかもしれないが、げんに、ここにきて飲んでる連中には、しょんべん横丁のほうが親しみがある。川の名前だって、とくとくとしてこたえる人はいるだろうけど、そんな人は、ここにきて飲まない。人種がちがうのだ。

この川はとっくになくなって、ほそ長い公園になった。まえは、川のむこうに映画館が背中をむけてならんでいた。明治通りに面した映画館だ。

そのうちの全線座にはよくいった。名門の洋画のセカンド館で、銀座などは戦前からあったが、ここは戦後にできた。いまはない。

現在は松竹と東映の封切館があり、『公園通りの猫たち』や藤田まこと主演の『はぐれ刑事純情派』や『ハラスのいた日々』、お正月が近くなったので『男はつらいよ』の看板もでていた。

ハラスは犬の名前。渋谷は忠犬ハチ公の銅像で有名だけど、ハチ公の映画は犬の残酷映画でたのしくなれない。ハラスは夫婦でかわいがって育てた犬だから、ハチ公のようにかなしくはない。

宮益坂の上り口のむこうの東急文化会館には四つの映画館がある。地下一階の東急レックスは『バトルヒーター』、ここは、ニュース映画の専門館だったことがある。ニュース映画館など、映画の全盛時代を象徴するようだ。

ほかに渋谷パンテオンは『リーサル・ウェポン2』、渋谷東急は『ピンク・キャデラック』、渋谷東急2は『007／消されたライセンス』、この映画はアムステルダムでも西ドイツのブレーメンでも、大きな看板がでていて、だから見てないのに、見たような気になった。

パルコの系統の映画館がいくつか。東急本店のむこうにル・シネマ1と2。このあたりから松濤町がはじまり、ずっとまえは、鍋島侯爵邸の門はこのあたりにあったという。

鍋島侯爵邸を接収した米軍の将校クラブでバーテンをやったときは、渋谷駅のすぐ近くのバラックの二階に寝泊りしてたこともある。渋谷については、思い出がおおい。

「鶴八」があった飲屋街は、奥のはんぶんぐらいは、まだ残っているようだ。「とん平」もなくなったが、おなじように、窓から汚い川を見おろしていた鳥屋はいつも混んでいた。インドネシア語で宴会という意味の「マカンブッサール」は、まだがんばってるか。名前は景気がよくても、ちいさな飲屋だ。

道玄坂をサクランボの袋をふたりで持って、たべながら、ぶらぶらあがっていったのも思いだした。ところが、そんな女性を渋谷ではおもいつかない。あれこれ考えてみると、新宿西口のバラックの中華料理店の娘だったような気がする。目が大きな中国人の女性で……。ふたりで、わざわざ渋谷にいったぐらいだから、なにかあったのか。ざんねんだが、ぼくは酒ばかり飲んでいて、女性とはなにもないんだなあ。

東急渋谷駅の裏てのほうの桜丘の焼け残ったアパートで、〽地球の上に朝がくる　の川田晴久をみんなでとりかこんだことがあった。戦後すぐのころで、病気でひっこんでいた川田晴久をひっぱりだしたのだ。ずいぶん遠い昔のことだけど、そのときの光景がありありと目にうかぶ。興奮してしゃべってる鹿島蜜夫。なんだって、ぼくはそんなところにいたのだろう。

井の頭線のガード下のヤキトリ屋。焼ハマグリが名物だった飲屋。パーマネントの頭にかぶるお釜で、髪の毛を焼いた東京フォリーズの踊り子。

（「ハヤカワ・ミステリ・マガジン」一九八九年十一月号）

祖父田中小実昌のこと

田中開

祖父と二世帯で暮らしていたころ、その時の思い出といえば、祖母が作ったサンドイッチをカバンに入れて試写に出ていく、その姿だった。どうやら本書を読んでいると、お米が好きで、映画のお供にパンを食べるのは稀だったが、それは晩年に趣味趣向が変わったということだろうか。歳をとるにつれて、和食好みに舌が回帰するというのは、想像がつくが、逆にサンドイッチが好きになっていたのだろうか。ともかくサンドイッチを手に、学校に出るような早い時間にふらふらと家を出る姿がやけに記憶に残っている。

ただ、バスに乗りたいがために、こんなに面倒な乗り換えをして、都心まで出て行っているとは知らなかった。今では、家のあった氷川台からは副都心線で渋谷まで一本で行けるが、そうだろうと、わざわざ途中で降りて、バスに乗るだろう。移動という手段じゃなくて、ともかくバスに乗りたいのは分かった。移動に何時間の余裕をみて家を出ているのか、暇というより、余裕の尺度がまた違う気がする。間違えたバスだろうと、次に来てしまったバスに乗るその姿勢は、バス因果というか、もはや運命論者にもみえてくる。ただ、起こってしまったことに逆らわずに生きていく、それには少し共感する節もある。乗り換えや乗っている路線がびっちり書かれたメモ帳は、いまは練馬の石神井公園ふるさと文化館に寄贈された。一人の老人がひたすらにバスに乗り続けた記録が、また陽の目をみる日があってもいいかもしれない。

ちなみに田中家には、海外でのバスの乗り方にルールがあって、それはどんなバスでも行き先が分からなくてよくて、最後まで乗ればいい、ということ。終点まで乗れば、大抵のバスはターミナルのある都心に戻るから、それに乗って帰ればいい。それが、祖父と母の観光地での過ごし方だった。しかし、母が、アルゼンチンで、その方法で丸っきり田舎までバスでいったらしいが、そのバスはそこで翌朝まで停まっている予定だったらしく、困っている母を運転手が仕方なく、タクシー代わりに送ってくれたらしい。

映画館は、今はこんなにも各地にはないし、名画座や単館もなくなってきた。東京で映画館が一番集まっているのは、新宿じゃないだろうか。よく皆んながいくのは、深夜もやっているピカデリーやTOHOシネマズといったシネコン施設だろう。そのあとに一杯、ということでゴールデン街で飲む人たちはよく見かける。映画というのは、やっぱり見終わったあとは何か話したいものだし、飲み屋とは相性がいい。でも、家のテレビで見たほうが、あれやこれやと文句も何でも話せて、楽なもので。そんな風に現代じゃ考えてしまう。わざわざ食べづらい弁当を持ち込んで食べる映画なんて……今はお弁当の持ち込みすらできないよ。

解説　小実昌さんは、私の映写で映画を見ただろうか？

荒島晃宏

田中小実昌さんとは、一時期なんどもすれ違っていた。一九九〇年代、練馬区の早宮《はやみや》に住んでいたのである。このエッセイに書かれた早宮の風景は、わたくしが最寄りの駅、氷川台まで何度も行き来し、小実昌さんとすれ違った裏道の記憶と同じものである。

だから、脚本家と言っても十年以上開店休業中で、一介の映写技術者にすぎないわたくしに、この解説文の依頼がきたときには、不思議な縁があるものだなと思った。そして本書のゲラを読んでみて驚いた。わたくしのかつての職場が、次々と登場するではないか。

一九九五年秋、バブルがハジけた余波で脚本仕事にあぶれ、初めて勤めた映画館が大井武蔵野館だった。以来、一九九九年一月の閉館までの三年あまりの間に、小実昌さんのお姿を同館でお見かけしたことがなかったので、文中にあるとおり、早宮に住んでからは、池袋の映画館に行くことの方が多かったのであろうか。当時このエッセイを読んでいたら、大井武蔵野館の映写です、と、早宮の裏道ですれ違う時に、図々しく声をかけることもできたのにとも思う。

大井武蔵野館が閉館すると、同じ系列の自由が丘武蔵野館に移り、住まいも池上線の御嶽山へ引越しした。小実昌さんが、早宮以前に住んでいた自由が丘の近く、雪が谷大塚の隣の駅である。ますます不思議な縁である。

自由が丘武蔵野館は、本書ではロビーの水飲み場の話で度々登場する、武蔵野推理劇場がリニューアルした後の映画館である。上京して最初に住んだ川崎時代、わたくしも武蔵野推理劇場にはたびたび通っていた。水飲み場のアルミのコップの存在は忘れていて、本書で思い出した。それよりも記憶に残っていたのは、ロビーにあったスナック菓子の自販機である。スナック菓子と言っても袋菓子ではなく、百円玉を入れると、菓子がザア〜ッと、スロットマシンのコインのごとく流れ出てきて、それを紙コップで受ける代物である。チーズ味で美味しく、何度か買ったが、あんな機械は推理劇場でしか見たことがない。映画『さらば映画の友よ　インディアンサマー』には、この映画館が登場して、映写窓からは、わたくしが大井で映写を教わった師匠の顔が見られる。

自由が丘武蔵野館が閉館すると、約半年の失業を経て、浅草中劇会館と浅草新劇会館に勤めた。浅草へ行くのに地下鉄銀座線終点の浅草駅ではなく、一つ手前の田原町駅で降りる小実昌さん。なんとわたくしもそうしていた。だんだん他人とは思えなくなってくるが、わたくしはバス嫌いである。しかし、わざわざ遠回りしているように見えるほど、バスに乗って映画館へ通い、その途中の車窓すら楽しんでいる様子は、寄せ木細工のように予定を組んで世知辛い映画鑑賞をしている身としては、見習いたいと思う。世評には目もくれず、映画はインチキを見にいくもの、と豪語する映画の見方も見習いたい。バスでグルグルまわっているうちに映画を止めて、飲みに行ってしまったりするのもまた楽しい。

こんなにもバスで遠回りをし、映画を見、夜は酒を飲んでいる。いったいいつ原稿を書かれているのやら、と思って調べてみたら午前中だった。しかし、本書には朝ごはん抜きでいそいそと映画に出掛けるところが何度も登場する。謎である。

わたくしが浅草の映画館で働き始めたのは、小実昌さんが亡くなった後である。もし長生きされていたら、足を運び続けてくれていただろうか？　デカいネズミが徘徊するだけではなく、実に雑多で、猥雑なお客が出入りするカオスと化していた新劇会館の二十一世紀を、小実昌さんの筆致で読んでみたかった。

ちなみに、ネズミ対策のために、両会館では猫を飼っていた。中には上映中の場内をパトロールする熱心なハンターもおり、徘徊しているのはネズミだけではなかった。

このエッセイは、わたくしが生まれた翌年から始まっており、一九八九年の渋谷で終わっている。渋谷と言えばわたくしが今働く映画館のある街であり、この本の前半に登場する『カサブランカ』も、一昨年にフィルム上映したところだ。わたくしの人生、小実昌ワールドの中で、ずっとジタバタしてきた気さえしてくる。

なにやら自分の職場の話ばかりになっているが、小実昌さんは、新宿、池袋、銀座、早稲田、飯田橋、中野、蒲田、等の都内の他の地域はもちろん、地方、海外まで出没し、そこで見た作品そのものだけでなく、水飲み場、ネズミ、入場料金、映写トラブル、観客トラブル、休憩時間の過ごし方、映画館への行き方、絵看板、といった映画にまつわるあれこれを書かれている。自分はこうだったなあ、ああだったなあ……と、小実昌さんと対話しているかのような気分になる。律儀に書き記された、映画館の入場料金には目を見張る。それによると、一九七〇年代の都内名画座の中で、浅草新劇場は高い部類の料金だったことを知って驚いた。ただのヤサグレ映画館じゃなかったのねえ。浅草のストリップ劇場の場所の変遷など、よくぞ書き残しておいてくれた、と思えることまで書かれているのは、ありがたい。

ひとつだけ補足しておこう。切れない映画フィルムがあるか、ないか、の話が登場するが、切れないフィルムは、エッセイが書かれた一九七〇年代には既に存在していた。しかし、丈夫すぎて映写機に負荷がかかるために、なかなか普及しなかった。わたくしが映写を始めた一九九〇年代でも切れるフィルムは多くあり、現在でも切れるフィルムは現役で上映され続け、時折切れて映写を慌てさせている。

（あらしま・あきひろ　映写技術者・脚本家）

本書は、ちくま文庫オリジナル・アンソロジーです。

本書のなかには、現在では差別的と思われる語句や表現がありますが、著者が故人であること、また、時代の記録としても書き換えなどは行わずに収録していますことに、ご留意いただきたいと思います。

飛田ホテル 黒岩重吾

刑期を終えたやくざ者に起きた妻の失踪を追う表題作など、大阪のどん底で交わる男女の情と性。直木賞作家の傑作ミステリ短篇集。（難波利三）

誘拐 本田靖春

戦後最大の誘拐事件。残された被害者家族の絶望、犯人を生んだ貧困、刑事達の執念を描くノンフィクションの金字塔！（佐野眞一）

おかしな男 渥美清 小林信彦

芝居や映画をよく観る勉強家の彼と喜劇マニアのぼく。映画「男はつらいよ」の〈寅さん〉になる前の若き日の渥美清の姿を愛情こめて綴った人物伝。（中野翠）

評伝 開高健 小玉武

行動的な作家だった開高健はジャンルを超えた優れた作品を遺し、企業文化のプロデューサーとしても活躍した。長年の交流をもとに、その素顔に迫る。

不良定年 嵐山光三郎

定年を迎えた者たちよ。まずは自分がすでに不良品であることを自覚し、不良精神を抱け。実践者・嵐山光三郎がぶんぶんうなる。（大村彦次郎）

あんな作家 こんな作家 どんな作家 阿川佐和子

聞き上手の著者が松本清張、吉行淳之介、田辺聖子、藤沢周平ら57人に取材した。その鮮やかな手口に思わず作家は胸の内を吐露。（清水義範）

万華鏡の女 女優ひし美ゆり子 ひし美ゆり子 樋口尚文

ウルトラセブンのアンヌ隊員を演じてから半世紀、いまも人気を誇る女優ひし美ゆり子。70年代には様々な映画にも出演した。女優活動の全貌を語る。

脇役本 濵田研吾

映画や舞台のバイプレイヤー七十数名が書いた本、関連書などを一挙紹介。それら脇役本が教えてくれる秘話満載。古本ファンにも必読。（出久根達郎）

東京路地裏暮景色 なぎら健壱

東京の街を歩き酒場の扉を開けば、あの頃の記憶と夢が蘇り、今の風景と交錯する。新宿、深川、銀座、浅草……文と写真で綴る私的東京町歩き。

ドライブイン探訪 橋本倫史

全国のドライブインに通い、店主が語る店や人生の話にじっくり耳を傾ける——手間と時間をかけた取材が結実した傑作ノンフィクション。（田中美穂）

トキワ荘の時代　梶井純

手塚治虫、赤塚不二夫、石ノ森章太郎らが住んだトキワ荘アパート。その中心にいた寺田ヒロオの人生を通して戦後マンガの青春像を描く。（吉備能人）

ビブリオ漫画文庫　山田英生編

古書店、図書館など、本をテーマにした傑作漫画集。主な収録作家——水木しげる、永島慎二、松本零士、つげ義春、楳図かずお、諸星大二郎ら18人。

貧乏まんが　山田英生編

青春、恋愛、犯罪、笑い……マンガが描く貧乏。水木しげる、赤塚不二夫、永島慎二、水野英子、松本零士、つげ義春、楠勝平、谷岡ヤスジほか収録。

老境まんが　山田英生編

生死、介護……、老いをテーマにしたマンガ集。水木しげる、手塚治虫、白土三平、つげ義春、近藤ようこ、高野文子、岡野雄一らを収録。（宮岡蓮二）

温泉まんが　山田英生編

収録マンガ家：つげ義春、つげ忠男、畑中純、ますむらひろし、池辺葵、刀根夕子、松森正、楳図かずお、上村一夫、楠勝平、杉浦日向子、白土三平。

書痴まんが　山田英生編

本をテーマにしたマンガ・アンソロジー。水木しげる、永島慎二、つげ義春から若手まで16作品を収録。本に溺れる、そこにドラマが生まれる。

旅人まんが 鉄道篇　山田英生編

泉昌之、一條裕子、西岸良平、池田邦彦、池辺葵、大城のぼる、長崎訓子、つげ義春、池上遼一、村上もとか、うらたじゅん、石ノ森章太郎、松本零士。

ハモニカ文庫と詩の漫画　山川直人

古本屋、喫茶店、写真館……街と人々を描く連作短編集「ハモニカ文庫」と江戸川乱歩、尾形亀之助、菅原克己を漫画化した作品を収録。（荻原魚雷）

赤塚不二夫のだめマンガ　赤塚不二夫

こんなのありか！　だめこそ面白い！　全身ギャグマンガ家の凄さを再発見するオリジナルアンソロジー。石野卓球氏推薦。（赤塚りえ子）

滝田ゆう落語劇場（全）　滝田ゆう

下町風俗を描いてピカ一の滝田ゆうが意欲満々取り組んだ古典落語の世界。作品はおなじみ「富久」「芝浜」「死神」「青菜」「付け馬」など三十席収録。

思考の整理学　外山滋比古

アイディアを軽やかに離陸させ、思考をのびのびと飛行させる方法を、広い視野とシャープな論理で知られる著者が、明快に提示する。

質問力　齋藤孝

コミュニケーション上達の秘訣は質問力にあり！　これさえ磨けば、初対面の人からも深い話が引き出せる。話題の本の、待望の文庫化。（斎藤兆史）

整体入門　野口晴哉

日本の東洋医学を代表する著者による初心者向け野口整体のポイント。体の偏りを正す基本の「活元運動」から目的別の運動まで。（伊藤桂一）

命売ります　三島由紀夫

自殺に失敗し、「命売ります。お好きな目的にお使い下さい」という突飛な広告を出した男のもとに、現われたのは？（種村季弘）

こちらあみ子　今村夏子

あみ子の純粋な行動が周囲の人々を否応なく変えていく。第26回太宰治賞、第24回三島由紀夫賞受賞作。書き下ろし「チズさん」収録。（町田康／穂村弘）

ベルリンは晴れているか　深緑野分

終戦直後のベルリンで恩人の不審死を知ったアウグステは彼の甥に訃報を届けに陽気な泥棒と旅立つ。歴史ミステリの傑作が遂に文庫化！（酒寄進一）

向田邦子ベスト・エッセイ　向田邦子　向田和子編

いまも人々に読み継がれている向田邦子。その随筆の中から、家族、食、生き物、こだわりの品、旅、仕事、私……、といったテーマで選ぶ。（角田光代）

倚りかからず　茨木のり子

もはや／いかなる権威にも倚りかかりたくはない……話題の単行本に3篇の詩を加え、高瀬省三氏の絵を添えて贈る決定版詩集。（山根基世）

るきさん　高野文子

のんびりしていてマイペース、だけどどっかヘンテコな、るきさんの日常生活って？　独特な色使いが光るオールカラー。ポケットに一冊どうぞ。

劇画　ヒットラー　水木しげる

ドイツ民衆を熱狂させた独裁者アドルフ・ヒットラーとはどんな人間だったのか。ヒットラー誕生からその死まで、骨太な筆致で描く伝記漫画。

ねにもつタイプ　岸本佐知子

何となく気になることにこだわる、ねにもつ。思索、奇想、妄想はばたく脳内ワールドをリズミカルな名短文でつづる。第23回講談社エッセイ賞受賞。

TOKYO STYLE　都築響一

小さい部屋が、わが宇宙。ごちゃごちゃと、しかし快適に暮らす、僕らの本当のトウキョウ・スタイルはこんなものだ！　話題の写真集文庫化！

自分の仕事をつくる　西村佳哲

仕事をすることは会社に勤めること、ではない。仕事を「自分の仕事」にできた人たちに学ぶ、働き方のデザインの仕方とは。（稲本喜則）

世界がわかる宗教社会学入門　橋爪大三郎

宗教なんてうさんくさい⁉　でも宗教は文化や価値観の骨格であり、それゆえ紛争のタネにもなる。世界宗教のエッセンスがわかる充実の入門書。

ハーメルンの笛吹き男　阿部謹也

「笛吹き男」伝説の裏に隠された謎はなにか？　十三世紀ヨーロッパの小さな村で起きた事件を手がかりに中世における「差別」を解明。（石牟礼道子）

増補　日本語が亡びるとき　水村美苗

明治以来豊かな近代文学を生み出してきた日本語が、いま、大きな岐路に立っている。我々にとって言語とは何なのか。第8回小林秀雄賞受賞作に大幅増補。

子は親を救うために「心の病」になる　高橋和巳

子は親が好きだからこそ「心の病」になり、親を救おうとしている。精神科医である著者が説く、親子という「生きづらさ」の原点とその解決法。

クマにあったらどうするか　姉崎等　片山龍峯

「クマは師匠」と語り遺した狩人が、アイヌ民族の知恵と自身の経験から導き出した超実践クマ対処法。クマと人間の共存する形が見えてくる。（遠藤ケイ）

脳はなぜ「心」を作ったのか　前野隆司

「意識」とは何か。どこまでが「私」なのか。死んだら「心」はどうなるのか。――「意識」と「心」の謎に挑んだ話題の本の文庫化。（夢枕獏）

モチーフで読む美術史　宮下規久朗

絵画に描かれた代表的な「モチーフ」を手掛かりに美術を読み解く、画期的な名画鑑賞の入門書。カラー図版約150点を収録した文庫オリジナル。

ちくま文庫

ひるは映画《えいが》館《かん》、よるは酒《さけ》

二〇二三年二月十日　第一刷発行

著　者　田中小実昌（たなか・こみまさ）
発行者　喜入冬子
発行所　株式会社　筑摩書房
　　　　東京都台東区蔵前二―五―三　〒一一一―八七五五
　　　　電話番号　〇三―五六八七―二六〇一（代表）
装幀者　安野光雅
印刷所　三松堂印刷株式会社
製本所　三松堂印刷株式会社

ISBN978-4-480-43862-1　C0174